KB021080

너에겐 푸름

너에겐 푸름 · 2

1판 1쇄 찍음 2018년 6월 7일
1판 1쇄 펴냄 2018년 6월 15일

지은이 | 문수진
펴낸이 | 고운숙
펴낸곳 | 봄 미디어

기획 · 편집 | 김민지, 김지우, 김현주
표지 디자인 | 우물

출판등록 | 2014년 08월 25일 (제387-2014-000040호)
주소 | 경기도 부천시 원미구 길주로64, 1303(굿모닝 오피스텔)
영업부 | 070-5015-0818 편집부 | 070-5015-0817 팩스 | 032-712-2815
E-mail | bommedia@naver.com
소식창 | http://blog.naver.com/bommedia

값 9,000원

ISBN 979-11-5810-527-3 04810
979-11-5810-525-9 04810(세트)

※파본은 구입하신 서점에서 교환하여 드립니다.

너에겐
푸름
2
문수진 장편 소설

목차

9화

꿈같은 사람

꾸벅꾸벅. 창문에 머리를 부딪칠 정도로 위태롭게 고개를 끄덕거리는 푸름을 보며 여준은 그녀를 깨우지 않는 대신 긴 팔을 뻗었다. 바다에 도착했는데도 깨어날 생각을 안 하는 걸 보니, 아무래도 오늘 미팅 때문에 잠을 설친 모양이다.

옆으로 돌아앉은 여준은 그녀의 머리가 행여나 창에 부딪칠까 머리 사이에 손을 집어넣은 자세로 몇 분을 버텼다.

와, 이거 만만한 게 아니네.

금세 팔이 저려 오자 결국 주변을 둘러보다가 뒷좌석에서 작은 쿠션을 발견했다. 푸름의 머리와 창문 사이를 막고 있던 손을 천천히 빼고 쿠션을 끼웠다. 손보다 편했는지 푸름의 입가가 느슨하게 기울어졌다.

"잘 자네."

내가 옆에 있는데도.

편하게 몸을 기댄 여준은 조수석과 운전석 사이에 턱을 괴고 그녀를 바라보았다. 하나도 불편하지 않았다. 이 자세로 백 년 만 년 그녀만 보고 있으라면 기꺼이 그럴 수 있었다.

물론, 백 년씩이나 그저 보고만 있을 생각은 전혀 없지만.

눈앞에 두니 욕심이 생긴다. 옆에 두니 더 가까워지고 싶다.

오래전에 어긋나 버린 인연. 이제야 닿았고, 긴 시간을 돌아온 만큼 보상받고 싶은 마음을 주체할 수 없었다. 깊었던 그리움을, 참아지지 않는 애정을, 자꾸만 뻗고 싶은 손길을 감추고 싶지 않다.

8년 전, 아직은 그녀가 자신의 제자일 때. 그녀에 대한 마음을 깨달은 직후에는 이름을 부르는 것조차 어려웠다. 불러볼까, 말까 망설이다가 그저 침묵하기를 수십 번. 닿을 수도, 닿지도 못할 거리라 생각했을 때가 있었다.

단 몇 달 사이 꿈같은 일이 벌어졌다. 꿈에도 그리던 이를 다시 눈앞에 두었다. 생각할수록 꿈같고, 계속 떠올리자니 믿을 수가 없어 여준은 더 이상의 생각을 거두고 잠든 그녀만을 바라봤다.

눈이 저렇게 예뻤나. 속눈썹이 저렇게 길었나. 이마가 저렇게 동글었나.

숨소리조차 사랑스러워 눈을 떼기가 힘들었다. 새근거리는 소리만 나는 차 안에서 여준은 원 없이 그녀를 감상했다.

밤이 깊어지고, 해변이 조용해질수록 파도 소리가 점차 크게 울렸다. 저녁을 먹고 출발한 터이니 시간이 늦어진 것도 당연한 일. 이러다가는 더 늦어지겠다 싶어 여준이 그녀를 깨우려는 찰나, 그의 마음을 읽기라도 했는지 푸름이 몸을 비틀며 눈을 떴다. 차창 앞을 확인하는 눈이 동그래졌다가 더 크게 떠졌다.

여준이 작게 소리를 내며 웃자 그녀는 그제야 조수석 쪽으로 돌아앉아 있는 그를 발견했다.

"구경 잘했어. 코는 안 골던데?"

코는 원래도 안 곤다고 항변하려던 푸름은 눈앞의 높게 파도치는 바닷가를 흘겼다.

"언제 도착했어요?"

"두 시간쯤 전에."

"깨우죠."

"너무 곤하게 자서. 바다 구경은 내일 해 뜰 때 하자. 오늘은 들어가서 자고."

자자는 말을 너무 아무렇지 않게 하는 여준 때문에, 당황한 푸름이 고개를 번쩍 들었다.

"……자요?"

"너무 늦게 가면 그것도 또 실례라."

"아, 숙소요? 제가 찾아볼게요. 여기 근처로는……."

그녀가 휴대폰을 꺼내기도 전에 여준이 먼저 시동을 걸었다. 망설임 없이 큰길 쪽으로 진입하는 그를 멍하니 바라보던 푸름은 뭔가 이상하게 돌아가는 것을 눈치챘지만, 이미 늦은 다음이었다.

"여기가 어디예요?"

"펜션."

그건 나도 당연히 알지. 나도 눈이 있는데.

아랫입술을 꾹 깨문 푸름은 바닷가에서 고작 10여 분만 달려왔을 뿐인데도, 차창밖에 드리운 깜깜한 산속을 살폈다. 낮에 보면 예쁜 산장 느낌이 날 것 같은 펜션이 눈앞에 있는데, 왠지 내리기는 싫었다.

"예약했어요?"

"아니, 늘 비어 있어."

예약을 했다는 건지, 안 했다는 건지 아리송한 그의 말을 되새기며 푸름이 눈을 깜빡였다.

"여기 우리 부모님이 하시거든."

처음엔 잘못 들은 줄 알았다. 그런데, 뭐라고?

"네?"

"아직 주무시지는 않을 거야."

"……."

"안 내려?"

급하게 시간을 확인한 푸름의 입이 쩍하고 벌어졌다.

밤 10시가 넘어서 아들이 데리고 온 낯선 여자. 부모님이 어떻게 받아들일지는 뻔했다. 그를 따라 차에서 내린 푸름은 펜션을 향해 걸어가는 그의 팔을 붙잡았다.

여준은 꽤 평온한 얼굴이었다. 지금 이 상황에서 문제가 되는 것이 무엇인지 전혀 모른다는 표정으로 '왜?' 하고 물을 뿐.

"부모님 계시는 곳에 저를 데려왔다는 거예요, 그러니까?"

"응."

"팀장님!"

너무나도 쉽게 내뱉어지는 대답에 푸름이 버럭 소리를 질렀다. 여준은 그제야 무언가 잘못됐음을 감지했다.

얼마 전까지 강원도청과 정부 관계 프로젝트를 진행했었다. 강원도 출장이 유난히 잦았고, 그때마다 직원들과 함께 부모님의 펜션을 찾곤 했다. 프로젝트 담당자인 윤혜정 대리와는 세 번이나 왔었다. 너무 자연스럽고, 당연하게 이곳을 떠올린 데는 이유가 있었다. 그는 뒤늦게야 잘못을 시인했다.

"어, 미안. 직원들이랑 근처 출장을 자주 와서 자고 간 적이 많거든. 우리 팀 MT도 여기서 하는데, 내가 네 생각을 못 했다. 생각이 짧았어."

직원들, 출장, MT. 그래서 데려왔다고? 나를?

그럼 지금 출장 온 기분으로 여길 왔다는 거야? 바다 보러 가자고, 이상한 생각하지 말라고 할 때는 언제고!

푸름은 갑자기 혼란스러워졌다. 분명 남녀 사이라고 생각했건만, 아직 사귀는 사이는 아니라 해도 이 해돋이 여행의 의미가 절대 출장이 아닌 이상, 그는 그런 생각을 해서는 안 된다.

"가자. 호텔에 남는 방 있을 거야."

부모님 펜션에서 묵을 생각으로 미리 숙소 예약도 안 했던 여준은 급하게 푸름의 손목을 잡아당겼다. 하지만 푸름은 요지부동으로 서 있었다. 머릿속이 빠르게 굴러갔다.

그의 부모님에게 팀원들을 보였다 한들, 이 야심한 시간, 주말을 앞두고 찾아온 아들과 자신의 사이를 의심하지 않을 리가 없었다.

그렇다고 이대로 돌아가는 건 뭔가 마음이 편치 않았다. 일단 여준이 오랜 시간 운전을 하기도 했고, 자신이 잠든 동안 기다려 줬고, 숙소가 없을 수도 있고…….

무엇보다 가장 마음에 걸리는 건.

"푸름아."

너무나 익숙하게, 다른 직원들과 함께 온 것처럼 나를 이곳에 데려왔다는 것.

"이푸름."

우리는 그냥 사이가 아니라, 남녀 사이인데.

"잠깐만요. 생각 좀 하게."

"무슨 생각을……."

"아, 조용히 좀 하라니까요."

푸름이 약간 짜증 섞인 목소리로 말하자 여준은 급히 입을 다물었다. 다시 해변까지 내려가 호텔을 잡으려면 시간이 빠듯했다. 푸름을 곤란하게 했다는 생각에 여준도 마음이 급해졌다.

그러거나 말거나 푸름의 고민은 끝나지 않았다. 여준의 부모님이 의심할 거라는 걱정보다는, 그가 자신을 부하 직원 데려오듯이 부모님 댁에 데려왔다는 사실이 제일 마음에 안 들었다.

일종의 반항심이 일었다. 다른 직원들도 온 곳이라는데, 그녀가 오지 못할 곳은 아니라는 생각이 일기 시작했다.

푸름은 일단 황급히 자신의 옷차림부터 확인했다. 갈아입을 옷을 챙겨 오긴 했지만 퇴근하고 바로 온 터라, 얇은 블라우스와 정장 치마 차림이었다. 단정하고 깔끔했다. 일하다 온 티가 확연히 나는 차림이 직원이라고 소개하면 믿으실 듯도 싶었다.

그러나 손에 아무것도 들린 것이 없어 속이 상하긴 했다. 어른 처음 뵐 때는 빈손으로 뵙는 거 아니라고 배웠는데. 푸름이 여준을 올려다봤다.

사귀는 사이도 아니다. 여자 친구라고 소개할 수도 없다.

겨우 손만 잡은 여자를 집에 데리고 오는 이 철없는 남자를 어찌해야 하나.

"미안. 잘못했어."

사과도 쉽고, 인정도 쉬운 이 남자를.

"출장 온 거라고 해 봤자 안 믿으실 거예요. 저는 몰라요."

"괜찮겠어, 여기서 자도?"

그녀가 고개를 끄덕였다. 푸름은 펜션에서 자기로 마음을 먹었다. 종일 운전한 그도 걱정이 됐고, 이대로 돌아가는 것도 어른께 예의는 아닌 것 같고, 또 다른 직원들 모두가 그의 부모님을 뵈었다고 하니 그녀 역시 마음이 동해졌다.

오히려 지금은 이곳에 있어야 할 것만 같다는 생각이 강해졌다.

"믿으실 거야. 윤혜정 대리랑 이 시간에 온 적도 있어."

"대리님이랑 둘이요?"

"참고로 윤혜정 대리는 처음 만났을 때부터 유부녀였어."

말도 안 되는 질투를 하는 푸름을 귀엽다는 듯이 바라보며 여준이 말을 덧붙였다.

"불편하면 지금이라도 호텔 가면 돼. 내가 잘못한 건데, 뭐."

아무 생각 없이 부모님 앞에 데려다 놓다니. 여자로 소개할 생각도 아니었던 그를 묵묵히 올려다보며 푸름은 고개를 저었다.

차라리 소개할 목적으로 데려왔다면 뭐라고 툴툴거리다가 말 것이다. 그리고 못내 부끄러워하겠지. 마치 그의 여자가 된 것 같은 기분으로 하늘을 날겠지.

그런데 그게 아니란다. 생각이 짧았단다. 그건 또 그것대로 기분이 나빴다.

부모님 앞에서 자신을 소개할 때 부하 직원으로만 소개하려고 했을까? 정말로?

"왜 그렇게 봐?"

아, 이 남자. 정말 모르겠다.

"이건 꼭 복수할 거예요. 두고두고."

"응, 꼭 해. 내가 맛있는 거 사 줄게."

"뭐요?"

"비싸고 맛있는 거."

"와인도 있는 데면 좋겠네."

"바라던 바야."

여준이 씨익 웃어 보이자 푸름은 불빛이 반짝이는 펜션 쪽으로 방향을 돌렸다. 분위기 있는 저녁 식사는 다음으로 미뤄 두고, 앞에 놓인 문제부터 해결해야 했다.

"얼른 가요. 더 늦기 전에."

푸름은 상기된 얼굴로 크게 숨을 들이쉬며 잠시 고민했다. 어머님, 아버님이라 불러야 맞는 건지, 아닌 건지. 그녀에게는 정말 중요한 문제였다.

“가만있어 봐. 또 뭘 내와야 되나.”

“전에 담근 동치미는 어때?”

“그건 냉장고에 있어요. 저녁에 무친 겉절이도 조금 꺼낼까 봐요.”

“파전 다 익은 것 같은데? 뒤집을까? 어어, 찌개도 다 끓었어, 여보.”

“어머, 찌개 간도 봐야 하는데. 당신은 파전 좀 뒤집어요.”

분명 저녁을 먹었다고 했는데 아무래도 전달이 잘못된 건 아닐까.

식탁에 앉아 허둥지둥 움직이는 여준의 부모님을 물끄러미 바라보는 푸름은 여간 불편한 게 아니었다. 조금이라도 일어나서 도울까 하면 손사래를 치면서 직접 자리에 앉히기까지 하시니 어쩔 도리가 없었다.

“편하게 있어. 원래 저러시니까.”

옆에 앉은 여준이 허리를 빳빳하게 세우고 앉은 푸름을 향해 말했다. 거의 엉덩이를 반쯤 들고 앉은 푸름은 당장이라도 일어나 접시라도 나르고 싶다는 얼굴이었다.

“하나도 안 편해요.”

“괜찮아. 전에 윤 대리랑 왔을 때도 이랬어.”

"……아무리 그래도요."

혜정은 유부녀지 않냐고, 결혼 안 한 서른다섯의 아들을 둔 부모님의 입장에서는 다르게 보일 거라고 푸름은 차마 말할 수 없었다. 이미 초롱초롱하게 빛나는 두 분의 눈동자를 봐 버린 다음이기도 했고.

"우리 부모님은 되게 반가워하시던데."

"놀라신 거 못 봤어요?"

"응. 내가 요즘 딴 데 한눈파는 중이라."

얄궂게 변하는 그의 얼굴에 푸름은 할 말을 잃었다. 이미 그들의 눈에 푸름은 부하 직원이 아닌 하나뿐인 아들이 데려온 여자였다.

영 마음이 편치 않았다. 늦은 시간에 찾아와 민폐 객처럼 남는 방 있냐는 아들의 물음에 기대감으로 빛나던 이들의 눈을 본 순간, 분명 그녀를 여자로 대하고 있음을 느낄 수 있었기에.

"늦은 시간까지 일하느라 얼마나 시장하겠어. 어서 들어요."

한껏 상을 차려 낸 경아가 그들의 앞에 마주 앉았다. 여준의 부모님은 출장으로 강릉까지 내려왔다는 말을 있는 그대로 믿은 듯했다.

"아이고, 내 정신을 봐. 막걸리 내온다는 걸 깜빡했네. 너 아버지랑 막걸리 한잔할 거지?"

"그럼요."

직접 담근 막걸리라며 성진은 창고에서 작은 항아리를 들고 나타났다. 설마 저게 다 술인가 싶어 어색한 눈짓으로 살피는데, 옆에서 픽 하고 웃는 소리가 들렸다.

"푸름 씨라고 했죠? 어서 들어요. 이건 텃밭에서 키운 상추로 겉절이 담근 건데 맛이 아주 좋아. 야식이라고 생각하고 파전하고 같이 들어요. 여기, 찌개도 먹고."

푸름이 어색하게 웃으며 젓가락을 들었다. 마주 앉은 경아와 성진의 반짝반짝한 시선들이 제게 닿아 있었다.

뭐부터 먹어야 좋아하실까 살살 눈치를 보며 푸름은 경아가 가장 먼저 추천한 겉절이로 손을 뻗었다. 정말 맛이 좋았다. 새콤달콤한 맛이 없는 식욕마저 끌어올리는 듯했다.

이번에는 한입 크기로 자른 파전으로 손을 뻗었다. 그를 따라 경아와 성진의 시선이 쭈욱 옮겨졌다. 부담스러운 시선에 푸름이 경직되자 여준은 기다렸다는 듯 나섰다.

"그만들 좀 보세요. 체하겠어요."

"아, 내 정신 좀 봐. 그걸 생각을 못 했네. 편하게 먹어요. 너도 먹어."

경아가 어색하게 웃고 성진은 능숙한 모습으로 막걸리를 덜었다. 컵이 아닌 넓은 자기 그릇이었다.

"이 양반이 반주를 좋아해서 항상 이렇게 구색을 갖춰요. 푸름 씨도 술 한잔할래요?"

“아, 네.”

여준이 말릴 틈도 없었다. 어느새 성진이 직접 따라 준 막걸리를 손에 들고 있는 푸름은 그들과 어색하게 잔까지 부딪쳤다. 여준의 입꼬리가 기분 좋은 사선을 그렸다.

“하필 주말 앞두고 가족 단위로 온 손님들이 있어서 지금 펜션에 남는 방이 없네. 여준이 방 청소해 놨으니까 거기서 자요. 침대 시트도 새 걸로 갈아 놓을게요.”

푸름에게 따로 찌개를 덜어 주며 경아가 다정히 말했다.

“아니에요. 저 아무 데서나 자도 됩니다.”

“그래도 멀리서 온 손님인데, 어떻게 아무 데서나 자요. 작은방이 침대도 없고 잡동사니가 많아서 불편해. 그러니까 거기서 자요.”

순간 혜정과 왔을 때도 이랬을까 하는 생각이 머리를 스쳤다. 그렇다면 괜찮은 걸까. 푸름이 어색하게 시선을 끌자 여준은 괜찮다는 듯이 고개를 끄덕였다.

“말씀 편하게 하세요.”

“아니요, 그래도 우리 여준이랑 같이 일하는 직원인데 어떻게 그래요.”

“괜찮아요, 편하게 하셔도 됩니다.”

“그럼 올해 나이가…….”

말끝을 흐리는 경아의 물음에 성진이 크흠, 헛기침을 내뱉었다. 푸름은 그리 어려운 질문도 아니라는 생각에 바로 대답했다.

"아, 스물일곱입니다."

나란히 앉은 경아와 성진의 눈동자가 동그래졌다가 다시 작아졌다. 푸름은 어색하게 웃어 보였다. 뭐가 잘못됐는지, 모르는 얼굴로.

"스물일곱?"

"그럼 여준이하고는 여덟 살 차이……?"

"어머머, 여덟 살이면……."

"아버지. 제가 술 한 잔 따를게요."

그 순간을 파고든 건 여준이었다. 성진의 잔에 막걸리를 따르고, 여준은 급하게 화제를 돌렸다.

이미 자신을 향한 관심에 어떤 뜻이 담겨 있는지를 알기에 푸름은 애써 알은체하지 않고 어울렸다. 적당히 미소를 짓고, 맞장구를 치니 오히려 자리가 즐거워지기 시작했다.

부모님과 함께한 십몇 년의 시간이 있긴 했지만 시간이 가면 갈수록 희미해지는 기억들이 있었다. 그 향수를 불러일으키는 여준의 부모님에 푸름은 서서히 마음을 열었다.

경아와 성진은 아직도 서로를 보는 눈빛에 애정이 가득했다. 다정하고 금실이 좋은 두 사람의 얘기를 듣는 것만으로도 푸름의 입가에 웃음이 끊이지 않았다.

"아니, 제주도로 신혼여행을 갔는데, 그때 이 녀석이 제 엄마를 얼마나 괴롭히던지. 입덧 때문에 제대로 된 관광 한 번을 못했다니까."

"글쎄 바닷가에 앉았는데, 바닷물 냄새에도 입덧을 하는 바람에……."

"유난스러웠지. 엄청난 말썽꾸러기가 나오나 했는데, 이렇게 점잖은 녀석이 나올 줄 알았나."

30년도 더 된, 그가 세상에 태어나기 전의 이야기를 신기하다는 듯이 듣는 그녀를 보며 여준이 입을 열었다.

"그래서 두 분, 틈만 나면 제주도 가셔."

"아무리 그래도 우리나라가 최고지."

"다음에는 겨울에 한 번 가요. 눈 올 때가 그렇게 예쁘대요."

그들의 여유로운 일상 얘기를 듣는데, 갑자기 그녀의 손 위로 따뜻한 온기가 느껴졌다. 여준의 손이었다. 아래를 향했던 시선이 주체할 수 없을 만큼 떨렸지만 그녀는 내색할 수 없었다.

그의 부모님이 앞에 있다. 마치 도둑질을 하는 것처럼 심장이 두근거렸다. 따뜻하고 큰 손 아래에 감춰진 그녀의 손이 살짝 움츠러들자, 기회를 잡은 여준은 손깍지를 끼웠다.

푸름은 작은 비명이 나올 뻔한 입술을 깨물었다. 목부터 달아오르는 기운이 느껴졌다. 그 순간 여준이 손에 힘을 주며 자기 쪽으로 손을 가져갔다.

사이사이에 얽힌 부드러운 손가락이 그녀의 손등을 마음

껏 쓰다듬었다. 푸름은 간지러워 미칠 것 같았다. 몸도, 마음도 자꾸만 간지러웠다.

"긴장 풀어."

서로 잔을 채워 주며 내일 아침 메뉴에 대해 얘기하는 부모님을 바라보던 여준이 그녀 쪽으로 몸을 숙였다. 귓가를 간질이는 목소리가 아찔할 정도로 설레었다.

"소, 손은 좀."

푸름의 작은 목소리가 끝나기도 전에 여준은 오히려 깍지를 낀 손가락에 더 힘을 주었다.

아, 손만 잡아도 이렇게 떨리는 거였나. 아니면 상대가 김여준이기 때문인가.

푸름은 더는 뿌리치지 못했다. 아니, 그러지 않았다. 여준의 손은 너무 따뜻했고, 그와 손을 잡는 건 그녀가 간절히 바라던 것들 중의 하나였다. 이토록 쉽게 잡을 거라 생각하지 못했지만, 그 생각이 우습다 느껴질 정도로 맞잡은 손은 마치 제자리를 찾은 듯 떨림을 멈춰 갔다.

선생님. 그거 아세요? 제가 이 손을 얼마나 잡고 싶어 했는지. 이 순간을 얼마나 상상했었는지.

"푸름 씨는 음식 뭐 좋아해요? 내일 아침 뭐 해 줄까?"

설렘, 긴장, 떨림.

그저 손을 잡은 것만으로도 뛰는 심장을 어쩌지 못하는 와중에 경아가 살갑게 물어 왔다. 푸름은 그저 어색하게 웃을 수밖에 없었다.

"봐요. 다 눈치채셨잖아요."

배가 불러 소화를 시켜야 할 것 같다는 그럴 듯한 핑계를 대고 여준은 푸름을 데리고 펜션을 나섰다.

늦은 시간이긴 했지만, 푸름과 근처 산책로를 꼭 걸어 보고 싶었다. 눈치 빠른 경아와 성진이 그들을 밀어낸 탓도 있었다.

"나도 우리 부모님이 그렇게 눈치가 빠르실 줄은 몰랐어."

"거짓말."

"진짜야."

여준이 작게 웃었다. 혜정과 같이 왔을 때처럼, 부하 직원으로 받아들일 것이라고 생각했었다. 그러나 서른다섯 미혼의 외아들을 둔 부모님의 눈에 분명 푸름은 탐이 났을 여자였고, 그 사실을 부정할 수는 없었다.

"미안. 다음부터 이런 일은 절대 없을 거야. 진짜, 너무 익숙해서 그랬어."

"괜찮아요. 예쁨받는 것 같아서 좋았어요."

저를 향한 시선에 조금 불편했던 건 사실이지만, 그러면서도 두 분의 기대 어린 시선이 아주 싫지는 않았다.

예쁨받는다는 건 언제나 좋은 일이니까.

그것도 그의 부모님에게.

“그나저나 여기 예쁘네요.”

소나무가 쭉 뻗은 길 위로 은은한 조명들이 설치돼 있었다.

여준의 말에 의하면, 산책을 좋아하는 경아를 위해 2, 3년 전까지 무대 조명 예술가로 활동했던 성진이 직접 설치한 것이라고 했다.

“멋있다.”

“맞아.”

“로맨티시스트네요. 어머님 좋으시겠다.”

그의 입꼬리가 참지 못하고 위를 향했다. 강원도 밤공기가 꽤 싸늘한지, 으스스한 팔을 쓰다듬는 그녀의 어깨 위로 여준은 카디건을 벗어 덮어 줬다. 괜찮은데, 하고 중얼거리는 그녀의 말을 무시하고 여준은 다시 손을 붙잡았다.

어둡고, 밤이라 잘 보이지는 않지만 그는 알 수 있었다. 푸름의 얼굴이 꽤나 붉어졌다는 것을.

“내일도 그렇게 부를 거야?”

“네?”

“뭐, 나는 듣기 좋은데. 어머님이라.”

그의 목소리에 미처 감추지 못한 기쁨이 느껴졌다. 부끄러워진 푸름이 손을 빼려고 하자 여준은 더 꼭 손을 붙들었다.

푸름이 훅, 숨을 들이켰다.

아닌데. 이건 마치.

"혹시 남자 친구 있으세요? 매일 두 잔씩 사셔서."

사귀는 것 같잖아.

이틀에 한 번꼴로 저녁을 먹고, 매일 아침 한 차로 출근을 하고, 해 뜨는 걸 보겠다며 동해까지 왔다. 어디 그뿐인가. 부모님이 운영하는 펜션을 찾아 인사를 드렸고, 함께 식사까지 했다. 그리고 이제는 손까지 잡는다.

남자랑 손잡았다고 벌벌 떨 나이는 아니지만 상대는 평범한 남자가 아닌, 김여준이다.

심지어 김여준.

괜찮을 리가, 멀쩡할 리가, 떨리지 않을 리가 없다.

우리 사귀는 거예요? 하고 물으면 그는 뭐라고 대답할까. 물론 그럼, 혹은 그럴까? 하는 물음을 던질 것이다. 자신에게 다가오는, 혹은 이미 다가와 버린 그의 마음을 모르지 않는다.

하지만 그저 깨달은 것과 확인하는 건 다른 문제였다. 확실히 하고 싶었다. 보통의 여자처럼.

내가 먼저 물어볼까. 이런 건 원래 남자가 물어보는 거 아니야?

아니지. 지금 시대가 어느 땐데 내가 먼저 물어봐도 상관은 없을 것 같은데. 당연히 확신이 있으니까 나를 본가까지 데려온 거 아니겠어? 설마 부모님이 부하 직원이라는 말을 진짜 믿을 거라고 생각했을까?

대체 나 왜 이렇게 머리가 복잡해진 거야? 썸 타는 여자들은 원래 다 이런 거야? 아니, 이푸름. 네가 모태 솔로야? 연애 처음이야?

"들었어?"

맞잡은 손이 크게 흔들렸다. 네? 푸름이 눈을 크게 뜨며 고개를 들었다. 어두운 곳에서 마주친 시선이 반짝였다.

"내 말. 들었냐고."

"……어, 아니요."

"내일 저녁 전에 출발할 건데, 하고 싶은 거 생각해 놓으라고. 생각 안 해 놓으면 내가 하고 싶은 거 한다?"

"그게 뭔데요?"

"아침에 일출 보고, 근처에 등대 산책로 괜찮은 데 있어. 경치도 좋아서 꽤 볼만해."

"아아."

"무슨 문제 있어?"

있다. 그것도 아주 큰 문제가. 그런데 내 입으로 먼저 말하기에는 뭔가…….

듣고 싶어. 듣고 싶단 말이야. 선생님 입으로, 직접.

어색하게 입술을 깨물던 푸름은 고개를 흔들었다. 여준의 고개가 희미하게 기울어졌지만 푸름은 모른 척 앞을 향해 걸었다.

은은한 조명이 비추는 길은 불편한 마음 한구석마저도 매료시켰다. 열 걸음을 사이에 두고 설치된 작은 조명들은 그와 그녀가 가는 길을 밝게 비췄다.

한순간에 복잡해진 그녀의 마음도 모르고.

도저히 운전을 할 수 없을 만큼 짙은 안개에 결국 일출은 볼 수 없었다. 시무룩하게 돌아온 푸름을 맞은 건 부담스러울 정도로 호화스러운 아침상이었다.

부른 배를 안고 그대로 쉴 수 없다 생각한 푸름이 설거지를 거들었고, 경아와 나란히 고무장갑을 낀 채로 설거짓거리들을 해결해 갔다.

손님이니 돕지 않아도 된다는 경아의 옆에서 고무장갑을 든 푸름은 고집을 꺾지 않았다. 아침을 차릴 때도 주방에 얼씬도 못 하게 했으니, 치우는 것 정도는 하게 해 달라며 푸름이 꽤 설득력 있게 얘기하자 경아는 결국 백기를 들었다.

거실에서 성진과 함께 마른빨래를 개키고 있던 여준은 틈만 나면 뒤를 돌아 주방 쪽을 확인했다. 무슨 얘기가 오고 가는지 들리지는 않지만, 이따금씩 들리는 웃음소리로 보아 분위기는 제법 좋아 보였다.

“너도 참, 아무리 그래도 그렇지. 여기가 어딘지 말도 안 하고 데리고 와?”

펜션 손님들이 쓸 수건을 개키며 성진이 나무라듯이 말했다. 여준이 쑥스러운 듯 웃음을 감췄지만, 이미 실없이 터져 나오기 시작한 웃음은 쉽게 멈춰지지 않았다.

“여덟 살이나 어린 여자를 데리고 올 거라고는 꿈에도 상상 못 했다.”

“부러우세요?”

“이 녀석이. 아버지 갖고 놀아?”

“예뻐서 그러죠.”

“어디가 그렇게 예쁜데?”

“다요. 머리부터 발끝까지. 진짜 예뻐 죽겠어요.”

이렇게 실없는 녀석으로 키웠나. 처음 보는 여준의 모습에 성진이 하하 소리를 내며 웃었다.

나이가 찰수록 점점 여자 보기를 돌처럼 하는 아들이었다. 하나뿐인 아들이 독신 선언이라도 할까, 평생 일과 공부에만 빠져 살 것 같아 내심 불안했었다.

성진은 아들이 자신과 경아처럼 살았으면 했다.

사랑하는 사람과 함께 미래를 꿈꾸는 삶.

욕심을 좀 더 부리자면 토끼 같은 손주 녀석들도 보고 싶었다. 다행히도 이젠 여준도 제 짝을 만난 듯싶었다.

"네 엄마도 예쁘긴 엄청 예뻤지."

"제 눈에는 푸름이가 조금 더 예쁜 것 같아요."

"인석아, 네 엄마한테 이르는 수가 있다?"

"아마 어머니는 봐주실 걸요."

실없이 대답하며 여준은 마저 빨래를 개켰다. 그런 아들을 놀려 줄 생각으로 마주 앉아 있던 성진은 할 수 없이 뒤로 물러서기로 했다. 기회가 또 없진 않겠지, 생각하며 아내가 숙제로 내준 빨랫감에 열중하다가 아! 소리를 내며 고개를 들었다.

"세연이, 한국 왔다더라."

한때는 친숙했지만, 이제는 낯설어진 이름에 여준의 표정이 미묘하게 굳어졌다.

"……그래요?"

"혹시 연락 오지는 않았고?"

"왔으면 하겠죠."

해도 그만, 안 해도 그만이라는 생각으로 여준이 대답했다. 워낙 어렸을 때부터 세연의 가족과 막역한 사이였고, 지금도 마찬가지였다.

이웃으로 살았던 연이 지금까지 이어져 오고 있으니, 묻지 않을 수 없어 성진은 괜한 얘기를 꺼냈나 싶으면서도 입을 열었다.

"대체 세연이랑 무슨 일이 있어서 그래? 세연이 결혼식 때도 가지 않고."

"저 그때 회사 비상 걸렸잖아요."

"고작 한 시간도 못 빼? 회사에서 식장까지 30분도 안 걸렸는데?"

"아버지."

"너 이 녀석아. 말을 해야 알지. 세연이가 뭐 섭섭하게 한 거 있어?"

"안다는 뜻이야. 네가 걔를 어떻게 보는지. 이사를 가야 하는 상황인데, 지방으로 가야 할 것 같다고 했어. 그러니까 신경 꺼, 이제 걔한테."

"자퇴서에 보호자 서명까지 받았어. 내가 무슨 수로 그걸 막아? 막을 이유가 있긴 해? 아니, 대체 내가 왜 막아야 하는데?"

엄밀히 말하자면, 없다고 해야 맞다.

세연은 열아홉 여고생에 빠진 자신을 구제하려고 했다며 변명했다. 그 의도가 나쁘지는 않다. 친구로서, 당연히 그럴 수 있다고 생각한다.

만약 푸름이 떠나지 않았더라면 학교에 소문이 돌았을 수도 있고, 푸름이 곤란에 처했을 수도 있다. 그건 상상보다 더 끔찍한 일이었다.

다만 그때의 세연은 그의 친구이자, 푸름의 또 다른 보호자였다. 앞길이 기대되는 그 아이를, 그렇게 놓아 버리면 안 되는 거였다.

여준은 푸름에게 필사적이지 않았던 세연이 섭섭했고, 이상했고, 점점 벌어지는 생각의 차이는 둘 사이의 거리 역시 멀어지게 했다. 푸름이 떠난 직후부터 그에게 세연은 더 이상 친구가 아니었다.

"여준아."

"신경 쓰지 마세요. 제가 알아서 할게요."

"세연이 이혼한 건, 들어서 알고 있지?"

결혼하면서 미국으로 건너갔던 세연은 이혼 후에도 한동안 그곳에서 지낸 것으로 알고 있다. 여준이 고개를 끄덕였다.

"연락 오면 잘 받아 주고. 섭섭한 거 있으면 풀어."

"네."

틀어졌던 사이가 다시 변할 수는 없다. 푸름이 돌아왔다고 해도, 멀어졌던 거리를 좁힐 생각도 없었다.

소리 없이 다짐하던 여준이 주방 쪽을 돌아봤다. 수십 년간 모은 그릇을 테이블에 늘어놓으며 자랑 중인 경아와 맞장구치느라 바쁜 푸름이 보였다.

그가 모르는 것. 그리고 그녀가 감추는 것.

그의 눈빛이 낮게 가라앉았다가, 그녀가 고개를 돌리자 순식간에 풀어졌다. 뭔가가 머릿속을 스쳐 지나갔다. 아주 불운하고, 아주 이상한 생각들이.

아니, 의심들이.

아득한 늪에 빠진 그의 머릿속이 삽시간에 과거의 한순간을 파헤쳤다.

"산책이라면서요!"

푸름은 따지듯이 물었다. 분명, 산책을 가자고 했던 여준을 노려보며. 뒤돌아 그녀를 마주 본 여준이 부드럽게 웃었다.

"이야, 그렇게 보니까 무섭다?"

"선생님!"

그녀가 버럭 소리를 지르자 근처 등산로를 지나가던 등산객들이 그들을 힐끔거렸다. 푸름이 부른 호칭 때문이었다. 어려 보이지 않는 남녀가 서로를 부르는 호칭에 선생님이 존재하다니. 잘못된 게 분명하다.

"호칭 좀 어떻게 해 봐. 쳐다보잖아."

"뭘 어떻게 해요, 지금 힘들어 죽겠는데!"

푸름은 겨우 등산 20분 만에 고갈된 체력을 있는 힘껏 목청을 높이는 데 썼다.

안개가 걷히고, 날씨가 화창해지기 무섭게 여준은 경아와 그릇을 주제로 수다 떠느라 바쁜 푸름을 데리고 집을 나섰다.

집 근처에 바로 등대 공원 산책로가 있었는데, 말이 산책로지. 정상까지 한 시간은 올라가야 등대와 더불어 한눈에 바닷가를 볼 수 있는 경관이 펼쳐지는 곳이었다.

"진짜 운동 못 하네. 체력장 4등급 맞아? 5등급 아니고?"

"아, 진짜. 언제적 얘기를."

힘겹게 계단을 올라가며 푸름이 투덜거렸다. 한여름에 등산이라니, 이건 정말 말도 안 된다. 어릴 적부터 꽝이었던 그녀의 체육 점수는 고등학교에 가서도 똑같았다.

체력장 점수를 어떻게 기억하는 걸까. 새삼 놀라운 그의 기억력에 감탄하는 것도 잠시, 눈앞에 펼쳐진 높고 높은 계단을 올려다보며 푸름은 화를 눌러 참았다.

"……그냥 돌아가면 안 돼요?"

"안 돼. 벌써 반은 왔는데 아깝잖아."

"반은 무슨. 아까부터 반이라고 했으면서."

혼잣말처럼 내뱉는 그녀의 반말이 나쁘지 않았다. 울상인 푸름이 계단에 멈춰 서고 등을 돌리려 하자 여준은 단숨에 그녀의 팔을 잡더니, 손에 깍지를 끼워 잡았다.

놀란 푸름이 두 눈만 껌뻑거리는 사이, 어느새 그녀의 바로 옆에 선 여준은 가만히 손을 잡아당겼다.

"잡아 줄게. 같이 올라가자."

아, 이래서 연애할 때 다들 등산을 하나. 싱그러운 자연과 잘 어울리는 그의 미소를 멍하니 바라보던 푸름은 어느새 그에게 꾀여 다시 계단을 오르기 시작했다. 얼마나 걸었다고 벌써부터 헉헉거리는 푸름을 보며 여준은 그녀에게 갖고 있던 물통을 내밀었다.

"안 되겠다. 너 운동 좀 시켜야지."

"안 해도 잘만 살았어요."

이럴 거면 바다에 가잔 소리를 하지 말든가. 할 수만 있다면 시간을 되돌리고 싶은 마음에 푸름은 힘없이 대답했다.

"이전 회사에서 등산 간 적 없어? 자주 갈 텐데."

"갔죠. 갈 때마다 죽는 줄 알았어요. 부장님이 저 산 타는 거 한 번 보고 다시는 안 데려가셨지만."

벌컥벌컥 물을 삼킨 푸름이 입가를 닦으며 말했다. 제발 여준도 그래 주길 바라는 마음에서. 푸름의 그런 마음도 모르고 여준은 다시 물통을 받아 들고, 그녀의 손을 힘주어 잡았다.

"난 좋아. 우리 등산 자주 하자."

이 양반아, 그런 뜻으로 한 얘기가 아니잖아.

"저 진짜 괜찮은데."

"나도 괜찮아."

"선생님 혼자 가도 돼요."

"그럼 다른 운동을 생각해 볼까? 같이 할 수 있는 거."

여준은 조금의 지체도 없이 계단을 올라갔다. 힘들어하는 푸름 덕분에 속도는 현저하게 줄었지만, 그조차도 푸름에게는 버거웠다.

"수영은 어때?"

"물 무서워요."

"헬스는?"

"안에서 뛰나, 밖에서 뛰나. 어차피 뛰는 것밖에 안 할 텐데요."

"그럼 아침마다 조깅할까?"

"회사에서 좀 일 있어요? 저는 숨 쉬는 것도 운동이에요."

그와 운동이라니. 아무리 김여준 효과가 대단해도 죽기보다 싫은 운동이 좋아질 것 같진 않았다. 왜 하필 하고 많은 것들 중에 제일 싫어하는 운동일까.

"스쿼시도 재밌는데."

"공 날아오면 피하기 바쁠 거예요."

"그럼 같이 자전거 탈까?"

"저 자전거도 못 타는데요?"

믿기지 않는다는 듯이 여준이 푸름을 돌아봤다. 세상에, 자전거 못 타는 사람 처음 보나. 푸름은 두 눈을 크게 감았다 뜨며 어깨를 으쓱였다.

"우리 아빠도 저 포기했었어요. 세발자전거 타도 넘어져요, 저는."

"신체 구조가 궁금해지네."

"저도 가끔 그래요."

그녀와 함께할 운동을 떠올리며, 여준은 산행을 멈추지 않았다. 중간에 몇 번이나 돌아가겠다는 푸름을 설득하는 것도 그의 일이었다.

한 시간 코스를 두 시간 만에 도착한 그들은 북적이는 사람들 사이에 서서 푸른 바다를 함께 내려다봤다. 다 죽어 가는 얼굴을 할 때는 언제고, 정상에 도착한 푸름도 어느새 환히 웃으며 그를 따라 눈앞에 펼쳐진 풍경을 감상했다.

정말 파랗다. 하늘도, 바다도. 코를 찌르는 바다 냄새도 은은하니 좋기만 했다.

"올라오길 잘했지?"

"뭐, 조금요. 다시 내려갈 생각하니까 끔찍하긴 한데."

"날씨 맑아져서 다행이다."

한여름, 빨간 등대를 뒤로하고 있는 공원에는 사람이 꽤 많았다. 장관이나 다름없는 풍경을 두고 휴대폰을 든 푸름은 사진을 찍어 대기 바빴다.

제일 잘 찍은 사진을 지윤에게 바로 보내 주고, 언젠가 할머니와 함께 오고 싶다는 생각을 하는데, 그녀의 눈에 등 뒤로 펼쳐진 주차장이 들어왔다.

잠깐, 주차장이라니?

슬금슬금 피하는 여준을 노려보며 푸름이 소리쳤다.

"뭐야, 차로 올라올 수 있잖아요!"

여준이 박장대소하며 웃었고, 푸름은 험난했던 산행길을 떠올리며 발을 굴렀다.

맑고, 싱그럽고, 모든 순간이 즐거운 날이었다.

등대 공원에서 집으로 돌아와 늦은 점심을 먹은 그들은 바닷가로 향했다. 휴가철을 맞이한 바닷가는 사람들로 바글바글했다. 조용하게 해변을 걷기는 틀린 것 같다는 푸름의 말에 여준은 두말하지 않고 그녀를 카페로 안내했다.

안개가 걷힌 해변이 훤히 내려다보이는 카페는 전망도, 분위기도 좋았다.

달달한 케이크를 앞에 두고, 스트로를 입에 문 채 커피를 마시던 푸름은 바다에서 시선을 들어 마주 앉은 남자를 흘겨보았다. 통화 중인 여준은 옆모습을 보인 채 살짝 미간을 찌푸리고 있었다.

그녀는 꽤나 여유롭게, 시간에 구애받지 않고 마음껏 그를 감상했다. 얼마 얻을 수 없는 황금 같은 기회였다.

"그러니까 내가 그 시스템 자체가 별로라고 했잖아. 레퍼런스 논문도 없는 수식을 가져다 써서 통계를 내달라는 게 말이나 돼? 그건 그쪽 제안일 뿐이고 우린 거절하면 그만이야."

여준과 푸름이 속한 기획조사팀이 아닌, 다른 팀의 일인 모양이다.

범수가 지나가는 말로 실무는 여준이 담당한다던 이야기를 했던 기억을 떠올린 푸름이 저 혼자 고개를 끄덕였다.

항상 바빠 보이는 이유가 이거였구나.

몰래 그를 훔쳐보는 재미로 시간을 때우던 그녀가 스트로를 입에서 떼는 순간, 그와 눈이 마주쳤다. 빤히 보고 있던 사실이 못내 쑥스러운 듯 푸름이 급하게 바다 쪽으로 고개를 틀었다. 여준이 웃는 소리가 들렸지만, 그녀는 꿋꿋하게 시선을 고정했다.

"올 스톱하고, 다른 것부터 진행해. 그리고 나 바빠."

모래사장 쪽으로 일렁이는 파도를 바라보며 푸름은 괜히 목 부근을 만지작거렸다. 휴대폰을 내려놓는 여준의 손이 시선 끝에 닿았다.

"미안. 지루했지."

여준이 아예 휴대폰을 테이블에서 치우며 말했다. 배려가 느껴지는 그의 행동에 푸름은 작게 고개를 저었다. 바다 구경과 더불어 그의 얼굴도 몰래몰래 훔쳐봤으니 나쁘지 않았다. 오히려 즐거운 시간이었다.

"재밌었어요. 바다도 보고."

"그러게, 가까이에서 보니까 더 좋네."

"다리가 아파서 더 앉아 있어야 할 것 같아요. 월요일에 못 일어날지도 몰라요."

"뭐 어때. 어차피 내가 데리러 갈 텐데."

벌써부터 출근을 걱정하는 푸름에게 여준은 담백하게 대답했다. 참아지지 않는 미소를 억지로 참으며 푸름은 괜히 들뜬 기분에 뜨거워진 뺨을 어루만졌다.

바로 얼마 전까지, 바다가 보이는 전망 좋은 카페에 여준과 마주 앉아 있을 거라는 상상조차 할 수 없었으니까. 여전히 얼떨떨했다. 그와 함께인 매 순간이. 그 역시 같은 기분일까.

바다를 향했던 시선을 거둔 푸름이 여준을 마주 봤다. 시선이 닿는 것과 동시에 퍼지는 미소는, 역시 감출 수가 없다.

"부모님은 여기 오신 지 얼마나 됐어요?"

"2, 3년쯤 됐어."

그렇구나. 푸름이 말없이 고개를 끄덕이며 스트로를 만지작거렸다.

"좋으신 분들 같아요."

"마음에 들어?"

"네?"

"우리 부모님."

부모님이 마음에 드냐고? 그게 질문인 거야, 지금?

"내 마음에 드는 게 중요해요?"

"중요하지."

뭐랄까. 엄청난 말을 들은 것 같기는 한데.

"왜요?"

"내 부모님이니까."

여전히 알쏭달쏭. 당신, 진짜 자꾸 이런 식으로 말할 거야? 푸름의 입술이 삐죽 앞으로 튀어나왔다. 만약 정식으로 사귀는 사이라면 100% 오해할 말들인 건 분명했다.

어정쩡한 사이에서 던질 말은 아닌데.

"……무슨 말인지 모르겠어요."

"요즘은 남자 부모님도 점수를 매긴다던데."

그의 입꼬리가 재미있다는 듯 올라갔다. 이제야 그의 말을 이해한 푸름의 목 끝이 순식간에 붉게 달아올랐다.

"좋은 부모님 맞아. 바르고, 정신도 건강하시고, 무엇보다 인간적이시고. 네가 좋아할 것 같아서 언젠가 소개시켜 주고 싶었어."

"……."

"그런 부모님 밑에서 자란, 꽤 괜찮은 놈이라고 어필도 하고."

마주 본 시선들이 부딪쳤다. 연인들이 많이 찾는 데이트 장소이기도 했고, 바닷가와 해변이 한눈에 보이는 로맨틱한 장소이기도 했다.

뿌연 안개가 걷히고, 넓게 보이는 푸른 바다를 앞에 둔 푸름은 발끝부터 간지러움을 느꼈다.

본인이 말하고도 쑥스러운지, 여준이 커피를 손에 들고 바다 쪽으로 시선을 돌렸다. 귀까지 붉게 물든 그를 바라보는 푸름의 얼굴 역시 붉어져 있었다. 분명 방금 전까지는 토라진 기분으로 있었는데 어느새 가라앉았던 기분이 서서히 설렘으로 변해 갔다.

아, 머리부터 발끝까지 솜사탕으로 목욕을 하는 기분? 구름 위를 걷는다면 이런 느낌일까. 뭔가 말로 형용할 수가 없어 푸름은 더 즐거웠다.

"일부러 데려온 거 맞네요, 뭐."

심장 한구석이 간질간질하다. 자꾸자꾸, 쿡쿡 찌르는 것처럼. 헷갈리고, 또 헷갈리지만 역시나 좋은 건 어쩔 수 없었다. 바다를 보고 있는데도 눈앞에 여준이 있는 것 같고, 이런 순간이 영원할 것만 같았다.

아니, 영원하면 안 되나.

이제는 나도 욕심낼 수 있는 사람이 되었으니까.

우리는 사귀는 걸까. 사귀기 전의 단계일까.

데이트 코스나 다름없다. 전망 좋은 카페에서 시간을 보내고, 해변을 산책하고, 등대 구경도 하고, 맛이 좋기로 소문난 식당에 들러 저녁까지 먹고 서울로 돌아온 푸름은 운전 중인 그를 흘겨보며 생각했다.

아, 헷갈린다. 헷갈려. 정말 머리 터질 정도로 헷갈린다.

확 물어볼까? 사귀는 거냐고? 아니, 그런데 내가 생각했던 대답이 안 나오면 어떡하지? 물었는데, 미적지근하게 대답하면 어떡해. 아니야. 행동이 예전 제자를 대하는 건 절대 아니잖아.

고민의 무한 반복이었다. 지금의 평화로움이, 지금의 즐거움이 너무나도 좋았기에 혹시라도 이 행복이 깨질까 봐 두려웠다.

"잠깐 들릴래?"

목적어가 빠졌다. 그녀가 듣지 못한 것이었다. 푸름이 고개를 돌리자 여준은 어색하게 입꼬리를 올렸다. 수상했다.

"우리 집."

"아."

"차에만 있어도 돼. 너한테 전해 줄 게 있어서."

"……."

"차 한잔하고 간다고 하면 곱게 데려다줄 수 있고."

어떻게 해야 곱게 데려다준다는 걸까. 푸름이 고개를 기울이며 다른 대답을 요구하자, 여준이 민망한 듯 웃었다.

"진짜 안 건드려, 털끝도."

건드리지 말라고 안 했던 것 같은데. 차라리 건드린 다음 우리는 사귀는 사이라고, 도장이라도 찍었으면 싶은 게 그녀의 솔직한 심정이었다.

아니, 화끈하게 내가 밀어붙여 봐? 오늘 안에 결판을 봐? 고심하던 푸름은 고개를 끄덕였다.

"그러죠, 뭐."

흔쾌히 승낙하는 그녀를 상상하지 못했던 여준은 잠시 놀라다가, 곧장 차선을 바꿨다.

조용한 푸름이 이상했지만 자신의 집에 가겠다는 그녀가 왠지 모르게 반가웠다. 한 걸음 더 가까워진 것만 같은 좋은 느낌이 들었다.

"들어가자."

넓은 도로 앞에 위치한, 커다란 주상 복합 아파트 건물이었다. 몇 층에 살까, 나는 3층에 사는데. 창밖으로 건물을 올려다보며 푸름이 상상에 빠지는 사이, 차는 지하 주차장 안으로 들어갔다.

"이사 온 지 얼마 안 됐어. 전에는 회사랑 너무 멀었거든."

엘리베이터에 오른 여준이 10층을 누르며 묻지도 않은 말을 늘어놨다. 뭔가 들떠 보였다. 그 모습이 어딘지 모르게 신이 난 어린아이처럼 보였다.

이내 10층에 도달한 엘리베이터의 문이 열렸다.

"들어올래?"

아까도 물어봤으면서 뭘 또. 문 앞에 서서 비밀번호를 누르는 그를 빤히 지켜보던 푸름은 문이 열리자 대답도 없이 안으로 들어갔다.

주인보다 먼저 신발을 벗자, 여준은 황급히 그녀의 앞에 손님용 실내화를 내주었다. 새것이었다.

"네 거야."

내 거라니, 난 여기 처음인데.

"미리 사 놨지."

시선이 부딪치자, 여준은 어깨를 으쓱였다.

간지럽고, 설렌 푸름은 실내화 안에 발을 넣었다. 따뜻하고, 편했다. 정말 원래부터 제 것 같았다. 마음이 점점 들뜨기 시작했다.

그의 지극히 사적인 공간에 자리 잡은 자신을 위한 물건이라. 푸름이 빙그레 웃었다.

"구경하고 있어."

검은색 가죽 소파 앞에 서서 멍하니 거실을 둘러보는데 여준은 푸름을 남겨 두고 방으로 향했다. 아, 줄 것이 있다고 했지.

얼마 지나지 않아 여준이 방에서 나왔다. 큰 쇼핑백 하나를 들고서.

"뭐예요?"

"네 거."

"두 개째네요? 기대된다."

푸름이 낮게 웃으며 쇼핑백을 받았다. 선물인가 싶어 안을 확인하니, 책가방이 들어 있었다.

새 제품 같으면서도 디자인이 뭔가 옛것처럼 촌스러웠다. 그녀가 고등학생 때 유행했던 것과 비슷했다. 찬찬히 가방을 뜯어보던 푸름의 시선이 여준을 향했다.

"마실 거 줄게."

그는 쑥스러운 듯 낮게 웃더니 주방으로 향했다. 푸름은 그를 따라갔다. 유행 다 지난 책가방은 왜 주는 것인지 알고 싶었다.

"이거 제 거 맞아요?"

"응, 네 거 맞아."

"설마 들고 다니라고요?"

"아무래도 그건 좀 무리겠지. 디자인이 너무 옛날 거지?"

"……이거 언제 샀어요?"

설마 해서 물었다. 한창 유행하던 가방이었고, 반에서도 꽤 잘 사는 애들만 메고 다녔던 브랜드다. 지금은 어떨지 모르겠지만 적어도 그녀가 열아홉일 땐 그랬다.

김여준 선생에 빠져 허우적거리던 그 시절에.

"네가 나 무시했을 때?"

그녀가 미간을 좁혔다.

"제가 언제 무시를……."

"나 안 좋아할 거라고, 철이 없었다며."

그때는 선생님이 너무했잖아요. 나보고 안됐다고, 불쌍하다고 해 놓고.

푸름은 입을 열려다가, 아랫입술을 꾹 깨물었다. 뭔가 말해 봤자 본전도 찾지 못할 듯싶었다.

"그럼 그때 산 걸 아직도 갖고 계셨어요?"

"줄 타이밍을 계속 놓쳤어. 네 상황도 조금 그랬고."

"……."

"되게 감동한 얼굴이네. 내가 더 감동인데."

이 사람은 정말, 하루에 몇 번이나 사람을 천국으로 보내는 걸까. 푸름이 힘없이 웃었다.

물어야 했다. 바로 지금.

부모님 집에는 왜 데려갔어요? 나 주려고 산 가방은 왜 간직한 건데요?

지금 우리, 사귀는 거 맞아요? 내 생각이 틀린 거 아니죠? 나 선생님 마음껏 좋아해도 돼요?

좋아한다 말하고, 표현해도 상관없어요?

예전의 나처럼, 정말 그래도 되는 거예요?

"선생님."

"어?"

팀장님이 아닌 선생님. 언젠가 학교 뒤편에서 그녀에게 불려 나가 황당한 고백을 받았던 기억을 떠올리며, 여준은 그녀를 돌아봤다.

"우리요."

"……."

"우리 지금……."

열아홉의 이푸름처럼 소리 내어 말했다. '우리'라는, 다분히 특별할 것도 없는 말에 여준의 시선은 그녀에게 닿아 떨어질 줄 몰랐다.

그리고 그녀가 호흡을 멈추고 다시 입을 열려는 찰나, 우연처럼 초인종 벨이 울렸다.

푸름의 얼굴이 순식간에 달아올랐다. 여준이 잠깐 망설이는데, 벨이 다시 울렸다. 그녀가 하는 말을 들어야 할 것 같은데, 늦은 저녁 찾아온 방문객은 연신 초인종을 누르기 바빴다.

"미안. 잠깐 나가 볼게."

"괜찮아요."

푸름이 어색하게 웃었다. 여준이 걸음을 옮겨 현관으로 향했다. 가만히 서 있기는 어색해 푸름도 그를 따라 주방을 나갔다.

"뭐야. 들어오라는 말 안 해?"

거실을 향하던 그녀가 걸음을 멈췄다. 익숙한 목소리와 말투. 여준의 목소리는 들려오지 않았다.

푸름의 시선이 현관을 향하자, 그의 어깨너머로 낯익은 눈동자와 시선이 닿았다.

"아."

짧게 신음을 흘린 푸름이 한 걸음 뒤로 물러섰다.

그리고 곧장 후회했다.

물어볼걸, 우리 사이에 대해.

10화

오늘부터 1일

세연은 푸름을 반가워했다. 얼마 만이냐며, 잘 지냈는지 궁금했다며, 대학은 어디를 가고 직장은 어디를 다니냐는 말에 푸름은 단조로운 대답만 내놓았다. 듣는 사람이 민망할 정도로.

같은 공간에서 숨 쉬는 것조차 끔찍한 사람.

우스웠다. 어떻게 그걸 물을 수가 있지? 나한테?

화재가 있던 다음 날, 괜찮냐는 질문은 고사하고 사진을 내밀며 그의 곁에서 떠나라고 협박하던 그녀는 없었다. 답은 곧 나왔다. 여준이 함께 있기 때문이겠지.

"그런데 어떻게 둘이 같이 있어? 주말인데 출근했었어?"

손님이 있어 돌아갔으면 한다는 여준의 말에도 세연은 막

무가내였다. 아는 얼굴인데 같이 차라도 한잔하자며 마치 제 집처럼 여준의 집에 들어와 주방을 차지했다.

냉장고를 열어, 주스를 꺼내고 컵에 따르는 것까지. 세연의 행동은 자연스러웠다. 여준이 말릴 틈도 없었다.

"우리……."

"출장 다녀오는 길이요."

'우리' 라고 시작된 여준의 말에서 어떤 대답이 나올까 기대되고 걱정도 되지만 푸름은 그의 대답을 가로챘다. 옆에 앉은 여준의 시선이 제게 닿는 것이 느껴졌다.

푸름은 무시했다. 표정 관리가 되지 않았다. 상상은 했었지만, 묻지 않았었다. 짐작만 여러 번 하고 불안해했을 뿐이다. 소꿉친구로 함께 자랐다던 둘이 여전히 친구일 수도 있다는 것을. 여준의 옆에 있으면 세연을 봐야 한다는 것을.

"신기하다. 어떻게 둘이 같은 직장에 있어? 푸름이 넌 의대 가고 싶다고 하지 않았어? 어떻게 그쪽에서 일해?"

어떻게 당신이 내 대학에 대해 물을까. 어째서 내 근황에 대해 궁금해할까. 기가 막힌다는 듯, 푸름이 낮게 웃었다. 푸름을 보던 여준의 눈에 의아함이 번졌다.

"제가 찾아갔어요."

"응?"

"선생님 계신 회사인 줄 알고 찾아갔어요, 면접 보러."

푸름이 무릎에 올려놓은 두 손을 말아 쥐며 힘을 주었다.

뭔가가 자꾸만 폐부를 찔러 댔다.

서울을 떠났던 건 비단 세연 때문만이 아니었다.

빚 독촉이라도 하듯 보험금을 요구하며, 급기야 식당과 집에 불을 낸 큰아버지 때문이기도 했고, 억지를 부리며 돈 뜯어낼 궁리만 하는 큰집 식구들 때문이기도 했다. 세연은 하필 그 타이밍에 작은 짐을 얹어 주었을 뿐이다.

그때의 푸름은 너무 어렸다. 어려서 아무것도 몰랐고 힘이 없었다. 속수무책으로 당할 수밖에 없던 나이였다.

스치듯이 머릿속을 지나가는 끔찍한 영상들 속에 항상 세연이 존재했다. 열아홉의 이푸름은 세연의 말대로 떠날 수밖에 없었지만, 지금은 아니었다. 떠나지 않고, 여준의 곁에서 버틸 것이다.

푸름은 어쩌면 차갑게, 어쩌면 당돌하게, 어쩌면 공격적으로 말했다. 옆에 닿는 여준의 시선이 떠나지 않았다. 그가 눈치챌 수도 있다. 이미 여준은 그녀가 자퇴서를 내기 전에 누군가를 만났고 그로 인해 떠났을 것이라는 짐작을 하고 있었다. 직접 묻지 않았던가.

그냥 여기서 확 얘기해 버릴까, 전부? 나는 어쩔 수 없었다고?

그건, 온통 변명뿐인 거잖아. 그는 미안해할 거야. 죄책감을 가질 거야. 견디지 못할 거야. 전부 자기 때문이라고 책망할 거야. 그 모습은 또 어떻게 봐?

〈너한테 실망했어. 이렇게 제멋대로인 줄 몰랐다. 다시는 연락하지 마.〉

〈정말 질렸다, 다 네 마음대로 해. 전화 안 했으면 좋겠다.〉

잠시나마 잊고 있었던 문자를 재차 떠올린 푸름의 두 눈동자에 힘이 들어갔다. 마음속에서 두 가지 목소리가 속삭였다. 지금 터트려 버리자, 아니 과거는 과거니 묻어 버리자.

"그래? 잘 생각했네. 푸름이 너, 여준이 잘 따랐잖아."

순간 굳어졌던 세연의 얼굴이 활짝 펴졌다. 푸름은 대답하지 않았다. 세연이 불안해하고 있다는 것을 알았다.

그래, 문자가 있었다. 여준의 곁에 있다는 사실이 실감 나지 않아 잊고 있었던 과거.

고민할 필요도 없었다. 그가 아니라는 것을 알았을 때 퍼뜩 떠오른 얼굴은 당연히 세연이었으니까. 그녀가 불안해한다는 것만으로도 푸름은 즐거울 지경이었다.

"집은 어떻게 알았어?"

가만히 있던 여준이 둘 사이의 미묘한 분위기를 눈치채고 세연에게 물었다.

"어떻게 오긴. 귀국했을 때 아저씨랑 통화해서 물어봤었어. 요즘 전화 못 드렸네. 별일 없으시지?"

"전화 안 해도 돼. 내 부모님이잖아."

여준은 차갑게 선을 긋고 몸을 일으켰다. 갑자기 앉아 있던 자리에서 주인이 몸을 일으켰다는 의미는 하나였다. 이 중에 나가야 할 객이 있다는 것.

푸름은 저도 모르게 몸을 일으켰다. 왠지 자신이 가야 할 것 같았다. 이들은 친구니까. 오랜만에 만났다고 하니까. 내가 비켜야 하는 게 맞겠지. 그는 아무것도 모르니까.

"저는 이만……."

"푸름이는 더 있다 갈 건데."

여준은 자신을 지나쳐 주방을 나가려는 푸름의 손목을 잡았다. 그의 시선이 당황한 세연을 향했다.

"넌 가 봐야지, 늦었어."

"어어, 그래야지."

"차 갖고 왔지? 주차장까지 같이 가 줄게."

이 순간이 당황스러운 건 세연뿐만이 아니었다. 여준이 푸름을 돌아보며 마치 같이 다녀와도 되겠냐며 허락을 구하듯이 고개를 기울였다.

모른 척 시선을 피하다가, 푸름은 고개를 끄덕였다. 세연의 황당함이 여기까지 느껴졌지만, 마치 보란 듯이 그러고만 싶었다.

"금방 다녀올게."

여준은 푸름의 어깨 위를 가볍게 쓰다듬은 뒤 그녀를 지나쳤다. 덩그러니 남겨진 그의 집은 어색했다. 제대로 구경을 하기도 전에 세연이 왔으니 그럴 만도 했다.

푸름은 그대로 자리에 앉으며 옆에 둔 쇼핑백을 바라봤다.

느껴진다. 그의 다정함이, 그의 손길이, 기억하며 추억을 떠올렸을 그의 시선들이.

"하아."

그녀가 테이블 위에 엎드리며 긴 한숨을 쏟아 냈다. 싫었다. 세연과 함께 나간 여준을 잡고 싶었다. 그런데 그러지 못했다. 혼자 두지 말라고, 같이 있고 싶다고, 그 여자랑 나란히 나가지 말라고. 그렇게 말하고 싶었는데.

푸름이 작게 오물거리던 입술로 중얼거렸다.

"이푸름 바보."

진짜, 바보.

처음엔 말도 안 된다고 생각했다. 섣부른 의심은 더 큰 화를 불러오기 전에 거둬야 하는 게 옳았다.

하지만 정말 우연처럼, 불현듯 찾아온 생각들은 좀처럼 멈춰지지 않았다. 약속이나 한 듯, 세연과 푸름을 함께 보자마자 짜 맞춰진 기억들이 그랬다.

이제는 당연하게 제 옆에 오래도록 있을 푸름의 존재를 실감하느라, 잠시 잊고 있었던 기억들.

떠나기 이틀 전, 내게 할 말이 있다고 했던 너.

온종일 전화를 안 받는 일이 유독 잦았던 너.

하지 못할 말들이 많고, 참아야 할 말들이 많아 보였던 너.

일부러 재촉하지 않았다. 채근하지도 않았다. 그때의 너를 기다리려고 했다. 힘겨운 상황을 이해했고, 그래서 더 지치게 하고 싶지 않았다. 온전히 기대어 올 때를 기다렸다.

넌 왜 내가, 너 때문에 학교를 그만뒀다고 오해할 수밖에 없었을까. 집에 불이 났다는 사정은 세연에게 얘기했냐며 물었을 때, 너의 표정을 왜 눈치채지 못했을까.

왜 나는 말라 가던 너를, 이제야 알아챘을까.

"두 사람, 사이 좋아 보이던데. 혹시 둘이 만나거나 그런 건……."

"푸름이 자퇴하기 전에."

주차장 쪽이 아닌 공원 쪽으로 세연을 데리고 온 여준은 그녀가 속에 있던 말을 꺼내기 무섭게 말을 끊어 냈다. 자퇴 얘기가 나오자마자 세연의 표정이 싸늘하게 굳어졌다.

"혹시 둘이 만났어?"

의심은 짙은 의심으로, 확신은 더한 확신으로 변해 간다. 아무런 증거도 없다. 무지할 정도로 그날에 대해 아는 게 없었다. 그래서 화가 나고, 분노가 치밀어 오르고, 방향을 알 수 없는 증오가 서서히 태어나기 시작한다.

이푸름. 너는 왜 그렇게 사라져야 했으며, 왜 내가 너 때문에 학교를 그만뒀을지도 모른다는 불안을 갖고 있었을까.

오직 심증뿐. 그것만으로 모든 화살표는 세연을 가리켰다. 세연은 언젠가부터 삐끗거렸던 친구 사이를 다시 되돌리려고 갖은 애를 썼지만 여준은 매몰찼다. 언제나, 늘 그의 방향은 이푸름을 향했었다.

"만났지. 나 푸름이 담임이었잖아."

"언제, 왜?"

"자퇴서 갖고 찾아왔었어. 할머님 서명 채워서 나 찾아왔는데 사정이 이래서 어쩔 수 없다고……."

"아니, 그런 거 말고."

더 길어지려는 세연의 대답은 들을 가치도 없다는 듯 여준이 가로막았다.

눈에 띄게 당황한 세연은 태연한 척 입술을 끌어올리며 '응?' 하고 되물었다.

"푸름이 자퇴에 관여한 바 있어?"

세연의 어깨 끝이 파르르 떨렸다. 태연하게 가면을 뒤집어쓰고 거짓말이라도 해야 했다. 주먹을 쥔 세연의 시선 끝이 여준의 어깨를 향했다. 도저히 눈을 마주 볼 수는 없었다.

"무슨 소리야, 그게. 푸름이가 뭐라고 해?"

말하지 않는다. 과거 얘기에 겁을 먹고 한발 물러서는 아이다. 예전에도 그랬다. 푸름의 행방을 물으며 다그쳤을 때도 세연은 피하기만 했다.

왜 너는 과거 얘기를 꺼낼 때마다 움츠러드는 걸까. 뭐가 무서워서.

"물증은 없어, 심증만 있고."

"여준아, 뭔가 오해를 한 것 같은데."

"말이 안 되는 것 같으면서도, 네 짓이라고 생각하면 묘하게 납득이 돼."

여준은 갑자기 떠올려지는 상황들을 짜 맞추기 시작했다. 지나친 생각 같지만, 점점 납득하기 시작했다. 정확한 그림이 그려지지 않는 상황들이지만, 묘하게 설득이 되고 있었다.

"화재 사고 때문에 힘들었을 거야, 정신적으로든 뭐든. 근데 그런 이유로 자퇴를 했다? 그러기에는 설득력이 너무 부족해. 말이 돼? 공부만 해도 시간이 부족할 3학년이 자퇴를 결정했어. 그리고 넌 너무 쉽게 그 자퇴서를 받아 줬지."

그가 가장 이해할 수 없었던 일.

"상식적으로 전도유망한 전교 1등이 자퇴를 결심했을 땐, 담임인 네 커리어를 생각해서라도 넌 설득을 했어야 해."

왜 너에게 그 가여운 아이의 일은, 전부 쉬웠던 걸까.

"할머님을 찾아가 말려도 보고, 이 방식은 안 된다고 밀어냈어야 해. 그런 일이 처음이었을 너는, 주변 선생님들에게 도움을 받았어야 맞아."

그가 말을 멈추었다. 강원도 본가에서 아버지의 입으로 세연의 얘기를 듣고, 푸름을 돌아봤을 때부터 찾아왔던 지독한 기억들. 내내 떠올려 봤던 가정. 말도 안 된다 생각했지만, 또 말이 안 될 건 없었다.

어릴 때부터 자신에게 집착하는 세연을 알고 있었다.

소꿉친구. 부모님들끼리 아는 사이였고, 함께 자라 온 시간이 길었고, 말도 통하는 꽤 괜찮은 친구였다. 하지만 어느 순간부터 마음을 내보이기 시작한 세연과 멀어진 건 푸름의 자퇴 이후였다.

그때, 널 밀어내던 내 마음은 정말 우연이었을까.

"넌 푸름이 담임 교사였어. 그렇게 쉽게 그 애 선택을 존중했으면 안 되는 거였어. 그건 존중이 아니라, 네 과오고 과실이야."

"여준아. 그건 푸름이가 원해서……."

"학생이 잘못된 선택을 하면 되돌리는 것도 선생의 일이야. 그런데 넌 그걸 안 했어. 그리고 내 마음도 알고 있었지. 전교 1등씩이나 하는 애 자퇴서를 쉽게 받아 준 이유가 뭘까. 왜 말리지 않았을까."

"……."

"이푸름이 나한테 하려고 했던 말은 뭘까. 내가 화를 낼 수도 있다던 그 말은, 혹시 네 얘기가 아닐까."

머릿속으로 맞춰지는 퍼즐. 그 속에는 분명 세연이 존재했다. 한 번쯤은 의심을 했어야 했다.

왜 내가, 그 생각을 못 했을까.

"그 가정에 널 넣으면 설득은 돼."

"학교는 언제 그만두셨어요?"

"말씀을 안 하시니까. 혹시 나 때문인가 싶어서. 나 때문일 리가 없는데. 그러면 안 되는데. 나 되게 안심하고 있었는데."

이제야 퍼즐은 완성됐다. 너에겐 내가 너 때문에 학교를 그만둘 수 있었던 상황이 존재했고, 네 자퇴의 이유에는 분명 내가 존재했다.

"말했잖아, 난 네가 푸름이 어떻게 보는지 알고 있었어. 둘 미래가 뻔히 그려지니까, 자퇴한다는 애를 굳이 말릴 이유가 없었어."

또 거짓말. 이것도 거짓말.

여준은 직감적으로 세연의 거짓말을 눈치챘다.

"다시 한번 물을게."

"……."

"푸름이 자퇴, 네 짓이야?"

급격하게 굳어진 얼굴은 차분함을 가장했다. 어색하게 입꼬리를 끌어올리는 행동, 은근히 피하는 시선들. 그 속에서도 세연은 다시 태연함을 겉에 씌운 채 입을 열었다.

"나는 무슨 소리 하는지 모르겠는데. 김여준, 너 정말 너무한 거 아니야? 우리 오랜만에 만났어. 안부 인사하자고 찾아온 친구 박대하는 것도 정도껏 해."

세연은 그의 확신에 대한 변명 대신 살갑게 웃으며 예전 소꿉친구였던 사이를 들먹였다. 웃음으로 상황을 무마하겠다고 아닌 척 굴고 있지만 여준은 점점 확신했다.

푸름에게는 묻고 싶지만 아직은 아니다. 그녀는 과거 일을 들추는 것에 대해 지나치게 예민하게 굴고 있다.

그것도 이상했다.

그 모르게 감춰야 하는 비밀이 있다는 것.

그 비밀의 중심엔 세연이 있고, 푸름의 자퇴가 존재했다. 깊게 파고드니, 이상한 점이 한두 가지가 아니었다.

"그래. 계속 모른 척해. 8년을 그랬으면, 앞으로도 그래야지."

"여준아. 나는 정말 아무것도……."

"사실대로 얘기할 생각이 있으면 전화해. 그전에는 연락하지 마."

여준은 차갑게 돌아섰다. 더는 세연과 나눌 말도, 함께 있을 생각도 없었다.

한적하고 어두워진 공원에는 세연 혼자만이 남았다. 가방을 쥔 손에 힘을 준 세연의 어깨가 부들부들 떨렸다.

눈자위 주변으로 힘이 팍 들어갔지만, 눈물은 참아지지 않았다. 후두둑 떨어지는 눈물을 거칠게 닦으며 세연은 아파트 건물 안으로 사라진 여준의 뒷모습을 쫓았다.

"……어떻게 아직까지."

그의 집에서 푸름을 볼 줄은 몰랐다. 8년 전에 끝난 인연이라 생각했다. 아니, 분명 그래야만 했다.

왜 모르는 거야. 난 너를 위해 그 애를 네 인생에서 치워 준 것뿐인데. 다 너를 위했던 건데. 난 큰 걸 바라지 않았어. 네가 무사했으면 싶었고, 네 꿈인 교사를 계속할 수 있게 도와 준 것뿐이잖아.

여준과 멀어진 건 푸름이 자퇴를 한 직후였다. 잔뜩 흥분해서는 푸름의 거취에 대해 묻는 여준에게 모른다고 대답할 수밖에 없었다. 정말 몰랐으니까. 묻지 않았으니까. 그럴 수 없다고 고집을 부릴 줄 알았던 푸름은 예상대로 자꾸만 결정을 늦춰 왔다.

그래서 찾아갔다. 직접 자퇴서를 들고, 푸름의 보호자인 혜옥을 만나 서명을 받아 냈다. 이사 가는 곳도 묻지 않았고, 입시 계획에 대해 묻지도 않았다. 매정하다고 해도 어쩔 수 없었다. 고작 반년 알았던 제자보다는 여준이 더 소중했다.

그 후로 세연은 여준과의 사이를 몇 번이나 회복하려고 애를 썼지만, 여준이 학교를 떠나고 대학원에 입학하면서 만날 시간이 점점 줄어들자 그럴 기회조차도 엿보지 못했다.

결국 마음 한번 고백하지 못하고 그녀는 결혼할 나이가 돼서, 결혼을 했다. 생긴 것도, 직업도 전부 그녀가 바라는 이

상성을 가지고 있는 남자와.

여준은 결혼식에도 오지 않았다. 직접 청첩장을 건네주려 했지만 그는 시간이 없다는 이유로 만나 주지도 않았다. 축하한다는 짧은 한마디만 전할 뿐.

그를 잊어 간다고 생각했다. 그녀에게는 만족스러운 결혼 생활이 기다리고 있었으니까.

뜨거운 사랑은 없었지만 적당한 감정과 여유, 나쁘지 않았다. 여준은 그녀에게 최상의 선택이었지만 차선으로 선택한 남편의 조건 역시 훌륭했다.

그러던 중 남편의 외도를 목격했다. 밖에서 젊은 여자들과 바람이 난 남편을 감당할 수는 없었다. 마침 아이도 없었고, 한국에 있는 친정도 그리웠다. 마치 기다렸다는 듯이 남편이 외도를 들킨 것과 동시에 이혼 수순을 밟았다.

여준을 만날 수 있다는 생각에 조금 더 희망에 부풀었다. 관계를 회복할 수 있을 거라는 대단한 착각에 빠져 있었다.

시간이 많이 지났으니까, 네 화도 많이 수그러들지 않았을까. 이제 너도 조금은 외로워하지 않을까. 20년을 훌쩍 넘도록 줄곧 함께였던 자신을 그리워하지 않을까.

비록 결혼 생활은 불행하게 끝났지만, 너와 다시 행복하게 시작할 수 있지 않을까. 우리에게 많은 시간이 흘렀으니까.

그런데 어째서.

너는 왜 저 애와 함께인 거야.

세연이 두 손으로 얼굴을 가렸다. 쉴 새 없는 눈물들이 손바닥을 적시고, 얼굴을 함께 적셨다.

그럼에도 그녀는, 끝까지 혼자였다.

집 안은 조용했다. 하긴, 혼자 있는데 소란스러울 것도 없지. 실내화를 신고 안으로 들어선 여준은 푸름부터 찾았다.

푸름은 거실과 방이 연결된 복도 한가운데에 서서 무언가를 빤히 바라보고 있었다.

다가가던 여준은 금방 알아챘다. 복도에 놓인 여닫이 수납장 위엔 여러 액자가 있었다. 푸름이 보고 있는 건 다름 아닌 그녀, 자신의 사진이었다.

"나 왔어."

벽에 어깨를 기대어 선 여준이 말했다. 푸름은 사진에서 시선을 떼지 못했다.

이게 왜 여기 있지? 궁금하다는 얼굴로 입술을 깨무는 그녀를 보며 여준이 옅게 웃었다.

"나 왔다니까."

뚫어질 듯 사진을 향했던 그녀의 시선이 뒤늦게야 여준에게 옮겨졌다.

"……이거 제 방에 있던 건데. 시골집이요."

"응, 내가 들고 왔어."

"언제요?"

"전에 네 방에서 잘 때."

어감이 이상했다. 네 방이라니, 잘 때라니! 당황한 푸름이 눈을 크게 깜빡이자 여준이 재미있다는 얼굴로 느슨하게 팔짱을 꼈다. 한껏 여유로운 그에 비해, 푸름은 이 상황이 당황스럽기만 했다.

"도둑질해 놓고 당당하네요."

"당당해야지, 그럼. 뺏기면 어떡해."

뺏기다니, 원래 주인은 난데. 푸름은 겨우 하고 싶은 말을 꾹 참았다. 하필 이런 사진을. 그녀가 작게 한숨을 쉬었다.

사진 속의 푸름은 초등학교에 들어가기 전이라 아주 어렸다. 그만큼 창피한 사진이라는 것. 분홍색 수영복을 입고, 외갓집 근처 냇가에서 멋모르고 놀았을 때 찍은 사진이라 더욱더 그랬다.

"멋대로 가져오신 거잖아요."

"그럼 너도 멋대로 가져가."

여준은 마치 기다렸다는 듯 그녀의 사진 옆으로 진열된 액자들을 가리켰다.

고등학교 때 친구들과 어깨동무를 하면서 찍은 사진, 대학 졸업식 때 부모님과 함께 찍은 사진, 아주 어렸을 때 집 앞에서 축구공을 들고 있는 사진. 여러 사진들이 있었다.

사진을 나눠 갖는다니. 그게 무슨 의미인지 알고서 말하는 걸까.

"민세연 선생님은 바래다주셨어요?"

"잘 갔겠지."

무성의한 대답에 푸름이 그를 흘겼다.

"대답이 왜 그래요?"

"아까 너, 마음에 안 들어서."

마음에 안 들었다고? 그럼 사진을 안 주겠다는 건가? 머릿속으로 그의 사진을 고르고 있던 푸름은 헷갈렸다. 그의 모든 말들이.

처음부터 그랬다. 면접을 본 직후, 집 앞으로 그가 찾아왔을 때부터.

"네가 거기서 가겠다고 하면 어떡해. 갈 사람은 따로 있는데."

걱정은 잠시였다. 사진은 받을 수 있겠다고 생각하며 푸름이 옅게 웃었다.

"그래도 오랜만에 만나셨으니까."

"연락 없이 찾아왔고, 내 선약은 너야. 다음부터 그러지 마."

어딘지 모르게 달콤한 그의 말을 들으면서 푸름은 사진을 골랐다. 확신을 주는 것 같으면서도, 확신을 못 가지고 있는 자신의 태도는 언제나 그랬듯 어리석었다.

그녀는 변했다. 당돌하게 마음을 고백하던 열아홉이 아니었다.

"저 이 사진 주세요."

그녀가 사진을 가리켰다. 다섯 살은 됐을까. 자기 품만 한 축구공을 들고 있는, 그가 아주 어렸을 때의 사진이었다.

"다 가져도 돼."

"이거면 돼요. 나머진 종종 와서 볼래요."

"……."

"그래도 된다면."

그녀가 뒤늦게 말을 덧붙였다. 당연히 되지, 안 될 리가 없잖아. 속으로 생각하던 여준이 벽에 기댔던 몸을 세우고 똑바로 섰다.

"혹시 내가 너한테 선 그은 적 있나?"

"아니요……?"

그녀가 말끝을 흐렸다. 갑작스러운 질문에 당황한 듯했다.

"그럼 너 왜 그래?"

"뭐가요?"

"이상하잖아. 왜 허락을 받아, 내 집인데."

여준이 한 걸음 더 가까이 다가가자, 푸름은 자연스레 뒤로 밀려났다. 그의 한쪽 눈썹이 구부러지듯 산을 그렸다.

도망이라니, 한 걸음 다가오지는 못할망정.

"선생님 집이니까 허락을 받죠."

"47610별."

그가 속삭이듯이 뱉은 말이 현관 비밀번호라는 건 금방 유추할 수 있었다. 푸름이 소리 나지 않게 침을 삼켰다. 공기의 흐름이 묘하게 변했음을 느낄 수 있었다. 그도 느꼈는지는 알 수 없지만.

"외웠어?"

외우다니, 뭘. 그럴 정신이나 줬어? 왜 이렇게 가까이 다가오는데!

"외워. 자주 오면 좋고."

멍하니 입술만 벌리고 있는 푸름을 보며 여준이 엷게 웃었다. 푸름은 아득해지는 정신을 붙잡았다. 떨리고, 설레고 그래서 미칠 것 같았지만.

대부분의 여자들이 그렇잖아. 확인받고 싶어 하잖아. 확실히 하고 싶잖아. 나도 그 대부분의 여자 중의 한 명일뿐이잖아.

"저 질문 있어요."

이 상황에서 질문이라니. 여준이 낮게 웃었다. 열아홉, 교복을 입고 교무실로 찾아와 수학 문제를 물어볼 때와 같은 시작이었다.

"우리 무슨 사이예요?"

어렵게 꺼내어진 말에 웃음기가 짙었던 그의 입술이 한일자로 굳어졌다. 마치 난생처음 들어 본 질문이라는 듯 얼굴에 의아함만 가득했다.

여준의 시선이 찬찬히 그녀의 얼굴을 살폈다. 동그랗게 떠진 눈, 질끈 깨물고 있는 입술. 이렇게 가까이 있는데도 뭐가 불안한지 제대로 마주치지 못하는 시선.

"우리, 지금 뭐 하는 거예요?"

혼잣말처럼 내뱉어진 목소리에 여준은 오로지 힘을 실어줘야 했다. 아직도 완전히 다가오기 어려워하는 너를 위해, 아직도 나를 멀리서만 보고 있는 너를 위해.

그는 그녀가 벌려 놓은 거리를 단숨에 좁혔다. 그게 내 마음이라면, 너는 좋아하겠지.

순식간에 가까워진 거리에 푸름은 숨소리도 새어 나가지 않도록 숨을 참았다. 여준의 시선이 오래도록 얼굴에 닿았다. 쥐어 짜내어 물어보기는 했는데, 막상 답을 들어야 하는 순간 미칠 듯한 부끄러움은 대체 누구 몫인지. 푸름이 민망함에 시선을 피했다.

"시작도 못 했던 우리가 다시 만났어."

멀어지는 푸름의 시선을 붙잡아 놓기 위해 여준은 오히려 그녀의 손을 잡아당겼다. 그의 의도대로, 길을 잃었던 시선은 다시 그에게 머물렀다. 짧은 순간, 여준은 푸름과의 지난 시간들을 떠올렸다.

언제, 어떻게 확신을 주지 못했을까.

왜 너는 여전히 내게 오고 있는 걸까.

난 아주 오래전부터 줄곧 네 옆에 있었는데.

"넌 남자 친구가 없고, 난 결혼을 안 했어."

"……."

"아직도 우리가 무슨 사이인지 궁금해?"

알고 있다. 그의 마음을, 자신의 마음을. 하지만 그녀가 원하는 건 확신이었다. 겨우 단 한마디. 어려웠고, 복잡했고, 길고 긴 시간을 돌아온 만큼 그녀는 불안해지고 싶지 않았다.

들려오는 대답이 없자 여준은 그녀에게 더 가까이 다가갔다. 거리는 그만큼 좁혀졌다.

"너 몇 살이야?"

"……스물일곱이요."

갑자기 그건 왜. 어색한 눈짓으로 그를 살피며 그녀가 조심스레 대답했다.

"나는 몇 살인데."

"서른다섯?"

"이푸름은 열아홉도, 학생도 아니지. 난 선생이 아니고. 둘 다 미혼이고, 각자 만나는 사람도 없어. 아직도 우리 사이에 문제가 될 게 있어?"

없다. 처음부터 고등학교 졸업만 하면 꼭 선생님과 사귈 거라는 맹랑한 생각을 가지고 있었으니까.

졸업만 하면 다 괜찮을 줄 알았다. 어렸다는 핑계로 도망가지 않고, 사라지지 않고 그의 옆에서 쭉 버텼다면 우린 지금쯤 어떻게 됐을까.

어쩌면 이런 불안 따위 필요 없었을지도 모른다.

"이푸름. 나 아직도 기다려?"

"나는 기다려 볼까 해. 너의 스무 살."

선생님은 기다리고, 나는 버텼다면.

그녀가 시선을 떨구고, 그의 소매 옷깃을 잡았다. 확신이 없어 미안했다고, 불안해서 그랬다고, 선생님 입으로 직접 듣고 싶었다고 말할 수 없는 진심들이 전해지는 와중에 그는 겨우 옷깃을 잡는 그녀의 손을 꼭 붙잡았다.

"그럼 우리 오늘부터 1일이에요?"

진심이어도, 장난이어도 귀여울 그녀의 말에 여준이 크게 웃었다. 그의 웃음소리에 그녀가 고개를 들었다. 표정을 보니 알 수 있었다. 장난이 아닌, 진심이라는 것을.

빤히 닿아 오는 시선에, 여준은 어색하게 목을 긁적였다.

"그게 뭔데?"

"사귀는 거요."

"한참 되지 않았어?"

"우리 한참 됐어요?"

그녀가 조금 더 커진 목소리로 물었다. 미처 몰랐다는 걸

온몸으로 표현하면서.

여준의 미소가 더 깊어지자, 푸름은 온몸에 힘이 빠져 그대로 자리에 주저앉았다.

이렇게 금방 물어보고, 답 나올 문제를 단순한 머리에 며칠 동안 가지고 있었다. 바보도 아니고, 그냥 물어볼걸. 다른 생각 그만하고 확실히 물어보면 될걸.

"정확히 해야죠. 전 그런 거 중요해요. 사귀자는 말도 안 하고 누구 마음대로 1일이에요."

세상 억울한 일은 혼자 죄다 겪었다는 듯이 말하는 목소리에 다시 웃음이 터진 그는 푸름의 앞에 마주 보며 주저앉았다.

그런 문제가 있었나, 설마 그걸 고민하고 있었던 걸까? 예전에, 어릴 때는 그런 말을 확실히 하고 여자를 만났던 것 같기도 하다.

확실히 어릴 때는.

"……내가 애도 아니고."

"애 아니어도 다 하는 거예요."

그녀가 곧장 지적했다.

아, 여기서 연애관의 차이를 느끼나. 여준은 어디서부터 어떻게 얘기를 꺼내야 하나 고민했다. 하지만 그는 간과했다. 이런 간지러운 말을 해 본 지가 벌써 수년 전이라는 것을. 조금 더 과장을 보태면 기억도 안 나는 일이다.

"몰랐네."

그가 머쓱해하며, 작게 중얼거리자 푸름은 오히려 입술을 삐죽 내밀었다. 그의 시선이 그녀의 분홍색 입술로 향했다.

원래 입술이, 저 색깔이었나.

"모르는 게 자랑은 아니죠."

"그럼 내가 손잡을 때마다 의심했겠네? 부모님 집에도 데려가고, 카풀 하자 조르고, 밥 먹자고 치대고."

"……."

"와, 나 완전 나쁜 놈으로 봤겠네."

"아니, 그건."

말을 하다 말고, 푸름은 다시 입술을 깨물었다. 제 입술에 닿은 시선을 느끼지 못하고 푸름은 괜히 눈동자만 이리저리 움직이며 생각에 잠겼다. 딱히 할 말이 없는데, 할 말을 쥐어짜느라 여념 없는 얼굴로.

"다음부터는 바로 물어봐도 돼. 나는 몰랐잖아."

"저도 알아요, 제가 좀 바보 같은 건."

"……."

"모르겠어요. 저도 왜 이러는지."

푸름은 자신 없이 중얼거렸다. 언제쯤 볼 수 있을까. 온 마음 다해 보여 주면, 넌 예전처럼 자신 있게 네 마음을 고백해 주고, 웃어 주고, 집요하게 쫓아다녀 줄까.

여준은 고민하면서도 오히려 확신을 가졌다. 너는 그럴 것이다. 내가 너를 사랑하면, 너도 나를 같은 마음으로 사랑하고, 내가 너를 옆에 두려는 매 순간 나와 함께 할 것이다.

살면서 한 번도 가져 본 적 없는 마음이 특별하고 진실 되게 전해졌으면 하는 마음으로, 그는 입을 열었다. 고민이 무색하리만큼 무심하게 느껴지는 어조였지만 그의 목소리는 떨리고 있었다.

"그럼 사귀자."

창피하고, 민망하고, 지금 이 순간이, 한 시간이 1초처럼 흘러갔으면 좋겠다는 생각 중에도 내심 기다렸던 말.

그녀가 숙이고 있던 고개를 들었다. 가까운 거리에서 또렷하게 보이는 그는 분명 웃고 있었다.

"오늘부터 1일. 그거 해."

달콤한 목소리는 언제 들어도 감미롭다. 고백을 받는 이 순간은 정말이지. 푸름이 살포시 웃으며 두 손으로 얼굴을 가렸다.

"실은 저도 그런 거 잘 안 해요. 선생님이니까 하고 싶은 거지."

그래, 그 말이 듣고 싶었다. 뒤늦게 들려오는 간지러운 고백에 여준이 살포시 웃었다.

"그럼 해도 되겠네."

"뭐가요?"

그녀가 손가락을 살짝 벌렸다. 가린 눈 사이로 더 가까이

다가온 그의 얼굴이 보였다.

"오늘부터 1일이니까."

"아, 그 얘기 그만……."

차 안에서 핸드크림을 바른 게 기억났다. 향이 좋아서 다가오는 걸까. 손등에 느껴지던 그의 입술이 멀어지기 전에 얼굴을 가리던 두 손을 내리는데, 다시 한번 그의 입술이 닿았다.

떨리는 그녀의 입술 위로, 역시나 떨리는 그의 입술이.

설렘으로, 긴장으로 떨리는 입술을 장난스럽게 깨물고 멀어진 입술은 금세 다시 닿았다. 그가 그녀의 손을 꼭 잡았다. 입술이 열리고, 안쪽까지 그의 열기가 느껴지는 순간, 푸름은 생각했다.

열아홉, 꿈에서나 상상할 수 있었던 그와의 키스는 마치 영화 속 주인공들의 입맞춤과도 같다고.

키스를 했다. 김여준 선생님과, 아니 김여준과.

다리 사이에 베개를 껴안고 이불로 온몸을 가리고 있던 푸름은 침대 위에서 발버둥을 치며 어제의 달콤함을 다시 되새겼다. 발이 동동거릴 만큼 믿어지지 않지만, 어제는 꿈이 아니었다. 현실이었다.

키스라니. 김여준과. 이거 진짜 대박이잖아.

열아홉, 철없던 짝사랑에 빠졌을 때 막연하게 상상했던 일이 현실이 됐다. 이불을 걷어 낸 푸름은 자동으로 터져 나오는 웃음을 참을 수 없었다. 아니, 참을 이유가 없었다. 이제는 마음껏 좋아할 수 있다. 마음껏 표현할 수 있다.

시원하게 웃은 푸름이 설렘으로 두근거리는 심장 위로 두 손을 얹었다.

"들려주고 싶다."

심장이 얼마나 빠르게 뛰는지, 누구 때문에 뛰는지, 언젠가부터는 목소리만 떠올려도 두근거렸다고 얘기해 주고 싶었다.

언제쯤이 좋을까. 당장 오늘이 좋을까? 누군가한테 얘기라도 안 하면 정말 이대로 심장이 펑 터질 것 같은데.

당장 침대에서 내려온 푸름은 휴대폰을 확인했다. 잘 잤냐는 그의 문자가 10분 전에 와 있었다.

"네. 잘 잤어요."

마치 바로 여준이 옆에 있는 것처럼 푸름이 대답했다. 참으려고 해도 자꾸만 기울어지는 입꼬리는 어쩔 수 없었다.

답장을 마치고 화장대에 앉은 푸름은 제일 먼저 달력을 손에 들었다. 지윤이 들으면 배가 아프도록 웃을 일이 따로 없었다. 이 나이 먹고 연애하면서 달력에 핑크색 하트를 그리다니.

하루를 '오늘부터 1일' 체크로 시작한 푸름은 화장대에서 일어서며 크게 기지개를 켰다.

가만히 있어도 콧노래가 흘러나왔다. 세상에 김여준과 연애라니, 연애는 정말 생각도 못 했는데. 아니, 어떻게 생각을 할 수가 있어. 8년이나 얼굴도 안 보고 살았잖아. 안 그래?

푸름은 씻으면서, 집을 청소하고, 내일 입을 옷을 상의 탈의 도합 다섯 번이나 갈아입으면서 꿈만 같은 이 순간을 몇 번이나 곱씹었다.

다음 날, 월요일 아침부터 여준과의 연애를 실감한 푸름이었다. 저렇게 멋진 남자가 집 앞에서 자신을 기다리는 일은 절대 흔하지 않으니까.

"커피."

차에 기대어 서 있던 여준은 사뿐사뿐 자신에게로 걸어오는 푸름을 바라보다가 거리가 가까워지자 커피를 내밀었다. 그녀가 출근길마다 들렀던 카페의 커피였다.

"나보고는 가지 말라더니."

"너는 안 되고 나는 가도 되는 유일한 장소지."

조수석의 문을 열어 주는 그가 카페를 힐긋거렸다. 야외 테이블을 청소한다는 명목으로 나와 있던, 방금 전 커피를 만들어 준 남자 사장이 둘을 바라보고 있었다. 그것도 빤히.

"앞으로 절대 가지 마."

"어떻게 안 가요, 저렇게 가까운데."

"나 보여 주려고 예쁘게 입었잖아. 그러면 내가 듣고 싶은 말만 해."

그는 아이처럼 투덜거렸다. 조수석에 타지도 못하고 선 채로 그를 올려다보던 푸름이 고개를 끄덕거렸다. 그에게 예쁘게 보이려고 입은 정장 투피스는, 다행히도 그 목적을 달성한 듯싶었다. 어제 몇 번씩이나 갈아입으며 준비한 보람이 있었다.

"알았어요, 안 갈게요."

"쳐다보지도 마."

그의 치기 어린 질투가 마냥 싫지 않은 푸름은 작게 고개를 끄덕이고는 조수석에 앉았다. 그가 운전석으로 돌아오는 동안 벨트를 채우며 커피 향을 음미했다.

우후죽순 생기는 프랜차이즈 카페 때문에 맛있는 커피 찾기가 쉽지 않았다. 집 근처에 바로 생긴 이곳 커피가 입맛에 딱 맞아 좋았는데, 이제 출근길이 아니면 절대 먹지 못할 듯싶었다.

그런데도 웃음이 났다. 처음도 아닌데, 이미 여러 번 지켜봤던 그의 질투는 유난히 기분을 들뜨게 했다.

아마 오늘부터 3일인 그들의 확실한 관계 덕분일 것이다.

"아메리카노 괜찮아?"

"너무 졸렸는데 딱 필요했어요. 어떻게 알았어요?"

평소 다양한 종류의 커피를 즐기는 푸름이 아메리카노를 찾을 때는 졸음이 올 때뿐이었다. 그걸 여준이 알았다는 게 신기한 듯 푸름이 눈을 동그랗게 뜨며 묻자 그는 간단히 대답했다.

"잠 못 잤을 거라고 생각했어."

"왜요?"

"나도 못 잤거든."

눈을 마주치며 여준이 씨익 웃었다. 언젠가, 교실에 들어오던 그의 미소에 반했던 시절을 떠올린 푸름은 다시 한번 그의 미소에 반했다.

벌써부터 자꾸자꾸 반하면 나중에는 정말 어떡하라고.

"앞으로 커피는 사지 마요. 선생님이 데리러 오면 커피는 제가 사야죠."

"점심 사. 같이 먹어 줄게."

그가 시동을 걸며 말했다. 말은 같이 먹어 준다고 하지만, 말투에는 그녀와 점심시간 내내 함께 있고 싶다는 뜻이 듬뿍 묻어 나왔다. 부드럽게 차가 출발하고, 사무실 분위기를 떠올리던 푸름이 곤란한 기색을 보이며 입을 열었다.

"근데 우리 팀은 다 같이 점심 먹잖아요."

"약속 있다고 하면 되잖아."

"둘 다 그러면 티 날 텐데."

같이 먹고는 싶어도 눈치가 보여서 그럴 수가 없다는 뉘앙

스가 잔뜩 느껴지는 말에 여준이 잠시 그녀를 돌아봤다. 커피 컵을 입에 문 채 오물거리는 모습이 귀여웠다.

“티 나면 안 되는 거야?”

“조금.”

“조금?”

너무나 빠른 인정에 그의 눈썹이 삐죽 산을 그렸다. 이러다가는 카풀도 위험하다고 할 판이었다. 점심 한 번 같이 먹어 보려다가 아침에 갖는 시간마저 전부 뺏길 지경에 여준이 급히 말을 덧붙였다.

“난 괜찮은데.”

“네?”

“난 소문 나도 좋다고.”

아니, 소문 말고 조금 더 과장되고 부풀려서 아예 약혼을 했다더라, 결혼을 한다더라, 말도 안 되게 얘기가 돌았으면 했다.

당황한 푸름이 컵을 입에 문 채 고개를 돌렸지만 여준은 말없이 정면에서 시선을 떼지 않았다. 때마침 신호가 풀리기도 했다. 그런데 들려야 할 목소리가 들리지 않아 이상하다 여긴 여준이 힐긋 그녀를 돌아봤다. 입을 다문 그녀가 안쓰럽다는 얼굴로 그를 보고 있었다. 빤히.

“왜 그렇게 봐?”

“가만 보면 선생님 재미없어요.”

뭐? 내가 제대로 들은 게 맞나.

“사내 연애잖아요. 비밀로 할 수 있을 때까지 해야죠. 그게 묘미고, 재미죠. 둘만의 암호도 만들고, 비상구 같은 아지트도 만들고.”

재미라니. 오늘부터 1일이냐, 그런 건 확실히 해야 한다, 아무것도 모르는 얼굴로 억울해할 때가 바로 어제였다.

뭐? 암호? 비상구? 덩달아 억울해진 여준은 첫 회식 때 사내 연애를 했었다는 푸름의 발언과 베트남 식당에서 만난 그녀의 옛 남자를 떠올렸다.

그때는 자신 있게 옛 남자 아니냐며 쫓아냈지만 영 거슬리긴 했다. 이제 와서 거슬린다고 할 수 없는 신세라서 더욱이 처량했지만.

눈꼬리를 접으며 웃어 보인 푸름은 신호에 걸려 차가 멈추기 무섭게 손을 잡아 왔다. 첫 회식 날, 차에 태운 그녀의 손을 얼떨결에 잡았던 일이 떠올랐다. 서른다섯이나 먹고 어쩔 줄 몰라 했던 그가 창피해할 만큼 대범했다.

“싫어요?”

한 손으로는 커피를 들고, 한 손으로는 그의 손바닥을 간질이며 그녀는 물었다. 입맞춤 하나에도 부끄러워하는 이푸름은 없었다.

“원래 이래?”

“응? 뭐가요?”

"뭐가 달라졌다고 얘기는 못 하겠는데, 달라지긴 했어. 알지?"

그것도 하루 만에. 아니, 어제 집 앞에 데려다준 지 10시간도 지나지 않았다. 푸름은 배시시 웃으며 아예 운전석 쪽으로 돌아앉았다. 사귀는 남자를 그렇게 사랑스럽게 보면 위험하다고 얘기해 주고 싶지만, 휘어지는 그녀의 눈꼬리가 너무 예뻐 여준은 차마 그 말을 할 수 없었다.

"그러니까 선생님 큰일 났어요."

"뭐가."

그가 웃으며 물었다. 무슨 말을 해도 정답이 나올 것 같았다.

"이제 나한테 더 푹 빠질 거니까."

자신 있게 단언하는 그녀는 역시, 어제만큼이나 사랑스러웠다.

앞으로, 나날이, 더욱더 자신에게 푹 빠지게 만들 거라는 당돌한 자신감을 보여 준 그녀는 약속에 충실했다. 아무도 없는 공간이면 더욱더 대담해져 불쑥불쑥 입을 맞추고 달아나는 빈도가 잦아지고, 또한 길어졌다.

여기 회사인데, 하고 말끝을 흐리는 건 오로지 그의 몫이

됐다. 회사 옥상, 둘만 있는 차 안, 아무도 없는 비상구 계단, 심지어 보고를 끝낸 둘만 있는 팀장실.

방금 전 촉, 소리 나게 스친 입술에 그의 입꼬리가 자연스럽게 위로 향했다. 엘리베이터 CCTV 고장 안내문이 반가울 줄은 또 몰랐다. 안내문을 보자마자 그에게 입을 맞추는 그녀는 또 어떻고.

이렇게 좋은 줄 알았으면 오늘부터 1일인지 뭔지 일찍 시작하는 건데, 내가 그걸 왜 몰랐지.

손가락으로 촉촉해진 입술을 만지작거리며, 여준은 엘리베이터에서 내렸다. 그런데 20초 먼저 내렸던 푸름이 복도에서 만난 범수를 상대하고 있었다. 결재 파일을 어깨에 걸친 채 둘을 노려보던 여준은 천천히 그들에게 다가갔다.

"에이, 사양 말라니까. 진짜 괜찮은 후배라 소개시켜 주고 싶어 그래요."

후배. 소개. 처음엔 잘못 들었으면 했다. 친구 녀석을 제 손으로 죽이고 싶지는 않으니까.

"저 진짜 괜찮아요, 대표님."

"칼퇴근도 할 때는 명분이 있어야 한다니까? 연애하면 칼퇴근 꼬박꼬박 시켜 줄게요, 내가."

내 팀원 칼퇴근을 네가 왜 신경 쓰는데?

고작 열 걸음 남은 거리에 여준이 눈썹 사이를 구겼다.

"잘생기고, 연봉 빵빵한 은행원에 키까지 큰데? 성격은 진국이라니까요?"

대학 동기인 범수의 후배는 고로 여준의 후배였다. 그런 놈이 있었나 떠올리며 그들 곁에 다가온 여준은 푸름의 옆에 나란히 섰다.

1분 전만 해도 함께 있던 푸름의 표정이 밝아지는데, 그는 자신을 보고 반가워하는 범수의 어깨를 결재 서류로 탁 소리 나게 쳤다.

"너 자꾸 내 팀원 괴롭힐래?"

"야, 넌 내가 뭘 괴롭혔다고!"

"됐고, 이 대리는 가 봐요. 회의 준비해야죠."

보기만 해도 웃음이 나오는 그녀를 보며 사무적으로 대하기란 힘들었다. 하지만 어쩌겠는가. 참아야지. 무뚝뚝하게 말하는 그를 보며 싱그러운 미소로 화답한 푸름은 멀어져 갔다.

"뭐야. 우리 예쁜 이 대리 소개팅 주선 중이었는데."

"넌 일 없냐? 회사 대표라는 게?"

"있지, 많지! 안타까운 마음이 커서 그러지. 저렇게 예쁜데 왜 아직 솔로지? 응? 진짜 내가 대표가 된 입장에서 소개팅을……."

열과 성을 다해 얘기하던 범수가 말을 멈추고, 문득 여준을 돌아봤다. 분위기가 이상했다.

사사건건 푸름을 대변하는 것처럼 구는 것도, 잘해 준다면서 출근 안 하겠다는 푸름을 구슬려 출근시킨 것도, 슬금슬금 웃고 싶은데 웃지 못해 안달이 난 저 얄미운 입술도 전부 이상했다.

아니, 이건 이상한 정도가 아니라 대형 사고급인데?

설마 이것들.

"연애하냐?"

여준은 헛기침으로 답했다. 긍정의 대답이었다.

"와, 이 도둑놈 새끼! 진짜 사귀어? 이 대리랑?"

첫마디는 커다란 욕설로, 그다음의 말은 여준에게 간신히 들릴 작은 목소리로, 범수는 놀라움을 표현했다. 그는 뭐 잘못된 일인 듯 구는 범수를 빤히 노려보다가 고개를 끄덕였다.

"어."

사귄다. 이푸름은 내 여자 친구다. 얼마 전에 겨우 '오늘부터 1일'을 무사히 넘겼다. 그러니 아무 남자나 갖다 붙이는 짓은 삼가 달라는 뜻을 여준은 단 한 글자로 압축했다.

"어? 그게 다야?"

"무슨 말이 더 필요한데."

"여덟 살이나 어려, 알아?"

여준은 대답 대신 어깨를 으쓱이기만 했다. 애초에 둘 사이에 나이가 문제 된 적은 없었다. 학생과 교사라는 굴레에서도 벗어났으니 더욱이 그랬다.

"와, 여덟 살. 너 이 자식, 옛 제자를 그렇게. 어? 말이 돼? 야, 나 소름 돋았잖아!"

여전히 여덟 살의 늪에서 헤어 나오지 못한 범수가 과장된 몸짓으로 양팔을 쓰다듬었다.

그게 그렇게 놀랄 일인가. 관리를 좀 해 볼까. 여준은 무신경한 얼굴로 귓가를 만지작거리다가 생각했다. 그가 40대가 되면, 푸름은 겨우 30대 초반이었다. 확실히 관리를 할 필요가 있었다.

역시, 운동 시간을 좀 늘려 볼까.

"이건 뭐야. 사제 간을 뛰어넘는 사랑? 그런 거냐?"

"시끄럽고. 아무 놈이나 막 갖다 붙이지 마."

"야, 내가 또 언제 아무 놈을. 근데 진짜 어쩌다가 만나게 된 건데? 어?"

하나를 대답하면 열 가지 질문이 날아올 것을 알기에 여준은 짧은 웃음과 함께 걸음을 재촉했다.

한 회사의 대표까지 달고 있는 범수는, 등 뒤에서 잘도 소리를 질러 댔다. 그래, 소문이나 내라. 이푸름 거들떠보는 놈들이나 없어지게.

여유롭게 사무실 쪽으로 사라지는 여준을 바라보며 범수는 진지한 표정으로 고민에 잠겼다. 턱 끝을 쓸어 보며, 미간을 만져 보며, 입술을 깨물어 보며 생각해 봤지만 답은 나오지 않았다.

"여덟 살이라. 김여준, 이 배신자."

알고 싶은데. 알고 싶어 죽겠는데. 지금이라도 당장 달려가 묻고 싶지만 대표라는 체면이 있어 범수는 감탄 섞인 목소리로 계속 중얼거렸다.

"근데 둘이 언제부터……."

"꽤 됐는데, 모르셨어요?"

범수의 곁으로 사무실에 돌아가던 혜정이 다가왔다. 전부 다 알고 있다는 얼굴로. 기척도 없이 다가온 혜정의 뒤쪽을 흘기며 범수가 가까이 고개를 숙여 물었다. 속삭이는 모양새가 의심을 살법했지만, 아무도 없으니 다행이라 여기며.

"윤 대리도 알아요?"

"팀장님이 티를 좀 내셔야죠. 저희 팀 회의 한 번만 들어와 보시면 바로 아셨을 텐데."

"그럼 기획조사팀 전부 다 압니까?"

"아니요, 불행히도 저만요."

혜정이 어깨를 으쓱이며 범수를 지나쳐, 아까 여준이 사라졌던 길로 걸어갔다. 이번에도 혼자 남겨진 범수는 그동안 여준의 행적을 머릿속으로 훑어보며 촉각을 곤두세웠다. 지금 그에게 가장 흥미 있는 일은 바로 여준의 연애였다.

"와, 이게 얼마 만이야."

그러니까 한…… 8년 만인가? 9년? 설마 10년은 아니겠지?

날짜를 세 보면서 연애한 게 얼마 만이더라. 여준이 낮게 웃으며 모니터를 켜고 자리를 잡고 앉았다. 출근 후 그가 가장 먼저 한 일은 초록색 검색창에 '첫 데이트'를 검색하는 것이었다.

모든 것이 처음인 것처럼 떨렸다. 서른다섯 노총각 소리를 듣고, 둘도 없는 친구 녀석은 이미 딸만 셋인데도 그랬다.

"꽤 오랜만이긴 하지."

어디가 좋을까. 뭘 하면 좋을까. 선물을 하고 싶은데 뭘 해야 오래 기억에 남을까. 그는 고민에 고민을 거듭했다.

헤어져 있던 시간이 무려 8년이다. 그간 해 주고 싶었던 것들, 상상으로만 함께했던 것들, 사 주고 싶었던 것들을 전부 몰아서 그녀를 행복하게 만들고 싶었다.

8년이란 시간이 미치도록 아까웠지만, 만회하면 그만이다. 채워 가면 그만이다. 조금의 빈틈도 남아 있지 않을 정도로 그녀에게 못다 해 준 것을 전부 다 해 줄 것이다.

"그럼 들추지 마세요."

"저 옛날 얘기 싫어요. 정말 싫어요."

그녀와의 첫 데이트에 들떠 있던 여준의 표정이 예고도 없이 찾아든 목소리에 굳어졌다.

영화가 좋을까, 뮤지컬이 좋을까 고민하고 있던 찰나였다. 이대로 묻을 생각은 없었다. 지금은 옛 얘기를 꺼리니, 당분간 모른 척해야겠지만 그가 만들어 놓은 퍼즐에 정말 세연이 존재한다면, 그때는 늦게라도 바로잡아야 했다.

네가 감추고 싶어 하는 것을 알아내고, 너의 지난날을 위로하고, 그렇게 우리는 더 돈독해져야 한다. 시작은 했지만 아직 넌 내게 감추고 싶어 하는 과거가 있으니까. 그 존재를 알면서도 모른 척 지금의 행복에만 심취할 수는 없다.

물론.

“네가 먼저 말해 주면 좋겠지만.”

기다림이 길수록, 너를 향한 애틋함마저 깊어질 테니.

그것조차 기다려질 정도로 여준은 푸름과 보내는 시간들이 더할 나위 없이 소중했다.

그가 옅게 웃으며 모니터 화면에 집중했다. 영화든 뮤지컬이든 그녀와의 첫 데이트에 벌써부터 가슴이 설레었다.

여준은 꽤 많은 것을 준비했다. 스무 살, 첫 연애, 첫 데이트 때도 안 했던 짓 같은데. 그는 옥상 난간에 등을 기댄 채 푸름을 기다렸다.

사내 메신저로 날아온 범수의 일방적인 회식 공지에 미간을 좁히던 찰나에 푸름을 옥상으로 불러냈다. 개인적으로 메시지를 보낸 건 처음이라 보는 사람이 없는데도 괜히 떨렸다.

종종 회식으로 바비큐 파티를 하면 좋을 것 같다고, 놀기 좋아라 하는 범수가 만든 옥상 정원에서 그녀를 기다리는 지금도, 여전히 떨리긴 마찬가지였다.

"영화, 자동차 극장, 한강 공원, 뮤지컬, 남산 야경……."

단시간에 찾아낸 데이트 코스를 머릿속으로 훑어보던 여준은 마음에 들지 않은 듯 입안에서 혀를 굴렸다.

너무 올드한가. 요즘 애들은 연애를 어떻게 하지? 아니, 요즘 애들이란 말 쓰는 것도 너무 나이 들어 보일 수 있는데.

여준은 어느새 푸름이 제 앞으로 다가오는 것도 느끼지 못한 채 생각에 집중했다.

나이, 나이, 나이. 여준에게 별로 중요했던 문제가 아니었다. 아까 전 범수가 도둑놈 어쩌고 한 것 때문일까, 준비한 데이트가 전부 올드해 보여서 그런가. 목에 생선 가시가 걸린 듯 거슬리고 기분이 나빴다.

조용, 조용. 옥상 정원에 도착했을 때부터 발소리를 죽이고 다가왔던 푸름은 무슨 생각을 하는지 코앞에 다다를 때까지 자신의 존재조차 눈치 못 채는 그를 빤히 응시했다.

기분 나쁜 일이라도 있는 걸까. 그 짧은 새에?

"김여준 팀장님."

처음 와 보는 회사 옥상으로 몰래 불러내는 이유가 뭘까. 기대 반, 설렘 반으로 올라왔던 푸름이 그의 팔을 툭 건드렸다. 그제야 그가 고개를 들어 눈앞의 푸름을 확인하고 반가운 듯 눈꼬리를 휘었다. 저절로 푸름의 입꼬리 역시 반듯하게 기울어졌다.

"무슨 생각했어요?"

네 생각. 요즘 들어서는 매일매일 네 생각밖에 못하겠어.

간지러운 말들은 꽁꽁 숨기고, 여준은 자연스럽게 손을 뻗었다. 푸름이 그 위에 손을 얹었다. 따뜻한 손들이 겹쳐지자 마음마저 뭉근해지듯이 열기가 피어올랐다.

"저 여기 처음 왔어요. 이런 데가 있었네요?"

"회식 좋아하는 대표 취향이지."

건축 설계 사무소에나 있을 것 같은 멋진 정원이었다. 고목으로 된 벤치 테이블을 빤히 바라보던 푸름이 시선을 거두고 물었다.

"우리 회사 사람만 들어올 수 있어요?"

"위층을 우리가 쓰니까. 오는 길에 이 대표한테 붙들리진 않았고?"

갑작스러운 회식 일정을 잡은 것도 못내 의심스러운데 행여나 그녀를 붙잡고 쓸데없는 소리를 늘어놓진 않았을지 걱정인 여준이 물었다.

푸름이 배시시 웃으며 고개를 저었다. 아, 웃을 때마다 이러면 어떡하지. 진짜 심장 떨어질 것 같은데.

"할 말 있어서 부른 거예요?"

"응, 이따 놀아 달라고."

놀아 달라니, 놀아 달라니! 서른다섯 먹은 남자가 이렇게 귀여워도 되는 걸까.

푸름은 웃음을 꾹 참았다. 같은 사무실에 있으면서 사내 메신저로 은밀히 불러내는 깜찍한 일에 이어 이건 또 뭘까 싶었다. 가만히 앉아만 있어도 자꾸만 웃음이 나와서 사무실에서 곤란할 지경인데, 하나도 아니고 열을 보태는 남자라니.

"회식 가야 하는 거 아니에요?"

"빠져도 상관없어."

"그럼 우리 뭐해요?"

"그래서 내가 생각을 좀 해 봤는데."

망설이듯 뒷목을 쓰다듬는 여준의 입은 쉽게 열리지 않았다.

생각해 봤다며? 그런데 뭘 망설이는 거지? 푸름이 고개를 삐딱하게 기울이며 대답을 재촉하자 그는 차분하게 생각했던 것들을 입 밖으로 꺼냈다.

푸름의 입술이 꾹 닫힌 채 미소를 그렸다.

"일 안 하고 그거 찾아보고 있었어요?"

"뭐, 틈틈이."

"나랑 하려고?"

"그럼 누구랑 해? 네가 내 여자 친구인데."

살랑거리는 시원한 바람이 피부 결을 스쳐 지나가고, 따뜻한 마음 어딘가를 간질였다.

지금이 그랬다. 하루아침에 사람 기분이 이렇게 달라지는 건, 문제가 있는 게 아닐까.

푸름은 자신에게 닿은 올곧은 시선을 따라 그를 올려다봤다. 믿어지지 않을 만큼 가까운 곳에 서 있는 그는 볼 때마다 신기하고, 반갑고, 설레었다.

"먹고 싶은 것도 생각해 봐. 맛있는 거 사 줄게."

다정한 그의 목소리에 푸름은 인기척이 없는데도 괜히 주변을 두리번거렸다. 아무도 없는 걸 다시 확인한 그녀가 속삭였다. 마치 나쁜 짓을 도모하는 속삭임처럼, 아주 작게.

"집에 갈까요?"

"어?"

"우리 집. 내가 맛있는 거 해 줄게요. 할머니 닮아서 음식 잘해요, 나."

아무리 맛없는 거라도 네가 해 준 음식이라면 다 먹어 치울 수는 있다만, 집이라고?

눈에 띄게 당황한 여준이 대답을 머뭇거렸다.

"싫어요?"

"아니, 싫은 게 아니라."

싫지 않다, 어떻게 싫을 수가 있어? 여자 친구 집인데?

하지만 섣부르게 드는 생각들 때문에 대답은 쉬이 나오지도 않았다. 순수하게 생각하자고 몇 번이나 다짐해 보지만, 이미 머릿속 한쪽에서 뭉근하게 피어오르는 불순한 상상들은 어쩔 수 없었다. 여자 친구의 '집'이라는 얘기를 듣고 순수한 상상만 할 동물이던가, 남자라는 것들이.

"그럼 이따 같이 퇴근해요. 장도 보고."

여준은 그녀와 잡은 손을 슬쩍 내려다보다 다시 시선을 들었다. 싱그럽고 맑은 그녀의 눈은 푸르렀다. 그가 하는 불순한 상상 따위, 우주 먼 곳으로 던져 버릴 만큼.

아, 나쁜 생각은 나 혼자 했구나. 밀려오는 부끄러움에 여준은 재빨리 고개를 끄덕였다.

"그래, 그러자."

"메뉴는 내가 고를게요. 팀장님 좋아하는 거로."

아침에 선생님이었던 호칭은 어느새 팀장님으로 바뀌어 있었다. 이렇게 공과 사, 뚜렷한 여자 친구가 또 있을까. 대견하고 든든하고 기특하고 예뻐 죽겠고, 아주 여러 감정이 교차했다.

"내가 뭐 좋아하는지는 알고?"

"그럼요. 어머님이 그때 이것저것 말씀하신 거 주워들었어요."

푸름이 손목시계로 시간을 확인했다. 팀 여직원들하고 티

타임을 가지기로 했다면서 푸름은 그의 손을 놓았다.

그저 손을 놓은 것뿐인데도 벌써 허전함을 느낀 여준이 한숨을 삼켰다. 이대로 더 같이 있자고 투정을 부릴 수도 없으니, 사내 연애가 이래서 안 좋은 걸까.

"종종 이렇게 불러요. 몰래몰래."

잡고 있던 손이 멀어졌을 뿐인데도 순간 무서웠다고 말하면 너무 못나 보일까 싶어 그가 입을 다물고 있는 찰나였다. 푸름은 살살 눈웃음을 지으며 말했다. 허전함에 살짝 굳어졌던 그의 입가가 다시 기울어졌다.

아, 이런 지조 없는 입술 같으니라고. 그는 푸름의 앞에서 속수무책으로 풀어지는 자신을 원망하며 입을 열었다.

"몰래몰래, 긴장하면서 나 보러 오게?"

"와야죠. 누가 부른 건데."

조금 더 가까이 다가온 그녀가 여준의 반대편 손을 잡아 손등 위에 촉, 하고 입을 맞추었다.

다시 손등 위에 촉촉, 몇 번이고 짧은 키스를 뿌린 다음 멀어졌다.

"먼저 갈게요. 쉬다 와요."

손까지 흔들며 해맑게 웃어 보인 푸름은 종종걸음으로 옥상을 나섰다.

이왕이면 입술에 해 주지, 멀면 또 얼마나 멀다고. 방금 바르고 올라온 건지 립스틱 자국이 옅게 찍힌 손등을 내려다보며 여준이 피식 웃음을 터트렸다. 벌써 짧은 시간 동안 몇 번째 웃는 건지 셀 수도 없었다.

"내가 저럴 줄 알았어."

'요즘 애들' 인 푸름에게 휘둘리는 이 상황이 황당하지만, 꽤 즐거운 여준이 그녀가 남겨 놓은 입술 자국 위에 제 입술을 내렸다.

"돌아왔네, 이푸름."

좋으면 좋아하는 마음 그대로 표현할 줄 알았던 푸름의 열아홉이 반가웠다.

11화

이름을 부르는 사이

메모지를 손에 쥔 채 푸름은 채소 코너에서 한참이나 그를 기다리게 했다. 여준을 시켜도 될 법한데, 혼자 채소 이름을 중얼거리다가 신선한 채소들 사이에서 또 좋은 재료를 골라내고, 혼자 바쁘게 움직이기를 여러 번.

카트 손잡이에 팔을 괴고 구부린 채 서 있던 여준은 다가오는 푸름을 보며 허리를 똑바로 세웠다.

"대체 뭘 해 주려고 그렇게 바빠?"

"닭볶음탕이요."

그녀가 고른 메뉴는, 소고기보다 닭고기를 더 잘 먹는다는 여준이 가장 좋아하는 음식이기도 했다.

어머니가 잘 알려 주셨네. 여준은 옅게 웃다가 푸름이 집어 온 감자를 받아 들었다.

“나 좋아하는 것 말고 너 좋아하는 것도 해. 나 다 잘 먹어.”

“나도 다 좋아해요. 우리 음식 궁합이 좀 맞나 봐.”

궁합이라니, 그런 부끄러운 말을 아무렇지도 않게.

꼼꼼하게 펜까지 쥐고서 메모지에 적힌 재료를 하나씩 지워 가던 푸름은 그의 팔에 팔짱을 끼고는 육류 코너로 향했다. 손질된 것들 중 가장 큰 닭으로 골라 그를 놀라게 하더니, 잡채를 만들겠다고 해서 또 한 번 여준을 기함하게 만들었다.

“다 만들 수 있겠어?”

“손질하는 게 좀 걸려서 그렇지, 금방 해요. 선생님이 좀 도와주면 되죠.”

돕는 건 어렵지 않지만. 그는 이름만 당면이고, 회사가 다른 두 제품을 번갈아 보는 푸름을 빤히 바라봤다. 뭔가 들떠 보이는 건 착각일까.

“원래 자주 만들어 먹어?”

“네. 안 그러면 할머니한테 혼나요. 거짓말은 또 금방 알아채서. 선생님은요?”

“난 별로, 딱히.”

“저번에 선생님 부모님 보니까 요리 잘하시던데. 선생님 집 밥 그립겠어요.”

"반찬 자주 보내 주셔. 그거 해치우는 것도 일이지."

달라 보이는 것도 없는데, 그냥 아무거나 사면 안 되나.

옆에 선 자신은 보지도 않고 당면에만 집중하는 푸름에게 차마 말은 못 하고 여준은 속으로만 중얼거렸다.

마침내 당면을 고른 푸름이 고개를 들었다. 빤히 자신을 보고 있던 그의 시선과 갑자기 마주치자 당황했는지, 푸름이 어색하게 입꼬리를 위로 올렸다.

"왜 그렇게 봐요?"

"회사에서는 팀장님, 퇴근 후는 선생님이야?"

푸름의 두 눈동자가 동그랗게 휘었다. 이제야 알아차렸다는 듯 어색하게 웃는 입술이 왼쪽으로 움직였다가, 오른쪽으로 움직였다.

"몰랐어요."

"그런 것 같더라."

"싫어요, 이렇게 부르는 거?"

카트를 미는 그의 팔에 푸름이 팔짱을 끼며 물어 왔다. 은근하게 닿는 그녀의 몸체에 놀랐다가, 여준은 헛기침을 삼켰다. 모르고 이러는 게 분명한데, 혼자 의식하고 당황하는 꼴이 우습기 그지없었다.

"아니, 뭐 싫은 건 아닌데."

"아닌데?"

"그냥 나중에도 그렇게 부르면……."

"나중에? 무슨 나중이요?"

나랑 알콩달콩한 연애만 할 거 아니잖아. 나중에도 그렇게 부를 거야? 나랑 손만 잡고, 키스만 할 건 아니지 않아? 그때도 선생님이라 부르게? 그건 조금 이상한데. 그러니까 내가 말한 그때라는 건, 아무래도 침대 위에서…….

여준은 혼자 심각해져 또다시 할 수 없는 말을 삼켰다. 아니, 할 수는 있지만 이곳은 의심의 여지가 없는 공공장소다. 이런 얘기를 꺼내는데 적당하지 않다. 뭔가 급해 보이는 모습을 보이기도 싫고.

"너 그게 달려 있긴 했냐? 난 또 연애를 하도 안 하길래."

여덟 살이나 어린 여자를 애인으로 두다니, 나쁜 놈. 너 같은 배신자는 또 처음 봤다며 시도 때도 없이 기획조사팀 사무실에 들이닥치는 범수 때문에 이가 질릴 지경이었다. 또 친구 녀석이라는 게 던지는 말들은 얼마나 저급한지.

"무슨 나중이냐니까요."

"아냐, 그냥 다른 생각하다가 말이 잘못 나왔어."

"응? 무슨 생각했는데?"

야한 생각. 정말 엄청 야한 생각. 남자가 사랑하는 여자를 보면 매일, 시도 때도 없이, 매번, 눈만 마주치면 하는 그 생각.

여준은 대답 없이 말간 얼굴로, 저를 올려다보는 푸름을 내려다보다 팔짱을 낀 그녀의 손에 깍지를 끼워 잡았다.

엉큼한 생각을 하는 중이라 이실직고할 수는 없었다. 아무리 스물일곱의 그녀라지만, 뭔가 죄를 짓고 있는 것 같기도 했다.

"너 예뻐서 넋 놓고 봤다, 왜."

"아, 닭살."

"그러라고 한 말이야. 뭐라 부를 건지는 한 번 생각해 봐."

"그럼 오빠?"

함께 카트를 끌다가, 냉동식품 코너 앞에서 멈춘 푸름이 중얼거렸다.

생각지도 못한 '오빠'라는 호칭에 당황한 여준이 그녀를 빤히 보는데, 푸름은 괘념치 않고 두 개의 냉동 새우를 손에 들고 비교를 시작했다.

손도 안 시렵나, 아니 자기가 지금 뭐라고 했는지 알긴 아는 거야?

"아무래도 살이 많은 게 더 좋겠죠?"

몰라. 지금 내 귀에는 오빠밖에 안 들려.

"응? 뭐가 좋으냐니까요?"

너. 나야 네가 제일 좋지. 나 야한 생각했다니까?

여준은 말없이 턱 끝으로 오른쪽에 들린 것을 골랐다. 뭐가 더 통통하고 신선한지도 몰랐지만, 그냥 막 골랐다.

그리고 물었다. 지금 가장 묻고 싶은 것을.

"나 오빠라 부르게?"

"오빠가 좋을까요?"

그가 고른 것이 아닌, 다른 새우를 골라 카트에 넣은 그녀는 마치 새우에게 질문하는 것처럼 아무런 감흥 없는 얼굴로 되물었다.

질문에는 대답을 하는 거야, 질문이 아니라. 또다시 선택의 기회를 받은 여준은 좋다, 싫다 말도 못 하고 고개만 저었다.

"싫어요?"

그만 물었으면 좋겠는데 푸름은 또다시 그의 의사를 물었다. 오빠라는 소리를 자주 했었나. 두세 번 했다던 연애의 상대도 '오빠' 였을까? 그렇다면 오빠는 싫다. 죽어도 싫다.

아니, 근데 김여준, 너 겨우 오빠 때문에 왜 이렇게 유치한 건데?

"오빠라고 부르는 게 편해?"

"뭐, 다들 그러니까. 별로예요?"

다들 그런다. 그럼 너도 그랬다는 거니까……. 여준은 주어진 시간 동안 빠르게 머리를 굴렸다.

"그럼 오라버니?"

"이름."

"네?"

"여준 씨."

그가 또박또박 한 글자씩 끊어 말하자, 뒤늦게야 알아들은 푸름이 미간을 좁혔다. 처음엔 장난이라고 생각했는데, 그의 표정은 한없이 진지하기만 했다.

"에이, 제가 어떻게 선생님 이름을 불러요."

"연습해. 연습하면 돼."

웃으면서 얘기하면 장난처럼 넘어갈 줄 알았더니 그는 꽤 진지하게 반응했다.

여준 씨라니, 내가 선생님을 어떻게. 한 번만 봐 달라는 듯이 푸름이 웃었지만 여준은 단호했다.

"듣고 싶어."

"전 선생님이라 부르는 게 좋은데."

"이젠 아니잖아."

여준은 마치 그 사실을 확인시켜 주려는 듯이 아주 짧게, 그녀의 입술을 훔쳤다. 황급히 주변을 확인한 푸름이 손등으로 입을 가렸다.

"아무도 없어. 내가 그것도 확인 안 했을까 봐."

"아, 진짜……!"

"그러니까 연습해, 연습."

여준은 다시 푸름의 손을 잡고 카트를 밀었다. 얼마 안 남은 재료들을 사는 동안 푸름은 내내 호칭에 대해 고민했다.

오빠가 편한데, 이름을 부르라니. 자기야 처음부터 그렇게 불렀으니까 쉽겠지, 나는 뭐 쉬운 줄 알아?

살 게 있다던 여준이 자리를 비운 틈에 마지막으로 그가 신을 실내화를 고른 푸름은 계산대 앞에 서서 지갑을 들고, 포인트를 적립하기 위해 번호를 누르면서도 생각에 빠져 있었다.

편하게 부르면 되겠거니, 아무 생각이 없었는데 그는 그게 아니었나 보다. 장바구니에 장을 본 것들을 챙겨 넣고, 엘리베이터에 탄 푸름은 주차장으로 향했다.

주차장에 가 있겠다는 문자를 남긴 푸름이 엘리베이터에서 내리며 중얼거렸다.

"여준 씨라. 여준 씨."

혼자 있으면 잘 나오긴 하는데, 그게 둘이 있을 때는 조금.

사람들 사이로 빠져나온 푸름이 막 차가 있는 곳으로 걸음을 옮길 때였다. 갑자기 뒤에서 나타난 손이 그녀가 들고 있는 장바구니를 뺏어 들더니, 커다란 꽃다발이 가슴 앞에 나타났다.

이게 뭐. 소리도 내지 못하고 중얼거리는데, 뒤에서 여준이 싱긋 웃으며 모습을 드러냈다. 놀랐다는 말도 못 하고 푸름이 멍하니 입술만 벌리고 있자 그가 조금 더 크게 웃었다.

"놀랐나 보네."

"당연하죠. 갑자기 그렇게 나타나는데 누가 안 놀라요?"

"집에 처음 가는 건데 빈손으로 가기가 그래서. 시간을 주면 좀 좋았을 텐데."

장바구니 대신 꽃다발을 받아 든 푸름이 입술을 꼭 깨물었다. 참으려고 해도, 참아지지 않아 그녀의 입꼬리가 위로 한껏 솟았다.

"꽃 예뻐요."

"아닌데, 난 네가 더 예쁜데."

"으, 닭살 돋아 죽겠어요."

그가 웃으며 그녀의 손을 잡고, 차가 주차된 곳으로 걸음을 옮겼다.

한껏 팔을 휘두르며, 품 안에서 진동하는 꽃향기를 맡으며, 그와 웃음을 주고받으며, 푸름은 행복을 느꼈다.

"아아, 대표님 딸만 셋이구나."

"응. 막내딸은 돌도 안 됐어."

생각보다 다복한 범수의 가족 이야기는 꽤 흥미로웠다. 푸름은 운전하는 그를 위해 마트에서 산 과자 한 봉지를 꺼내 한 조각씩 입안에 넣어 주었다.

"맛있네. 뭐야?"

"코코넛 칩이요. 그럼 대표님 엄청 가정적이겠다, 그죠?"

"음. 뭐 그런 편이지."

"딸만 셋이라니, 와. 듣기만 해도 화목할 것 같아요."

처음에는 아들 낳으려는 욕심 때문에 그런 줄 알았는데 아니더라, 그냥 낳다 보니 딸만 셋이던데 지금은 다들 부러워한다, 딸들 재롱이나 애교가 정말 엄청나다, 보고만 있어도 자꾸 웃음이 나더라. 신이 나 바빠지는 그의 입술을 보며 푸름이 옅은 미소를 머금었다.

"선생님, 아이 좋아하는구나."

"아이 싫어하는 사람 없지."

"그래도요. 눈에 띄게 밝아졌어요. 다음에 대표님 보면 아이들 사진 보여 달라고 해야겠어요."

"아마 두 시간은 꼼짝없이 잡혀 있을걸."

"얼마나 예쁘면 그러시겠어요."

어깨를 들썩거리며 푸름은 기대에 부푼 얼굴로 말했다. 평소 버스나 지하철에서도 어린아이들을 보면 깜빡 죽는 그녀였다. 가까운 친구 중에서도 결혼한 사람도 없고, 아이 볼 기회가 많지 않아 더욱이 그랬다.

"나중에 범수 와이프랑 한번 보자. 너 궁금해할 거야."

"선생님도 친해요?"

"대학 동기. 걔네 연애만 10년 했거든."

"와, 대단하다."

푸름이 순수하게 감탄하자 '대단하긴, 징글징글했지' 라고, 여준은 고개를 저으며 말했다.

차는 어느새 익숙한 도로에 들어섰다. 깊숙한 빌라 촌에 들어서기 무섭게 과자를 가방에 넣은 푸름의 시선이 문득 창밖을 향했다.

"……."

어느 한 곳에 박힌 푸름의 시선이 세차게 흔들렸다. 환영이라고 생각하고 싶지만, 기억 속에 모습들은 더욱 또렷해져 눈앞의 존재를 실감케 했다. 조용히 이를 악문 푸름은 여전히 운전 중인 그를 확인했다.

큰아버지네 부부를 지나친 차는 푸름의 빌라로 향했다. 백미러로 보이는 큰아버지와 큰어머니를 다시 확인한 푸름이 파르르 떨리는 입술을 꾹 깨물고, 두 손을 맞잡았다. 어깨가 굳은 듯 경련했지만 티를 낼 수는 없었다.

대체 여기는 어떻게. 우연일 리가 없잖아.

여준을 볼 수 없었던 시절이 길었던 만큼, 그 시간 동안 큰집 소식 역시 들을 수 없었다. 듣지 못하는 곳으로 떠났고, 우연히 만난 적도 없었다.

모든 연락처와 주소지를 바꾼 다음이라 일부러 찾아가지 않는 한 만날 수 있는 접점도 없었다. 평생 이제 이렇게 살아갈 거라 여겼다.

우습게도 그렇게 안심하고 살아왔다.

"선생님."

"아직도 선생님이야?"

자신을 돌아보는 푸름을 마주 보며 여준이 비스듬히 웃었다. 그녀는 표정을 감추고, 아무렇지 않은 척 되물었다.

"저희 집 말고, 선생님 집에 갈까요?"

"우리 집?"

"네. 생각해 보니까 냄비도 부족하고, 식기도 부족해서. 아무래도……."

말이 길어지면, 의심을 사기 쉽다. 지금이 딱 그랬다. 푸름이 불안해하며 그의 눈치를 살피는데, 운전 중이던 여준은 쉽게 고개를 끄덕였다. 안도의 한숨이 흘러나왔다.

"다음에 초대할게요, 준비 다 해서."

"부담 안 가져도 돼."

"아니에요. 진짜 초대할 거예요."

"그럼 더 근사한 선물 준비해서 가야겠네."

여준의 차가 그녀의 집 앞을 그대로 지나치고, 큰 도로에 다시 들어서자 푸름은 저도 모르게 백미러를 확인했다.

아무도 보이지 않았다. 큰아버지도, 큰어머니도. 흩어졌던 잔망처럼, 사라진 형상을 시선으로 쫓던 푸름은 그제야 여준을 돌아봤다.

그래야 한다고, 이래야 맞는 거라고 생각해서 멋대로 입이 움직였다. 생각할 틈도, 고민할 틈도 없었다.

거짓말을 했다. 과거의 어느 한구석, 그녀가 후회했던 나날들처럼.

"왜? 집에 들러야 해?"

빤히 닿는 푸름의 시선을 느낀 여준이 그녀를 돌아봤다.

푸름은 무의식적으로 고개를 저었다.

"아니, 그냥요."

지금은 그저 자신의 거짓말이, 차라리 사실이었으면 했다.

"아무 일 없는 거지?"

—얘가 아까부터 왜 이러나. 없다니까 그래. 할미 회관에서 자장면 먹고 있었어, 지금.

마을 어르신들끼리 모여 한 끼 식사를 해결하는 중이었다는 혜옥의 말은 사실인 듯, 주변에서 왁자지껄한 목소리들이 한꺼번에 들려왔다.

큰아버지 내외를 보고, 불안해진 푸름은 여준의 집에 도착하고 몇 번이나 혜옥에게 전화를 건 터였다. 저녁을 준비하고, 먹는 내내 여준 모르게 혼자 안절부절못하다가 다시 전화를 건 푸름은 이제야 목소리를 들려주는 혜옥 덕분에 안심했지만 이내 불안감이 스멀스멀 피어올랐다.

8년 전, 떠난 이후로 큰집 식구들을 마주친 적은 단 한 번도 없었다.

어쩌면 당연한 일이었다. 큰아버지 내외는 외할머니 댁을 몰랐고, 연락할 수 있는 번호마저 전부 바꾼 상태였으니까.

그럼 오늘은 우연일까. 설마 그 동네로 이사를 온 건 아니겠지.

푸름이 서둘러 고개를 흔들었다. 8년 동안 아무런 기척도 없었던 큰집이다. 이제 와서 자신들을 찾았을 리 없다고, 푸름은 안심했다.

—왜. 무슨 일 있어?

혜옥의 목소리에 걱정이 가득 묻어 나왔다. 베란다에 나와 있던 푸름은 슬쩍 집 안을 확인했다. 옷을 갈아입고 오겠다던 여준은 아직 보이지 않았다.

"아니, 그냥. 혼자 사는 어르신이 전화 안 받으면 당연히 불안하지."

—참나, 별걱정을 다한다. 너도 직장은 잘 다니고 있지? 저녁은 먹었고?

푸름은 시골집에서 쉬는 동안 곧 새 직장에 다닐 예정이라고 얘기했었다. 혜옥은 그 후로 그녀의 새 직장에 대해 관심을 갖고는 했다.

잘 다니고 있다는 말을 그동안 수십 번은 한 것 같은데도 여전했다. 부모 없는 손녀딸의 걱정 때문에, 늘 밤잠을 설치는 분이시니까.

"할머니. 서울 와서 나랑 살래?"

—아이고, 얘가 또 실없는 소리한다. 할미는 서울 정신없다니까. 빌딩도 너무 많고, 사람도 너무 많고.

"전에는 잘만 살았잖아. 할머니 혼자 두니까 내가 불안해서 그래. 응?"

—일없다, 난. 여기가 좋다니까 그래.

서울에 직장을 잡은 이후로 몇 번이나 꺼냈다가 거절당한 얘기였다. 한숨을 삼킨 푸름이 괜스레 목 주변을 만지작거렸다. 할머니에게 물려받은 황소고집이니, 이제 자신이 물러나야 할 때임을 알았다.

"밀가루 소화 안 되신다며. 천천히 드세요. 혈압약 빼먹지 말고."

—할미가 잔소리 안 하니 네가 하지? 이제 끊자.

이 잔소리를 내가 누구한테 물려받았는데. 전화를 끊은 푸름이 길게 한숨을 내쉬었다.

뒤를 돌아보니, 어느새 거실에 선 여준이 그녀를 보고 있었다. 눈이 마주치자 길게 웃는 그를 따라 웃으며 그녀는 베란다에서 나왔다.

"할머님이랑 통화했어?"

"네. 회관에서 자장면 시켜서 드신대요."

"좋으시겠네."

그녀가 통화를 마무리할 즈음, 주방에서 커피를 내린 여준이 푸름에게 깔끔하고 심플한 문양의 컵을 내밀었다.

"앞으로 이거 써. 네 컵 따로 샀어."

그가 사다 놓은 실내화를 신고, 자신만 쓸 수 있는 컵을 들고 푸름은 그와 나란히 소파에 앉았다. 커피 향이 좋았다. 저녁 무렵부터 가졌던 불안감이 전부 해소될 만큼이나.

"할머님은 건강하시지?"

푸름이 편히 앉을 수 있도록, 무릎에 쿠션을 놔준 여준이 넌지시 물었다.

"네, 뭐. 목소리는 멀쩡하세요."

"다음에 같이 내려갈까?"

두 손으로 머그잔을 쥔 그녀가 그를 돌아봤다.

"시골에요?"

"응, 그때처럼 하루 자고 오면 좋고. 주말 어때?"

그냥 던진 말인 줄 알았더니, 그는 갑자기 머릿속으로 계획을 그려 넣었다.

바다 보러 가자 해 놓고, 자기 집에 데려갈 때부터 알아봤지만 너무 충동적이랄까. 아니, 충동에는 후회라는 말이 따르지만 후회하는 것처럼 보이지도 않았으니 무대포라고 표현해야 맞을까. 푸름이 낮게 웃었다.

"같이 갔다가 할머니 눈치채면 어쩌려고요."

"안 돼?"

그가 재빠르게 되물었다. 조금의 망설임도, 여유도 없었다.

"아니, 안 된다기보다……."

"할머님한테 우리 사이 비밀로 할 생각이야?"

여준이 가운데 미간을 한데 모으며 물었다. 그렇게 물어 오니 또 할 말이 없어진 푸름은 조용히 입을 닫았다. 잘못한 게 없는데도, 왜 잘못한 것 같은 건지.

"근데 바로 말할 수도 없잖아요."

"왜 없어?"

"뭐……."

우선 여준의 회사에 면접을 본 얘기도 해야 했다. 더군다나 혜옥은 세연으로 인해 여준에게 좋지 않은 감정이 있었다.

물론 과거의 이야기고, 오해라 할지라도 손녀 사윗감으로 인사시킬 때 분명 탐탁지 않아 할 것이 뻔했다. 반찬 보따리 챙겨 줄 때 보니 악감정은 없어진 것 같았지만, 그래도 모르는 일이었다.

"나이?"

그래서 꺼낸 얘기가 하필, 나이 얘기였다. 여준의 눈썹이 삐죽 산을 그리자 푸름은 어색하게 웃으면서 이건 아니었나 봐, 작은 후회에 빠졌다.

"뭐, 할머니가 워낙 옛날 분이시고, 어른들 눈에는 여덟 살 차이가 적지 않게 보일 수도 있고……."

괜스레 그의 시선을 피하며 말을 덧붙였는데, 이도 효과를 보지는 못하고 오히려 그의 오기만 더 돋우었다.

"언제는 적당하다더니."

"8살 차이가 뭐가 많아요. 전 딱 적당해요."

지나가는 말처럼 했던 말은 또 귀신처럼 기억해서는. 푸름이 테이블에 컵을 내려놓고, 그의 곁에 가까이 다가가 앉아 무릎 위에 기댄 그의 팔에 두 손을 끼워 팔짱을 꼈다.

연애하면서 불리할 때마다 작은 스킨십으로 무마하려는 그녀의 습관을 알아챈 여준의 표정은 풀리지 않았다.

"놀라실 거라는 거죠. 선생님으로 소개했다가, 갑자기 남자 친구라고 하면. 아무래도 옛날 분이시니까."

말이 길어지니, 졸지에 변명과 해명을 해 버린 푸름이 그의 앞으로 고개를 기울였다. 제 딴에는 귀엽게 보이라고 한 행동인데 여준은 눈도 마주치지 않았다.

아, 정말 삐졌나 봐. 어떻게 해야 풀어지지.

"선생님."

"……."

"팀장님."

콧소리 가득한 부름에도 굳어져 있는 얼굴을 보자 하니 푸름은 그제야 심각성을 깨달았다. 서른다섯 먹은 남자도 삐지면 애 같아진다는 걸 왜 몰랐을까.

"여준 씨."

"……."

"오빠?"

앞으로 나이 얘기는 그의 앞에서 금기어라고 다짐하며 푸름은 두 손을 뻗어 그의 양 뺨에 올렸다. 다른 곳을 향했던 그의 두 눈이 자신에게 향하자 만족스러운 듯 웃어 보이더니, 올라간 입꼬리가 그의 시야에 점점 가까워졌다.

촉. 수줍고 용감하게 다가온 입술은 금방 떨어졌다. 뽀뽀라고 부르기도 민망하게 떨어져 나간 입술이 미소를 그렸다.

"나이 얘기 다시 안 할게요. 나는 정말 적당하다고 생각해요."

"……."

"화 풀었으면 뽀뽀 한 번 더 할까요?"

그의 입술에 시선을 고정한 푸름이 주저 없이 물었다. 여준은 가만히 있었다. 좋다고 하지도, 싫다고 하지도 않았다. 고개를 끄덕이지도, 가로젓지도 않고 가만히 푸름만 내려다봤다.

설마 정말 화난 걸까? 여덟 살 나이 차 어쩌고 때문에? 아, 내가 왜 그런 얘기를 했더라.

"싫어요?"

불리할 때마다 애교라는 기지를 발휘하는 푸름을 빤히 보며, 여준은 자신의 양 볼을 부여잡은 푸름의 손 위로 제 손을 올렸다.

삐딱했던 그의 얼굴이 조금은 부드러워졌음을 확인한 푸름이 웃음을 꾹 참았다. 서른다섯 해의 절반을 보내고 있는 남자의 심술이 꽤 귀여웠지만 그와의 평화를 위해 모른 척하기로 했다.

"다음에 할머니한테 같이 가."

푸름은 일단 고개부터 끄덕였다. 어차피 언젠가 혜옥에게 그와의 관계를 밝혀야 했다.

따지고 보면 세연으로 인한 좋지 않은 감정이지, 여준에게 직접적인 악감정이 없기에 뒷일이 생긴다 해도 수습할 수 있을 것 같았다.

그녀의 생각도 모르고 여준은 푸름의 손가락 사이사이에 제 손가락을 끼워 잡았다.

"다시 불러 봐."

"뭐를요?"

"아까, 그거."

두 음절씩 끊어 말하는 그의 목소리에서 말뜻을 알아차린 푸름이 소리를 내며 웃었다. 하얀 치아가 환히 보이는 푸름의 미소는 마치 환한 햇살 아래에서 반짝이는 이슬과 같다는 착각마저 들게 했다.

"여준 씨."

"……."

"이름이 그렇게 듣고 싶었……."

말하느라 살짝 벌어진 입술 틈을, 그는 놓치지 않았다.

그녀가 했던 뽀뽀는 아이들 장난 축에도 안 든다는 걸 일깨워 주려는 듯, 여준은 처음부터 진한 입맞춤으로 푸름을 몰아붙였다.

온몸이 얼어 버릴 정도로, 정신을 앗아 갈 정도로, 그는 휘몰아쳤다. 그의 혀가 유연하게 그녀의 혀를 얽고, 푸름의 가지런한 치열을 훑고, 달콤한 타액을 받아 삼켰다.

호흡이 달리고, 앉은 자세가 불편하다고 생각이 드는 것과 동시에 푸름의 몸이 들렸다. 소파에 앉은 그대로 여준의 허벅지 위에 올라타게 된 푸름이 그의 어깨에 두 손을 어색하게 올렸다. 입술은 떨어지지 않았다. 고개를 틀면서 조금씩 떨어질 때마다 가느다란 숨결을 내뱉을 뿐.

푸름아, 푸름아, 푸름아.

그의 혀끝은 그녀를 탐하느라 바쁘고, 그녀의 이름을 애타게 부르느라 바빴다.

큰아버지 내외의 흔적을 찾을 수 없어 푸름은 안심했다. 회사 업무를 어느 정도 숙지했고, 여준과의 연애도 이래도 되나 싶을 정도로 평화롭고 행복했다. 둘은 연애하면서 새롭게 알게 되는 사실에 재밌어 하다가, 행복해하다가, 꿈같다고 말하다가, 이제는 어느 정도 익숙해져 빈 시간이 생기면 서로를 찾기 바빴다.

퇴근 후 항상 저녁을 함께 먹고, 여준의 집에서 영화를 보고, 공원을 산책하고, 주말은 거의 함께 보냈다.

하지만 그것도 바로 일주일 전까지 가능한 일이었다.

그녀가 라운코리아에 입사하고 맡은 첫 프로젝트인, YS인터내셔널 최종 보고서를 작성하던 와중에 푸름은 직접 PT 발표를 하게 됐다.

이직 전에도 종종 하던 일이었고, 오히려 그때보다 규모가 작아졌으면 작아졌지, 절대 소화 못 할 프로젝트가 아님에도 불구하고 푸름은 긴장했다. 이 프로젝트 때문에 일주일 동안 거의 여준을 내치다시피 했었다.

그랬던 만큼 실수 없이 끝마쳐야 했다.

"잘할 거야. 하던 대로만 해."

푸름은 바로 10분 전, 자신의 어깨를 부드럽게 쓰다듬어 주던 여준의 목소리를 떠올리며 프로젝터 화면 옆에 섰다. 불이 꺼지고, 기획조사팀을 포함한 다른 팀의 팀장급 인사들과 대표인 범수가 함께하는 PT 발표가 시작됐다.

"YS인터내셔널 신사업의 매출 증가 가능성에 대한……."

떨려 죽겠다고, 아침부터 커피 대신 청심환을 줄기차게 먹어 대던 푸름을 떠올리며 여준은 밤새도록 푸름이 작성한 PT 초안과 그녀를 번갈아 봤다. 요 며칠, 저녁만 먹고 꽁지 빠지게 집으로 도망가던 이유가 바로 오늘 PT 때문이었다.

너무 부담을 가지는 건 아닐까, 하던 대로만 하면 되는 거라고 몇 번이나 타일러도 그녀는 죽자고 했다. 얼마나 열심히 했는지 알기에, 그녀가 최선을 다하는 이유를 알기에 여준은 내내 흐뭇했다. 발표가 진행되는 와중에도.

“적정 가격의 신사업 신제품이 많이 팔린다는 것은 제품의 가성비를 뜻합니다. 위 표를 보시면 감가 상각 비용을 제외한 신제품이 기존 제품에 비해 매출은 크고, 증가액도 높지만 기존 제품에 비해 매출 총이익률은 낮습니다. 이는…….”

자꾸만 웃음이 나오려는 입을 가린 채 여준은 푸름에게 고정한 시선을 움직이지 않았다.

그의 자리는 라운코리아 창업주인 범수의 옆으로 커다란 회의 테이블 가장 가운데에 위치했다. 모두의 시선을 한 몸에 받을 수 있는 자리라 여준은 애써 웃음을 꾹 참았지만 옆에 앉은 범수의 날카로운 시선에서 벗어날 수는 없었다.

“그렇게 좋냐? 응?”

푸름과의 연애를 인정한 후로, 만났다 하면 듣는 질문이기에 여준은 어렵지 않게 답했다.

“말해 뭐해. 예뻐 죽겠다.”

"제수씨가 너 거의 10년 만에 연애하는 건 아냐?"

이 대리였던 정 없던 호칭은, 가장 절친한 친구의 여자 친구라는 걸 깨닫고 제수씨로 변했다. 처음에는 푸름 씨로 불렀다가, 자기도 아까워서 많이 못 부르는 이름이라며 여준이 타박한 이후 바뀐 호칭이었다.

제수씨. 이름을 불렀을 때보다는 훨씬 마음에 들었다. 하지만 질문의 내용은 마음에 들지 않았는지 그가 인상을 썼다.

옳다구나, 걸렸구나. 그에 반해 범수의 표정은 더 짓궂게 변했다.

"너 그 기능은 살아 있냐? 애가 막, 아침마다. 어? 살아 있긴 해?"

범수의 시선이 힐긋 앉아 있는 여준의 아래를 향했다. 회의에서 나눌 잡담은 절대 아니었다.

"닥쳐 봐."

"난 진짜 너 게이 아니면, 나 몰래 여자에 크게 덴 줄 알았는데. 하도 연애를 안 하길래."

"야, 이 대표."

"너를 누가 구제해 주나 싶었는데, 제수씨가 사람 한 명 살린 거지. 잘해라. 인마."

조금 떨어진 자리라 누가 들을 위험은 없었지만, 혹시나 하는 마음에 여준은 주변부터 확인했다.

모두의 시선이 푸름에게 향해 있었다. 이미 발표 내용을 숙지한 여준은 안 들어도 된다지만, 범수는 또 아니었다.

닥치고 들으라는 그의 험한 말에 범수는 오히려 어깨를 으쓱이면서 '네가 어련히 잘 만들었겠지' 하고 응수했다. 대표의 관심은 오직, 전부, 하나같이 여준의 10년만인 연애에 향해 있었다.

"YS인터내셔널이 신사업에 투하 자본 대비 얼마나 벌어들일지는 다음 표를 확인해 주십시오. 투자 회수 기간 동안 총 ROTC는 10%에서, 다음 달 9%로, 그다음 달은 7%로 하락세를……."

그녀가 작성한 보고서 외에, 발표하는 모습을 보는 건 처음이었다. 집중하고 싶은 마음에 범수의 장난을 무시하고, 앞에 놓인 프린트된 PT 내용을 넘겨 보는데 그 순간 옆에 올려놓은 휴대폰이 진동했다. 불빛 때문에 방해가 될까, 여준이 서둘러 휴대폰을 손에 들었다.

"프로세스 수정이 아닌, 사업 모델 수정을 통하여……."

"세연이네?"

또박또박, 침착한 푸름의 목소리와 범수의 목소리가 섞여 들었다. 여준은 미련 없이 휴대폰 전원을 끄고 다시 푸름을 향해 고개를 들었다.

눈이 마주치자 굳어졌던 그의 얼굴이 유연하게 변하고, 푸름은 긴장을 풀 듯 옅게 입꼬리를 올렸다. 그만 알 수 있는 그녀의 미소라, 여준은 더 마음에 들었다.

성공적으로 PT를 마치고, YS인터내셔널 본사 PT까지 덜컥 맡게 된 푸름은 마치 구름 위를 걷는 듯했다.

"기획조사팀에 거물이 하나 들어왔네."

PT에 참여했던 모두가 점심 식사를 함께하는 중이었다. 범수가 다녔던 회사의 사수로, 라운코리아로 모셔 오는 데 공을 들였다던 마케팅사업본부 팀장의 말을 들었을 때는 더더욱 구름 위를 뛰어다녔다. 첫 직장이 아닌데도, 여준의 앞이기 때문에, 여준이 보고 있으니까 더 잘하고만 싶었다.

기분이 좋아 팀원들에게 커피 한 잔씩을 돌린 푸름이 아메리카노를 들고 막 팀장실에 들어설 때였다. 마침 곁을 지나가던 혜정이 팀장님 안 계시다는 얘기를 전했고, 푸름은 그와 동시에 짧게 진동하는 휴대폰을 확인했다.

〈지금, 옥상으로.〉

이런 건 또 어디서 배운 거야.

웃음을 꾹 참은 푸름이 조심스럽게 사무실을 둘러봤다. 모두들 오늘 있었던 PT와 관련해 떠들기 바빴다. 그들 사이로 몰래 사무실을 빠져나온 푸름은 옥상으로 향했다.

옥상 문을 열자 난간 앞에 서 있던 그가 뒤돌아 그녀를 마주 봤다. 단숨에 그의 앞까지 달려온 푸름이 하얀 치열을 드러내며 웃었다.

"나 잘했죠? 응?"

그의 곁에서, 그가 보는 앞에서, 그와 한 팀을 이룬 후로 처음으로 낸 성과였다. 그의 앞에서 발표를 마치고, 박수를 받으면서 얼마나 뿌듯했는지, 점심 먹는 내내 끊이지 않는 칭찬에 어깨가 얼마나 으쓱했는지 모른다.

"뭐예요, 왜 말이 없어. 나 별로였어요?"

그중에서도 여준의 칭찬을 가장 먼저 바랐다. 잘했다는 말도 아니고, 수고했다는 말 한마디라 해도 듣고 싶어 부리나케 달려왔는데 여준은 부드러운 시선으로 그녀를 내려다볼 뿐이었다.

덕분에 혼자 호들갑을 떨었나, 밀려오는 실망감에 푸름이 한 걸음 뒤로 물러서는데 여준은 그 순간을 놓치지 않고 푸름의 손을 잡아 제 품으로 끌어당겼다. 안긴다고 생각했는데, 입술이 부딪친 건 누군가의 우연도, 실수도 아니었다.

허리가 뒤로 꺾일 정도로 급하게 다가온 여준이 푸름의 허리를 안아, 그녀가 넘어지지 않도록 잡아 주었다.

진하게 다가간 입술이 그녀의 입술을 깨물었다가, 그 자리를 핥다가, 촉촉한 혀끝으로 푸름의 입술 사이를 열었다. 어느새 움츠렸던 어깨를 펴고 그의 목에 팔을 감은 푸름 역시 적극적으로 변했다.

여기가 회사라는 것도, 회사 사람을 포함해 누구나 들어올 수 있는 옥상이라는 것도, 지금이 업무 시간이라는 것도, 둘 다 나란히 늦으면 사무실에서 의심을 살 수 있다는 것도, 전부 까맣게 잊은 상태였다.

입술을 가르고 들어온 그의 혀가, 마치 제집처럼 유연하게 그녀의 입속을 파고들었다. 몰래 하는 키스치고는 대담했다. 때로는 부드럽게. 촉촉하게 묻어 나오는 소리를 배경 삼아, 떨어질 줄 몰랐던 입술이 멀어졌다.

발그스레 얼굴이 붉어진 푸름이 수줍게 입꼬리를 올리는데, 여준은 그 위에도 짧게 입을 맞추었다. 입술에, 볼에, 이마에, 콧등에 떨어지던 입술이 멀어진 뒤에야 시선이 부딪쳤다.

"……놀랐잖아요."

좋아 죽겠지만 부끄러우니 좋다고 말은 못 하고, 푸름이 옅게 웃었다.

"저녁에 뭐 먹을래?"

"맛있는 거 사 주게요?"

"사 줘야지. 오늘 얼마나 잘 했는데."

꿀이 뚝뚝 떨어진다고 해도, 주변에서 단내가 폴폴 난다고 해도 할 말이 없을 둘이 가만히 시선을 마주치며 속삭였다.

푸름은 입꼬리를 길게 늘어뜨리다가, 두 팔을 벌려 그의 허리를 껴안았다.

"다 필요 없고, 잠깐만 이러고 있을래요."

품에 안겨 오는 그녀의 허리를 마주 안으며 여준은 제 턱 아래에 닿는 푸름의 정수리에 살짝 입을 맞췄다.

"일주일 동안 알은체도 안 하더니."

"안 한 게 아니라 못 한 거죠, 그게 오늘의 결과물이고."

그의 가슴에 턱을 기댄 푸름이 고개를 들었다. 동그랗게 오므린 그녀의 입술에 그는 다시 입을 맞추었다.

한 번, 두 번, 세 번. 촉촉. 금방 떨어지는 입술이 아쉬울 정도였다. 이렇게 가까이, 손만 뻗으면 닿을 거리임에도.

"한 번만 더 할래요."

"뭘?"

"키스."

그는 기다렸다는 듯이 씨익 웃으며 다시 고개를 기울였다. 부딪친 입술 사이로 장난치듯 혀가 얽혔다. 짧게 닿았다 떨어지고, 또 짧게 스치듯 지나가는 입술은 마치 아이들 장난 같았다.

애달파하는 그녀를 보고 싶은 게 목적인 듯, 입술을 전부 내어 주려다가 멀어지는 여준이 못마땅했는지 푸름이 미간을 좁히며 인상을 썼다. 하하. 그녀의 표정에 그가 크게 웃고서는 제 입술을 마음껏 내주었다.

푸름은 도망치지 못하도록 그의 두 뺨을 붙잡고 집요하게 매달렸다. 막무가내로 그의 입술을 열고, 아랫입술을 깨물고, 타액 때문에 촉촉해진 입술 사이를 핥아 내렸다. 주객전도된 키스가 끝나 갈 즈음에는, 둘 다 숨 쉬는 게 어려워 호흡이 달릴 정도였다.

"나 이렇게 좋은데 어떻게 참았어?"

잡으려면 도망치고, 이제야 잡혔다 싶었는데 또 멀어져 있고, 가까워진 거리만큼 마음 또한 가깝다 여겼는데 우리는 '아직' 일 뿐이었고.

마음껏 표현하지 못했던 지난날을 기억하며 여준이 짓궂게 말하자 푸름이 다시 고개를 들었다. 상기된 두 눈동자와 뺨이 그의 시야에 가득 들어찼다.

그녀밖에 안 보이는 지금 이 순간, 너무나 사랑스러운 푸름은 미치도록 예뻤다.

"참는데 무슨 방법이 있어요, 그냥 참았지. 혼자 헷갈리면서."

"아, 오늘부터 1일?"

"얘기하지 마요, 창피하니까."

남자는 이 만남이 연애인 줄 알았고, 여자는 이 만남이 흔한 썸인 줄 알아 헷갈렸던 기억을 짚어 보며 푸름이 고개를 흔들었다.

"그래서 나 상 뭐 줄 거예요?"

이 순간을 모면하기 위한 방법은 하나라는 듯 푸름이 눈을 반짝였다.

여준은 가만히 그녀를 내려다보다가 넘어가 주기로 했다. 오늘만큼은, 푸름이 원하는 대로 다 끌려가 줄 작정이다. 방금 전의 진하디진했던 키스처럼.

"생각해 봐. 갖고 싶은 거, 하고 싶은 거, 먹고 싶은 거."

"헐, 다?"

"응, 다."

"후회할 텐데."

"전혀. 다 해 줄 거야, 내가."

뭔들 못 해 줄까, 네가 원하는데. 여준은 가만히 품에 안겨 오는 그녀를 꼭 끌어안았다.

아직 여름인데도, 가을이 오지 않았는데도, 한시도 떨어지지 않으려는 둘에게 지금은 꼭 겨울 같았다.

"말도 안 돼. 들이댄다고 했지, 언제 사귀자고 했어요?"

그가 생각했던 '1일'과 그녀가 생각하는 '1일' 사이에 어떤 간극이 있었는지 알아보려던 찰나, 차 안에서는 때 아닌 논쟁이 벌어졌다.

라운코리아에 입사해서 첫 회식, 술에 먹고 완전히 필름이 끊겼던 다음 날 그녀의 남자 친구 여부를 물어보며 들이댄다고 했던 사람이, 그날을 기점으로 '1일'을 세고 있었단다. 그것도 혼자.

"비슷한 말 아닌가."

여준이 자신 없이 중얼거렸다. 성공적인 PT를 기념하는 의미에서, 예약도 어렵다는 유명한 태국 레스토랑까지 예약했는데, 분명 그 얘기를 들을 때만 해도 그녀는 좋아했는데. 어쩌다 이렇게 된 건지 알 수가 없었다.

"이래서 대화가 중요한 건데."

그녀가 어깨를 으스대며 중얼거렸다. 누가 할 소리를. 매번 도망가기 바빴던 주제에. 핸들을 잡은 여준이 부드럽게 웃으며 그녀의 손을 쥐었다. 한 손으로 운전이 가능하니, 남은 손으로는 그녀를 꼭 붙잡고 있을 생각이었다.

"팀장님, 전화 와요."

기왕 여준 씨라 불렀던 거, 유지나 할 것이지.

여준은 방금 전에 잡은 손을 쉬이 놓고 휴대폰을 들어 직접 보여 주는 푸름을 못마땅하다는 듯이 흘겼지만, 그녀는 그런 줄도 모르고 멋대로 통화 버튼까지 오른쪽으로 밀었다. 친절하게 스피커폰으로 바꿔 주는 것도 잊지 않았다.

—어디냐? 저녁 먹자.

내가 이래서 얘 전화는 안 받으려고 한 건데.

전방을 주시한 여준이 옆에 오던 차가 깜빡이를 켜자 속도를 조금 낮췄다.

"약속 있어."

—누구. 제수씨? 그럼 같이 먹으면 되잖아. 와이프가 딸들 데리고 친정 갔어, 집에 밥도 안 해 놓고.

푸흐흐, 푸름이 작은 소리를 내며 웃었다. 아무리 최상위 음질을 자랑하는 최신 휴대폰이라지만 저 웃음까지 전달해 주지는 못하리라. 여준은 그녀를 따라 옮게 웃었다.

"제수씨가 싫어해, 인마."

"저 안 싫은데요?"

그의 허락도 없이, 그녀의 목소리는 그대로 튀어 나갔다. 불만을 가득 심은 여준의 시선이 잠시 그녀에게 닿았다.

네가 나한테 어떻게 이럴 수 있어? 마치 그렇게 말하는 것 같은 그와 눈이 마주친 푸름은 어깨를 으쓱였다.

"여준이 연애사 궁금하지 않아요? 궁금하면 언제든 불러요. 그 자식을 낱낱이 까발려 줄 테니까. 김여준 인생사 통틀어서 나만큼 걔에 대해 잘 아는 놈도 없어요."

오늘 회의가 끝나고, 칭찬과 함께 범수가 해 준 말이 문득 떠올랐다.

여준이 화장실이라도 가는 틈에 한번 캐 볼까, 그런 은밀한 생각을 숨기고 푸름은 그가 허락도 하기 전에 이미 같이 먹자는 대답을 마쳤다.

4인 자리를 예약한 여준 덕분에 범수와는 레스토랑에서 바로 만나기로 했다. 마침 범수가 태국 음식에 환장한다고 하니 오히려 다행이라고 말하는 푸름과는 달리, 여준은 대놓고 못마땅하다는 얼굴로 이 상황에 마음에 들지 않는다는 기세를 마구 뽐내고 있었다.

"싫어요? 팀장님 제일 친한 친구랑 저랑 친해지면 좋잖아요."

"의도는 나쁘지 않다만."

그게 왜 하필 오늘인 건지, 일주일 만에 어떻게 얻은 기회인데. 범수를 본다면 정강이라도 한 대 걷어찰 생각을 하며 여준은 마지못해 고개를 끄덕였다.

가면서도 푸름은 재잘재잘 바쁘게 입술을 움직였다. 꺼내놓지 못한 수다거리들이 많았는데, 그중의 8할은 거의 프로젝트에 관한 이야기였다.

레스토랑에 도착하니, 여준이 예약한 자리는 이미 범수가 차지한 뒤였다. 번쩍 손을 드는, 철도 없고 눈치도 없는 친구를 노려보며 여준은 푸름의 손을 잡고 자리로 향했다.

"꽤 다정하네. 안 어울리게?"

푸름에게 의자를 꺼내 준 여준이 범수를 노려봤다. 쓸데없는 소리라도 내뱉는 날은, 라운코리아가 망하게 될 날이라고. 굳이 말을 꺼내지 않아도 범수는 그 시선 속을 배회하는 거친 말들을 눈치채고 얄밉게 웃었다.

"제수씨도 태국 음식 좋아한다면서요? 그럼 메뉴 선택권은 제수씨에게."

유부남 주제에, 약속에 끼어든 주제에, 저 살가운 웃음을 짓는 녀석을 확 어떻게 해 버릴까.

범수가 내미는 메뉴판을 받으며 푸름이 싱긋 웃는 것을 바라보던 여준이 속으로 툴툴거렸다. 푸름이 다정히 웃으며 몇 가지 메뉴를 고른 다음, 그에게 메뉴판을 보여 주며 '괜찮아요?' 하고 묻는 것도 듣지 못하고.

"팀장님?"

푸름이 그의 팔을 가볍게 툭 치며 불렀다. 범수가 오호라, 입술을 모아 재미있다는 듯이 웃었다.

"팀장님이라 불러요? 여준이를? 이름으로 안 부르고?"

"아, 뭐……."

"하긴. 선생님이었으니까. 먼저 주문부터 할까요?"

자리를 예약한 건 여준인데, 어째 범수가 주도권을 잡은 형국이었다. 주문을 마치고 여준은 테이블 아래에서 푸름의 손을 잡았다.

눈치챈 듯 범수가 작게 웃는 소리가 들렸지만 무시했다. 10년 만인 친구의 연애를 멀리서 바라보며 응원은 못할망정 일주일 만의 데이트에 훼방을 놓는 녀석의 심보는, 둘의 다정한 대화 때문에 더 마음에 들지 않았으니까.

"아. 제수씨, 그럼 세연이도 알죠? 왜, 민세연이라고 여준이 교사 할 때 같은 학교였는데."

붙잡은 그녀의 손이 굳어지는 게 느껴질 정도로 푸름은 크게 반응했다. 고작 세연의 이름 하나에.

온몸으로 전해지는 그녀의 반응에 여준의 미간이 미묘하게 찌푸려졌다.

"갑자기 걔 얘기는 왜 꺼내."

"왜 꺼내긴, 너 세연이 전화 안 받는다며? 나한테 연락했어. 너랑 자리 좀 만들어 달라고. 근처라고 했으니까 금방 올 거야. 제수씨 있는 것도 설명했고."

"야, 너 설마……."

"제수씨, 괜찮죠? 미리 물어봤어야 하는데, 저도 여기 오는 길에 전화받은 거라."

아무것도 모르는 범수가 사람 좋은 웃음으로 말했다. 어색하게 고개를 끄덕인 푸름이 괜찮다고 말하려던 찰나, 자리 위로 낯선 그림자가 졌다.

세연이었다.

자리는 어색했다. 푸름은 자신의 숨소리마저 귀로 들려올 정도로 침묵을 유지했다. 평소 좋아하는 메뉴들인데도, 도저히 맛있게 먹을 수가 없는 분위기였다.

범수와 세연이 주고받는 대화들로 자리가 이어졌다. 내내 푸름을 신경 쓰던 여준은 그녀가 거의 먹지 못하고 있다는 것을 알아채고, 그릇 위로 음식을 덜어 주었다.

"저 괜찮은데."

"먹어. 좋아하잖아."

"감사합니다."

범수와 세연의 앞이라서 긴장한 푸름이 경직된 얼굴로, 한껏 예의를 차려 말했다. 그녀의 마음을 알면서도 알은체할 수 없는 여준은 가만히 웃어 주었다.

"엄청 챙기네, 진짜. 제수씨, 이것도 드세요."

티는 내지 않았지만 좀처럼 먹지 못하는 푸름을 알고 있던 범수가 제 앞에 있는 커다란 새우를 푸름의 그릇에 올려 주었다.

푸름이 어색하게 웃는데, 옆에 있던 세연이 물컵을 들며 입을 열었다. 불쾌한 시선이 푸름의 위아래를 빠르게 훑어 내렸다.

"제수씨?"

"아, 너 몰라? 푸름 씨랑 여준이 사귀잖아."

그 순간 세연이 컵을 놓치고, 바닥에 떨어진 유리컵은 산산조각이 났다. 식당 안에 있던 손님들과 종업원들의 시선이 집중됐다. 범수가 호들갑을 떨며 괜찮냐 물었지만 세연은 푸름과 여준에게 주던 시선을 거두지 못했다.

"튀지는 않았어?"

"네, 괜찮아요."

테이블보를 쥐던 세연이 손에 힘을 주었다. 손톱이 손바닥을 파고드는 힘이 느껴졌지만, 아랑곳하지 않았다.

제 옆에서 깨진 컵이다. 자신을 걱정하는 것보다, 떨어져 앉은 푸름의 안위를 걱정하는 여준의 걱정스러운 눈빛이 세연의 피부를 아프게 파고들었다.

종업원이 깨진 유리 조각을 치운 뒤에야 자리가 정리됐다. 여준과 푸름이 만나는 사이라는 걸 알게 된 세연이 포크와 나이프를 들었다가, 결국 접시 위로 조용히 내려놓으며 물었다.

"언제부터 만났는데?"

설마, 오래된 건 아니겠지? 속내를 그대로 드러내는 세연의 물음에 푸름은 대답을 삼켰고, 여준은 매섭게 눈을 치켜떴다. 순간 가라앉은 분위기를 눈치채지 못하는 사람은 없었다.

"그걸 네가 왜 궁금해해?"

"물어보면 안 돼? 우리 친구잖아."

세연의 입술 끝이 억지로 위로 향하며, 파르르 떨렸다. 차갑기 그지없는 시선을 마주하는 것보다, 낱낱이 자기를 발가벗겨 들춰내려는 그의 의도가 더 무서웠다.

가만히 지켜보던 범수가 잔뜩 경직된 푸름과 자신의 친구들을 번갈아 보다가 마지못해 중재에 나섰다.

"야, 너희 왜 그러냐. 오랜만에 만나서는."

"그러게. 너무 쌀쌀맞다, 여준이. 우리가 자주 보는 사이도 아닌데."

종업원이 새로 가져다준 컵에 물을 따른 세연이 범수의 말에 동조했다. 은근히 여준을 너무하다는 식으로 몰아가는 세연의 태도에 푸름은 조용히 여준과 그녀를 번갈아 봤다.

세연에 대한 자신의 적대감은 당연하다지만, 그의 태도는 뭔가 이상했다. 그러고 보니, 지난번 아파트에서 만났을 때도 마찬가지였다.

멍하니 그에게 시선을 뺏겨 바라보는데, 무릎 위에 올라간 푸름의 손등 위로 여준의 손이 닿았다. 사이사이를 파고드는 하얀 손가락을 내려다보는데, 그 순간 그의 손에 힘이 들어갔다.

이건, 무슨 뜻일까.

"말할 생각은 있어서 온 거야?"

그의 살얼음 같은 목소리가 세연을 겨냥했다.

무슨 할 말? 지켜보던 범수가 되물었고, 푸름은 그에게 잡힌 손과, 굳어진 그의 얼굴을 몇 번이나 번갈아 봤다.

아닐 거라고 확신하지만, 그럴 리가 없다고 생각하지만, 그럼에도 드는 불안은 어쩔 수 없다.

그에게 말하지 않은 사실이 있고, 감추는 것이 있는 한.

"무슨 말?"

"무슨 말이든, 나한테 할 말 있잖아."

"난 네가 무슨 얘기하는지 모르겠는데?"

세연이 모르는 척 되묻자 여준은 기다렸다는 듯 푸름의 손을 잡아당겨 그녀를 일으켰다.

"아니라면 나도 더는 볼일 없고."

"야, 여준아."

이 자리에 세연을 부른 사실에 대해 후회하기는 이미 늦었고, 수습이나 해야겠다는 생각에 범수가 그를 불렀지만 여준은 차갑게 돌아섰다.

급하게 가방을 챙겨 든 푸름이 빠른 걸음으로 그에게 끌려갔다. 계산을 마치고, 레스토랑을 나오고, 차에 함께 타고, 차가 출발하는 그 순간까지 여준은 푸름을 보지 않았다.

그저 그녀의 손을 붙잡고, 그녀를 이끌고, 자기만의 공간인 차에 그녀를 태울 뿐.

"팀장님."

"잠깐, 잠깐만 조용히 가자."

무어라 말을 해야 할까, 망설이며 일단 불러 보는데 여준은 가만히 손을 뻗어 다시 그녀의 손을 잡았다.

푸름은 이미 깨닫고 있었다. 눈치챌 수밖에 없었다.

뭔가가 불안할 때, 뭔가를 참아야 할 때, 제 체온을 필요로

하는 그를.

그리고 그 참아야 하는 것에는 늘 그녀가 포함된다는 것을.

"말할 생각은 있어서 온 거야?"

그건, 무슨 뜻이었을까.

12화

나락이었다

"토스트 해 드릴게요."

안전벨트를 풀어낸 푸름이 그를 돌아보며 말했다. 식사 내내 그녀만 챙기고 음식에는 거의 손을 대지 않던 그가, 오는 내내 마음에 걸렸던 푸름은 빤히 그를 응시했다.

"거의 못 드셨잖아요, 저만 챙기고."

행여나 그가 거절할까, 선수를 치듯 설득했다. 굳었던 표정은 어느새 차분해지고, 미소마저 사라졌던 그의 입술은 그녀가 아는 작은 미소를 덧대고 있었다.

"집에 초대하는 거야?"

"메뉴가 단출하지만, 초대라고 해 둘게요."

"꽃도 없는데."

"나중에 또 사 줘요. 전 언제든 좋아요."

차에서 내린 두 사람은 나란히 푸름의 원룸으로 향했다. 그의 아파트보다는 단출했지만, 그녀의 아늑한 보금자리에 발을 들인 여준은 둘러볼 것도 없는 원룸을 한 바퀴 둘러봤다.

토스트를 준비하겠다던 푸름은 냉장고를 열었다 닫기를 반복했다. 그사이 넓지 않은 원룸 구경을 마친 여준은 작은 2인용 소파에 앉으려다, 그 뒤로 잠금장치가 헐렁한 창문을 발견했다.

"이거."

"네?"

알맞게 네 장만 남은 식빵을 꺼내던 푸름이 그를 돌아봤다. 창문의 잠금장치를 만지작거리던 여준의 두 눈이 빠르게 집 안을 훑었다.

"뭐 손볼 곳은 없고?"

"어, 글쎄요."

프로젝트 때문에 워낙 바빠 집은 자는 용도로만 사용했던 푸름이 뒷목을 긁적였다. 그녀 대신 창문을 확인하고, 화장실까지 살펴본 여준이 혀를 차며 말했다. 전등도 갈아야겠다고. 그제야 생각난 듯 푸름이 고개를 빠르게 끄덕였다.

"아, 전등 나간 지 좀 되긴 했는데."

"근처에 철물점 있어?"

"네, 사거리 슈퍼 옆에 바로. 지금 다녀오게요?"

"토스트 만들고 있어. 금방 올게."

어어, 토스트 금방 되는데. 철물점 위치를 확인한 여준은 급하게 집을 나섰다. 냉장고에서 양배추를 꺼내며 푸름은 괜히 창문 쪽을 확인했다. 신축 건물인데도 이음새가 약해 조만간 전셋집 주인에게 얘기해 볼 생각이긴 했다.

그걸 그새 발견하다니, 눈썰미도 좋다니까. 도마에 양배추를 썰며, 푸름이 옮게 웃었다.

"이래서 남자 친구가 좋은가."

달걀 물에 당근을 비롯한 채소를 잘게 썰어 넣고, 양배추 샐러드를 만들었다. 유통 기한이 딱 하루 남은 샌드위치 햄을 아끼지 않고, 꼭지 부분이 살짝 무른 토마토 윗부분을 제거해 잘라 넣으니 생각보다 꽤 괜찮은 토스트가 완성됐다. 접시에 샌드위치를 올리고, 우유가 좋을지 오렌지 주스가 좋을지 생각하는데 벨이 울렸다.

아무래도 비밀번호를 알려 줄까. 그럼 괜찮을 것 같은데.

"빨리 왔네요?"

"응. 막 문 닫으시려고 하더라."

여준이 식탁 위에 검은색 봉투를 내려놨다. 봉투 위로 삐죽 튀어나온 교체용 등을 꺼내 포장을 뜯으려는 그를 말리고, 푸름은 토스트부터 내밀었다. 금방 식으니까 먼저 먹자는 말을 덧붙이자 그는 기다렸다는 듯 자리에 앉았다.

"꽤 푸짐하네."

"주말에 종종 해 먹어요, 이렇게. 밥해 먹기는 귀찮을 때."

먹기 좋게 네 등분 한 토스트 한 쪽을 그가 집어 들었다. 크게 한입 베어 먹고, 만족스럽다는 듯 그가 고개를 끄덕이자 푸름이 빈 컵에 오렌지 주스를 따랐다.

"너도 먹어."

여준이 푸름에게 토스트를 건넸다. 평소 먹을 때보다 더 푸짐하게 만든 토스트는 한 조각만으로도 충분히 배가 불렀다. 남은 두 조각을 전부 여준의 앞으로 내민 푸름은 턱을 괸 채 어느 때보다 잘 먹는 그를 바라봤다.

"선생님."

또 선생님. 작지만 푸짐한 토스트 조각을 단 두 입에 해치운 여준이 한쪽 눈썹을 올리는 것으로 대답을 대신했다.

"민세연 선생님하고는 사이좋지 않았어요? 어릴 적부터 친구라고."

"그랬지."

"지금은…… 아니에요?"

여준은 느린 푸름의 물음을 곱씹었다. 정작 궁금한 건 따로 있음에도, 그걸 묻지 못하는 심정이 표정 위로 역력하게 드러나는 게 보였다. 쉬운 방법을 선택하면 그만이다. 푸름에게 묻고, 푸름에게 답을 들으면 된다. 하지만 그는 굳이 감추려 드는 그녀의 의사를 존중했다.

지금은 그저, 머릿속으로 부지런히 의심하고 추정하는 것만으로도 바빴다.

네가 자퇴를 선택한 배경 뒤에 정말 세연이 있다면, 너는 왜 그럴 수밖에 없었던 걸까. 왜 네게 아무 말도 하지 않고. 네 선택이 그렇게밖에 흐를 수 없다면, 그건 무엇 때문이었을까.

"그냥 틀어졌어."

"그냥이요?"

"응, 그냥. 그렇게 됐어."

정확한 대답을 피하는 듯한 그의 애매모호한 대답에 푸름이 혹시나 하는 마음에 되물었다.

"물어보면 안 되는 거예요?"

"나중에 얘기해 줄게."

"나중에 언제요?"

집요하게 물고 늘어지려는 푸름을 빤히 바라보며 여준이 싱긋 웃었다. 모든 내막을 알게 되면, 왜 세연과 틀어질 수밖에 없는지 얘기할 수 있을 것이라고 생각한 여준은 일부러 장난스럽게 말했다.

"치사하다. 넌 나한테 하나도 묻지 말라고 하면서."

"아니, 그건."

푸름이 작게 입술을 오므렸다. 일단 말은 시작했는데, 막상 떠오르는 말이 없었다. 8년 만에 여준을 다시 만나고, 반지 하나 끼지 않은 그의 허전한 손가락을 확인해도, 자꾸만 곁에 다가오려는 그의 옆자리를 의심하면서도 떠오르는 얼굴은 세연의 것이었다.

이건 경우가 다르지 않냐며, 조용하게나마 항의라도 해 보려던 푸름은 더 말해 보라는 듯 기다리는 여준을 똑바로 마주 봤다.

"고등학교 때, 민세연 선생님하고 소문 있었잖아요. 전 당연히 물어봐도 된다고 생각했죠."

"어차피 안 믿었잖아."

"그냥, 뭐 8년이나 지났으니까."

민세연 선생님하고 한 번쯤 사귀었을지, 알게 뭐예요. 그 여자가 남자한테 눈이 멀어 자기 학생한테 무슨 짓을 했는데. 차라리 속 시원히 말할 수나 있으면, 투정이라도 부리겠지만 그럴 입장이 못 되는 푸름은 괜히 말을 얼버무렸다.

그녀가 20분 만에 만든 토스트를 겨우 5분 만에 뚝딱 해치운 여준은 옆에 놓인 물티슈로 손을 닦았다. 그리고 마치 지나가는 듯, 아무렇지 않게 말했다.

"뭘 걱정해. 나 그동안 만난 여자 없어."

너무나 심플하고 간결한 한마디에 푸름의 심장이 쿵, 떨렸다.

"에이, 설마요."

"진짜야. 범수가 말 안 해?"

나 연애 고자였다고. 여준이 작은 목소리로 덧붙였다. 그는 겨우, 그동안 연애한 적이 없다는 말을 했을 뿐인데 푸름의 가슴은 미친 듯이 뛰었다. 이해할 수 없을 정도로 빠르게.

"형광등부터 가는 게 좋겠지?"

자세한 부연 설명도 없이 여준은 형광등을 들고 화장실로 사라졌다. 정작 알아내고 싶은 건 알아내지도 못한 주제에, 홍당무처럼 얼굴이 달아오른 푸름은 토스트를 싹싹 비운 그릇을 치웠다.

회사원들로 붐비는 점심시간의 카페는 한산함을 기대할 수 없었다. 카페에 들어선 여준은 가장 구석진 창가 자리에 앉아, 자신을 발견하고 손을 드는 세연을 발견하고 무덤덤한 얼굴로 걸음을 옮겼다.

"왔어? 커피 마셔야지."

"마셨어, 용건부터 얘기해."

반가운 듯 환해지는 얼굴 앞에서도 여준은 싸늘하게 응대했다. 시선은 창밖에, 길게 뻗은 다리는 꼬아 복도 쪽에 두었다. 이 자리에 오래 앉아 있지 않겠다는, 명백한 의도였다. 차가운 커피를 시켜 놓고, 단 한 모금도 마시지 않은 세연이 어색하게 웃어 보이며 말했다.

"어제 그렇게 헤어지고 마음이 안 좋아서 찾아왔어. 시간 뺏은 거 아니지?"

함께 점심 먹으러 가자는 팀원들을 두고, 그중에서도 가장 예뻐하는 푸름을 두고 세연을 만나러 온 길. 그녀는 지금쯤 뭘 먹고 있을까. 어제저녁도 부실했으니, 점심은 든든하게 챙겨 먹었으면 좋겠는데.

여준은 속도 없이 그녀 생각에만 빠진 채 세연을 응시했다. 아무런 감정 없는 눈동자에 세연이 담겼지만, 애초에 없었던 감정이 다시 솟아나진 않았다.

"네가 전에 해 준 말, 많이 생각해 봤어. 반성도 했어. 나는 푸름이 때문에 네 교사 생활이 위험해질까 봐, 걔 자퇴서를 쉽게 받아 준 거야. 맞아, 네 말대로 푸름이 담임 교사로서 그 아이의 선택을 존중하면 안 되는 거였어."

"내 교사 생활이 위험해진다?"

그의 말이 납득하는 것처럼 들린 걸까. 마치 희망이라도 얻은 듯 세연이 목소리를 높였다.

"그때도 얘기했었잖아. 네 눈에 다 드러나 있었어, 내가 네 곁에 가장 가까이 있으니까 나만 눈치챘던 거지. 만약 푸름이가 계속 학교에 다녔다면 어떻게 됐을지 아무것도 모르는 거잖아."

여준은 세연이 빠르게 말을 잇는 사이에도 머릿속에서 흩트려 놓은 퍼즐을 맞추느라 애썼다. 그는 그녀의 변명 속에서 혹시라도 찾아낼 수 있는 퍼즐은 없을까 그것에만 집중했다.

"난 그걸 막은 것뿐이야. 물론, 네 선택도 네 의사도 없었지만 그저 널 위하는 마음에 그랬어. 푸름이한테도, 너한테도 좋은 방향이라고 생각했어."

오로지 자기변명뿐인 말이 끝나는가 싶을 때 여준은 목이 턱 막히는 느낌이 들었다. 가장 절친한 친구였던 세연의 입장에서, 지금 그녀가 하는 말들은 전부 이해 가능한 선상 안에 있었다. 만약 아무것도 의심하지 않았다면, 납득하고 이해했을지도 모른다. 그런데도 네 선택은 너무했다고 말했을지도 모른다.

그럼에도 세연이 거짓말을 하고 있다는 느낌을 지울 수는 없었다. 느낌뿐만이 아니었다. 불현듯 떠오르는 과거의 기억 하나하나가 모두 의심스러운 와중에, 세연을 그 가운데에 끼워 넣으면 모든 것이 명확해진다.

"그게 다야?"

여준이 차게 웃었다. 휘어져 있던 세연의 눈가가 경직됐다.

"뭐가 더 있어야 한다는 거야?"

"그게 다라는 거지, 그러니까."

세연의 말을 다시 되새기듯, 여준이 힘없이 중얼거렸다. 납득하는 것처럼 보이지만, 생각이 많아 보이는 그의 얼굴에 세연이 다시 한번 강조했다.

"네가 오해하고 있잖아. 풀어 주고 싶었어."

여준의 눈이 번뜩였다. 오해라고 하기에는 무수한 의심들이 끊이지 않았다. 정황상인 의심들뿐이지만 논리상으로는 충분히 가능한 것들이었다. 그리고 지금 세연의 태도는, 그가 가진 의심들을 더욱 증폭시키기만 했다.

"오해? 애가 너를 보면 하얗게 질려. 그런데 오해라는 거야?"

"그걸 왜 나한테 따져? 걔한테 따져야 하는 문제 아니야? 대체 나를 뭐로 보고. 아직도 나를 의심하는 거야?"

"……."

"나는 진심으로 널 걱정했어. 푸름이는 지방으로 이사를 가야 한다고 말했고, 자퇴를 해야 할 것 같다고 했어. 난 그 선택을 받아들인 것뿐이야. 네 친구로서 내 선택이 그렇게 나쁜 거야? 나를 이해할 생각은 조금도 없어?"

"혹시 협박했어?"

어렸을 때부터 성인이 된 후에 교사 생활을 시작할 무렵까지, 많은 시간을 공유했던 친구다. 그 일이 있기 전까지 단 한 번도 이런 의심을 하게 될 거라 상상한 적도 없었지만, 그는 감정과 추억을 내세우기보다 푸름이 혼자 있었을 시간만을 떠올렸다. 세연의 표정이 하얗게 질렸다.

"그게 무슨 소리야?!"

세연이 오히려 목소리를 높였다. 근처 자리에 앉은 사람들이 그들을 한 번씩 돌아봤지만, 여준은 개의치 않고 입을 열었다.

"내 마음 눈치채고 있었다며. 그걸 빌미로, 협박했냐고 묻는 거야."

일어나지도 않은 일을 걱정해 자퇴서를 받을 수밖에 없었다는 말도 안 되는 그녀의 변명을 다시 떠올리며 여준이 추측했다. 혹시, 그 일어나지도 않은 일 따위로 푸름을 협박하지는 않았을까. 하지만 멍청한 생각이다. 어설픈 협박에 당할 만큼, 푸름은 생각이 없지 않다.

테이블에 올려놓은 두 손을 거두며 세연은 그를 똑바로 마주 봤다.

"나를 그렇게 몰라? 내가 그렇게까지 했을 것 같아? 이푸름처럼 똑똑한 애가, 내가 협박한다고 순순히 자퇴를 했겠어?"

"……알아 두라는 거야. 내가 어디까지 널 의심하고 있는지."

여준은 더 들을 것도 없다는 듯 자리에서 몸을 일으켰다. 그를 따라 세연의 고개가 위로 향했다. 자신을 붙잡으려고 무슨 말이든 내뱉기 위해 입을 달싹이는 세연을 차갑게 내려다보던 그는 냉정하게 몸을 돌렸다.

두 걸음. 고작 두 걸음을 떼고 여준은 다시 몸을 돌려 그녀를 마주 봤다. 세연의 입술이 아주 작은 희망에 잠시나마 벌어졌지만, 희망은 무참히 짓밟혔다.

"난 너한테 진실을 알려 달라고 구걸하는 게 아니야."

"……."

"너한테 기회를 주는 거야. 푸름이한테 진심으로 사죄할 기회."

"난 걔한테 잘못한 거 없어."

세연은 끝까지 똑같은 말만을 반복했다. 지금까지 확신에 가까운 의심을 하면서도 여준은 100%라는 숫자를 제시하지는 못했다. 푸름과의 점심 식사를 포기한 대신, 그는 이제 100% 확신을 얻었다.

"네 생각이 그렇다면, 아쉽네."

여준은 미련 한 톨 남기지 않고 돌아섰다.

"정말 마지막이었는데."

푸름이 보고 싶었다.

"뭐지. 팀장님 애인인가. 그런데 싸우는 것 같지 않아요?"

커피를 홀짝이며 하는 말이 얄밉기 그지없어 푸름은 애꿎은 입술만 깨물었다. 미윤이 저 둘을 보고 애인 사이라 추측하는 게 말이 안 되는 것도 아닌데 괜한 심술이 일었다. 현석과 민기는 뭐가 그렇게 신나는지 세연의 외모를 놓고 '역시 팀장님!'을 외쳐 대기 시작했다. 그건 더 꼴 보기 싫었다.

점심을 먹고, 혜정이 사는 커피 한 잔씩을 들고 회사로 돌아가는 길. 산책 좀 하다 들어가자는 혜정의 제안에 회사 가는 빠른 길을 두고 오래 걸리는 길들을 골라 걷던 중이었다. 우연히 여준과 세연의 나란히 앉은 모습을 발견했다. 점심 약속이 생겼다는 여준의 말을 다시 떠올리던 푸름이 저도 모르게 신경이 쓰여 자꾸만 카페 쪽으로 시선을 두었다.

어제 보고, 오늘도 볼 이유는 대체 뭐란 말인가.

"여자 되게 세련됐는데? 팀장님 이상형이 저런 타입이었나."

"전 팀장님 연애하는 거 처음 봅니다. 역시 남자였어요, 우리 팀장님."

"분위기 조금 싸하지 않아요? 설마 헤어지는 건가? 저희가 팀장님 연애하는 것도 못 보다가, 헤어지는 것부터 보는 건 아니겠죠?"

자기 연애도 아닌데, 남의 연애에 대단한 걱정을 쏟아붓기는. 푸름은 아무 말 없이 창가에서 시선을 떼고 걸음을 옮겼다. 얼떨결에 팔짱을 끼고 있던 미윤도, 푸름의 뒤에 서 있던 현석과 민기도 걸음을 재촉해야 했다.

시기각각, 들쑥날쑥 변하는 푸름의 표정을 눈치챈 이는 혜정 하나뿐이었다.

"나한테 뭐 삐진 거 있어?"

참다 참다 여준은 묻고야 말았다. 보고받을 것도 없으면서 굳이 푸름을 밀폐된 팀장실 안으로 부르면서까지.

점심 이후로 지금까지 그녀는 평소답지 않았다. 회의 시간에는 눈도 마주치지 않더니, 거래처 미팅 날짜를 물어도 시큰둥한 얼굴로 답하고, 일부러 그녀가 좋아하는 커피를 건네기 위해 전체 팀원들에게 커피를 돌렸는데도 그러거나 말거나. 이쯤 되면 해 보자는 거지.

알 수 없는 그녀의 태도에 여준도 오기가 생겼다. 너만 무시할 줄 알아? 나도 한 무시하거든. 그러나 30분도 가지 못해 여준은 두 손, 두 발을 들었다. 방금 전 화장실 앞에서 마주쳤을 때 느껴지는 그 냉랭함이란 정말 말로 표현할 수가 없었다.

여느 때와 같이 블라인드를 내리고, 닫힌 문 곁에 선 푸름의 손목을 잡아 살짝 쥐었다. 다행히도 푸름은 싫다 뿌리치지 않았다.

"없습니다."

"있잖아, 뭔데."

"그럼 뭐 찔리시는 게 있나 보죠."

푸름이 바닥에 시선을 고정한 채, 흘리듯이 얘기했다. 이것으로 분명해졌다. 그녀가 토라졌다는 사실이. 그런데 우습게도 그 모습이 사랑스러워 자꾸만 웃음이 나오려 한다.

아, 좋아하면 안 되는 건데.

"말해 줘야 알지. 나 찔리는 거 없는데?"

"점심시간에 누구 만나셨어요?"

없다니, 어디서 금방 들통날 거짓말을. 푸름이 눈을 번쩍이며 그대로 고개를 들자 그는 입꼬리를 슬쩍 올리며 되물었다.

"봤어?"

"봤죠. 팀원들이랑 전부."

"그래서 삐졌어?"

"저 안 삐졌거든요."

바로 어제저녁만 해도 틀어졌다고 하더니, 어제 보고 오늘 또 보러 올 건 뭐냐고. 푸름이 차마 뱉을 수 없어 속으로만 중얼거렸다. 한 손은 바지 주머니에 넣고 있던 여준이 잡고 있던 푸름의 손목을 끌어당기고, 나머지 한 손으로는 그녀의 허리를 감았다.

가까워진 거리에 푸름이 미간을 사정없이 찌푸렸다.

"뭐해요?"

"……화 풀라고."

"풀어지겠어요, 이런 거로?"

푸름이 두 손으로 그의 가슴을 밀어냈다. 조금 전보다 훨씬 더 멀어진 거리에 여준은 가슴이 쓰렸다. 아쉬워하는 그의 얼굴에도 푸름은 팔짱을 낀 채 몸을 틀었다. 겨우 옆모습만 보여 주는 푸름을 보며 여준은 바쁘게 머리를 굴렸다.

귀엽긴 하다만, 그래서 좋긴 하다만 풀어 주긴 해야 할 텐데.

"할 말 있어 찾아왔대서, 잠깐 만난 거야."

"말할 생각은 있어서 온 거야?"

그의 말이 끝나기 무섭게, 태국 레스토랑에서 여준이 세연에게 내뱉은 말이 떠올랐다. 푸름이 다시 그를 돌아봤다. 눈이 마주치자 여준이 싱긋 웃으며 고개를 기울였다. 서른다섯 남자가 부리는 최대한의 애교였다.

"그러니까 한 번 봐주라. 나 점심도 못 먹었어."

"무슨 할 말이요?"

긴장한 듯 푸름의 표정이 굳어졌다. 불안해서 떨리는 두 눈동자를 내려다보며 여준은 부드럽게 웃었다.

"별거 아니었어. 금방 일어났고."

별거 아니라는 데도, 굳이 별거인 듯한 느낌이 들어 푸름은 쉬이 대답하지 못했다. 그런 그녀의 손을 붙잡고 여준은 배고프다고, 오늘 저녁만큼은 단둘이 먹자고 얘기했다. 저도 모르게 고개를 끄덕이던 푸름이 뭔가 중요한 걸 놓치고 있었다는 듯이 번쩍 얼굴을 들었다.

"민세연 선생님, 결혼하셨어요?"

"했었지."

"지금은 아니에요?"

"이혼하고 한국 들어온 거야. 그동안 미국에 있었거든."

언제 결혼하고, 언제 이혼하고, 한국에는 언제 왔는데요? 그동안 자주 봤었어요? 얼마나 자주 봤는데? 연인을 향한 집요한 궁금증에도 푸름은 말끝을 흐렸다.

"그럼 지금은요?"

"휴직하고 간 건데, 학교 다시 다닐지는 모르겠다. 안 물어봤어."

무관심이 묻어나는 목소리에 푸름은 안심하다가, 입술을 삐죽 내밀고 생각에 잠겼다. 여준을 의심하고, 그에게 화가 난 건 아니었다.

과거 일에 대한 불안감. 모든 일의 원흉인 세연을 다시 만났고, 푸름은 여준의 곁을 차지했다. 그렇게 되어 버렸다. 분명 여준에 대한 마음을 갖고 있을 세연은 그녀에게 반가운 존재가 아니었다.

영영 보지 않을 수 있다면, 그와도 그럴 수 있다면 그렇게만 하고 싶은 존재였다.

"신경 쓰여?"

"쓰이죠."

"왜?"

얼마나 바보 같았는지 아니까. 8년 전에 내가 얼마나 멍청했는지 아니까. 끔찍한 두 통의 문자를 보낸 사람이 그 여자일 것이라 의심만 하고, 확인은 하지 못했으니까.

우리는 조금 더 빨리 행복했을 거고, 나는 조금 더 빨리 당신에게 이런 사랑을 받을 수 있었을 텐데, 라는 후회가 그 여자만 보면 떠오르니까.

푸름이 두 손으로 그의 셔츠 옷깃을 꼭 쥐었다. 구겨짐이 심해졌지만 여준은 개의치 않았다.

"……왜 웃어요?"

어색한 침묵 속에서 문득 시선을 든 푸름은 입술을 꼭 말며, 잔뜩 웃고 싶은 얼굴인 여준을 향해 물었다.

"아니, 네가 귀여워서. 질투도 참 너답게 한다 싶고."

제가 귀엽다는 연인을 굳은 얼굴로 쏘아볼 줄은 모르는 그녀였다. 새침하게 그의 옷깃을 쥐고 있던 손을 떨어트리고 턱짓으로 밖을 가리켰다.

"나가 봐야 해요. 너무 오래 있었어요."

"이푸름."

낮고 단정한 목소리에 문손잡이 쪽으로 손을 뻗던 푸름이 대답 없이, 말간 얼굴로 그를 응시했다.

"뭘 불안해해. 내 과거는, 너뿐인데."

아득하게 들려오는 고백 속에서 푸름은 기억을 떠올렸고, 추억을 간직했다. 아직도 믿어지지 않는다고, 당신의 과거에 나밖에 없다고 해서. 지난밤부터 내내 이런 기분으로 있었다고. 푸름은 소리 없이 눈으로 고백하고, 시선으로 말했다.

"그러니까 하고 싶은 말 있으면 해. 나 기다리고 있으니까."

"……."

"언제든지."

하고 싶은 말. 그리고 해야 할 말.

그에게 감추었던 모든 것들에 대한 진실.

아무것도 몰라야 하는 사람이어야 하는데, 마치 전부를 알고 있는 사람처럼 구는 이유는 뭘까.

푸름은 손잡이에 올렸던 손을 거두었다. 사실은요. 무언가에 이끌리듯, 그를 똑바로 마주 보는데 그 순간 푸름의 휴대폰이 울렸다.

액정을 확인한 얼굴 위로 의아함이 스치고, 전화를 받는 순간부터 하얗게 질리는 그녀의 얼굴에 여준은 날을 세웠다.

"저 내일 월차 좀 쓸게요. 아니, 지금 조퇴 좀 해도 될까요?"

"나 보고 그냥 보내 달라는 거, 아니지?"

"하, 할머니가 가끔 이러실 때가 있어요. 나이도 드셨고, 혼자 계시니까 가끔 전화 와서 같이 있어 달라고. 그런데 제가 지금 시간이 없어서요. 저 진짜 가 봐야 하는데."

"같이 가, 그럼."

"아니에요. 오늘은 혼자 갈게요. 그게 맞는 것 같아요. 그렇게 하게 해 주세요."

데려다주겠다는 말에도 푸름은 정신없이 사무실을 빠져나갔다. 창밖으로 택시를 타고 멀어지는 푸름을 확인하고, 버스에 탔다는 그녀의 문자를 받은 후에야 여준은 내내 마음에 걸렸던 것들을 차례대로 떠올렸다.

전화를 받고 하얗게 질리는 얼굴, 감추려고 애써 등을 돌려 통화하던 뒷모습, 한없이 떨리던 마른 어깨, 얼마 통화하지 않고 곧바로 내려가겠다는 푸름의 약한 음성.

의자에 머리를 기대고 앉은 여준이 피곤한 듯 눈을 감았다.

과거, 어느 날의 순간과 겹쳐지는 오늘의 이푸름.

"진짜예요. 혼자 덜렁대다가 넘어지는 바람에. 별로 안 아파요."

유난히 넌 감추는 게 많았고, 나는 네가 내게 온전히 기대올 날을 기다리며 모른 척했다.

"자꾸 선 긋네, 이푸름. 섭섭하게."

"제가요?"

이유가 있을 거라고, 넌 너대로 분명 아플 테니까.

"다음에요. 다음에, 꼭 들어 주세요."

하지만 놓쳐 버렸다. 내게 해 준다던 얘기 역시 무엇인지 모른다. 네가 말해 주지 않으니까.

무언가 결심한 듯 감았던 눈을 뜬 여준이 몸을 일으켜 퇴근 준비를 서둘렀다. 간단한 것들을 챙기고 팀장실을 나간 여준은 퇴근하겠다는 한마디만 남기고 회사를 빠져나왔다.

—푸름아, 나 완주 이장이다. 여기 잠깐 와야겠다, 네 할미한테 지금 일 났어.

혼자 사는 혜옥이 전화를 안 받을 때면 푸름은 늘 마을 이장님과 통화를 하곤 했다. 무슨 일이 벌어진 적은 단 한 번도 없었고, 혜옥에 대한 걱정은 늘 그녀의 기우로 끝났다.

액정에 이름이 떴을 때, 불안하긴 했지만 별일 아닐 거라 스스로를 다독였던 푸름은 통화를 끝낸 후 겨우 정신을 붙잡고 안주로 향했다.

서둘러 완주로 달려왔지만 엉망이 된 외갓집에 오래 머물 수 없었다. 곧장 이장님 댁 아들이 그녀를 병원으로 데려가기 위해 차를 가져왔고, 푸름은 옆 도시 대학 병원에 입원한 혜옥을 만나기까지 몇 시간을 허송으로 보냈다. 안절부절, 걱정을 주체 못 하는 푸름에게 이장 아들이 걱정 말라고 몇 번이나 말했지만 그때뿐이었다.

병원에 도착하고, 푸름은 정신없이 혜옥의 병실로 달려갔다. 오른쪽 얼굴의 절반을 가린 혜옥의 멍을 발견하고 얼마나 울었는지 모른다. 의사의 괜찮다는 말을 들은 후에야 이성을 찾을 수 있었다.

그때 이장 아들이 큰집 식구들의 이야기를 전했다. 지금 경찰서에서 조사받는 중이라고. 얼른 가 보라고. 할머니 곁에는 자신이 있겠다고. 공교롭게도 병원 바로 길 건너에 위치한 경찰서까지 달리고 또 달렸다. 구두 굽이 까지고, 머리가 휘날리고, 블라우스 단추가 떨어지는 것도 몰랐다.

"아니, 내 조카 집이라니까요, 이 사람들이 왜 말을 못 믿고 난리야?"

걱정되는 그녀를 따라 뒤늦게 경찰서 안으로 들어온 이장은 아이고, 곡소리를 내며 얼굴을 가렸다. 푸름은 제 가방이 바닥에 떨어진 줄도 모르고 있었다. 뒤에 선 이장이 가방을 주우며 푸름아, 하고 안타까운 듯 부르는 소리도 듣지 못한 채 앞을 향해 걸었다.

자신의 집 앞에서 스치듯이 봤던 게 몇 주 전이다. 그저 우연이라고 생각했던 그들의 모습은 절대 우연이 아니었다. 끝도 없는 욕심과 탐욕. 푸름은 병실에 누워 있던 혜옥의 모습을 떠올렸다. 언제 돌아가셔도 이상하지 않을, 나이 지긋한 노인의 얼굴에 자리 잡은 커다란 멍이 가슴을 아프게 쿡쿡 찔러 왔다.

"이 사람들이 왜 사람을 이상하게 몰아? 폭력이라니!"

그중 큰아버지인 남자가 그녀를 발견했다. 조금의 죄책감도 없다는 얼굴로 푸름의 팔을 잡아끌더니, 피곤해하는 형사를 향해 또다시 고래고래 소리를 질렀다.

"이보쇼! 얘가 내 조카요! 그러니까 얼른 우리 풀어 주라고!"

파란 멍이 들 정도로 억세게 붙들린 팔이 흔들리는데도, 푸름은 멍하니 큰아버지를 바라봤다. 옆에 앉은 큰어머니는 민망하다는 얼굴로 헛기침을 내뱉을 뿐, 어떠한 말도 없었다. 푸름은 이들이 원하는 것을 알았다.

부모님이 돌아가시면서 남겨 주신 보험금, 3억 원. 일부는 그녀의 학자금으로, 일부는 자취방 전세금으로 들어갔다. 남은 돈은 전부 혜옥을 위해 보험에 묶어 놓기도 했다. 그걸 주면, 떨어지는 걸까. 푸름이 지친 한숨을 내뱉는데 형사가 물어 왔다.

"진짜 조카예요?"

형사의 눈이 의심으로 빛났다. 얼른 말하라고, 형사 바로 앞으로 그녀를 끌어당긴 남자가 다시 말했다.

"아, 조카 맞다니까! 조카 집 놀러 간 거라고 내가 몇 번을 말해? 그 할머니는 부딪혀서 넘어진 거라고! 노인네 나이가 드니 몸이 약해지는 거지, 그걸 왜 나한테 따져서는!"

"그래요, 우리 조카 맞으니까 얼른 여기서 나가게 해 주세요."

30분 내내 같은 말만 반복해서 듣던 형사는 지치고 피곤한 얼굴로 그녀에게 되물었다. 정말 조카가 맞느냐고.

오히려 푸름이 묻고 싶었다. 조카라고 하면, 이 사람은 풀려나는 거고, 이 사람이 지은 죄는 없던 일이 되는 거냐고. 세게 붙들려 있던 팔을 억지로 빼고, 푸름은 뒤로 물러섰다. 형사와 큰집 내외의 시선이 푸름에게 모여진 순간, 굳게 다물어졌던 그녀의 입술이 열렸다.

"그렇다고 해서 뭐가 달라지죠? 우리 할머니가 다쳤는데."

중얼거림과도 같은 음성에 여자가 벌떡 몸을 일으켰다. 시답지 않은 말들이 흘러나올 것이라는 걸 안다. 네가 우리한테 어떻게 그럴 수 있냐는, 가족이 아니냐는 그런 허황된 말들뿐일 것이다.

"친조카가 맞다는 거죠, 그러니까?"

다시 조서를 작성하려는 듯 형사가 키보드 위로 손을 가져갔다. 아무런 긍정도, 부정도 내뱉지 않은 푸름이 그 순간을 파고들었다.

"합의 안 해요. 처벌해 주세요."

"얘, 푸름아!"

놀란 여자가 버럭 소리를 질렀지만, 푸름은 굴하지 않았다. 다가오려는 손을 전부 뿌리치고 이 상황이 꽤 귀찮은 듯 눈썹을 삐죽거리는 형사를 향해 또박또박, 다시 말했다.

"합의, 절대 안 할 겁니다."

"친족 간이면……."

"당사자는 저희 외할머니예요. 가해자와 피해자는 사돈 관계고, 아무리 친족 간이라고 해도 폭행죄는 피해자가 처벌을 원하면 성립되는 거로 압니다."

마치 미리 준비해 놓은 대사를 읊듯 푸름은 거침없이 말했다. 남자와 여자가 나란히 서서 삿대질을 하며 뭐라 소리쳤지만 모른 척했다.

저들의 사정 따위 알고 싶지 않았다. 그들의 목적이 돈이라면, 돈을 주고서야 평생 쫓아 버릴 수 있겠지만 굳이 그래야 할 이유 역시 느끼지 못했다.

"진심이세요? 보통은 원만하게 합의해서……."

"8년 전에 방화 혐의로 재판받은 전적이 있을 거예요. 우리 집이었어요, 집행 유예 받았지만 제 부모님 사망 보험금 노린 방화였고요."

차분하고 덤덤한 설명에 형사의 눈빛이 변했다. 단순 폭행, 혹은 상해. 친족 간에 늘상 일어나는 싸움에 운이 없었을 거라고 생각한 형사가 후배에게 시켜 남자의 전과 기록을 알아봤다. 결과는 금방 나왔다. 8년 전 방화 사건 이후로도 단순 폭행과 음주 운전, 불법 도박으로 몇 번의 구속 전적이 있었다.

"아, 아니 그거는!"

"조용히 하세요. 말씀하실수록 불리합니다, 지금."

형사가 다그치자, 남자는 그제야 목소리를 죽였다. 몇 번의 전과 사실이 드러난 남자가 제 분에 못 이겨 씩씩거리며 숨을 내뱉는데, 여자가 그 사이로 튀어나와 푸름의 어깨를 밀쳤다.

"그게 그렇게 억울하니? 우리가 돈을 뺏었어, 뭘 뺏었어!"

어깨가 밀쳐지고, 퍽 소리 나게 여자가 푸름의 머리를 쳤다. 세 걸음이나 밀릴 만큼 억센 힘이었지만, 푸름은 비명을 지르지도 않았고 아파하는 표정도 짓지 않았다.

"네 사촌들 어찌 지내는지 궁금하지도 않아? 우리 막내, 대학도 못 가고 지금 얼마나……!"

"우리 할머니는 돌아가실 뻔했어요."

여자의 말에 푸름은 경멸의 시선으로 그들을 바라봤다.

"당신들 때문에."

"……."

"난 이제 눈에 뵈는 게 없어."

여자의 손목을 휘어잡은 푸름이 그대로 다시 여자를 밀쳤다. 완주로 오는 내내, 최악의 상황을 상상했다. 만약 이대로 혜옥을 잃는다면, 그녀를 일찍 서울로 모시지 못한 것을 후회할 것이고 스스로를 저주할 것 같았다.

그들은 8년 전과 변하지 않았다. 남의 것을 욕심내는 말도 안 되는 근성에는 손뼉을 치고 싶을 정도였으니까.

이제 그만 끝내고 싶었다. 그게 옳은 방향이든, 옳지 못한 방향이든.

"조용히들 하세요! 여기서 행패 부리시면 안 됩니다! 조카분도 연락 가능한 번호 남기고 돌아가셔도 됩니다. 다시 연락드리겠습니다. 그때 진단서 함께 제출해 주시면 되고요."

이어지는 형사의 설명에 푸름은 뒤늦게 놓쳐 버린 가방을 찾기 위해 고개를 두리번거렸다. 뒤를 돌아 함께 온 마을 이장님을 찾는 푸름의 눈이, 마치 우연처럼 입구에 서 있는 여준을 발견했다.

모든 소리가 멈추고, 모든 감각이 정지됨을 느꼈다. 멈춰 버린 모든 것들 사이에서 푸름은 다가오는 여준만을 또렷하게 느꼈다.

"선생님."

"아무 말도 하지 마."

자신을 지나치려는 그의 옷깃을 쥐었다가, 싸늘한 목소리에 손을 놓았다.

억울하다, 이대로는 가만히 못 있겠다, 어떻게 우리한테 이럴 수 있냐. 큰아버지와 큰어머니의 목소리가 한곳에서 뒤섞였다.

마을 이장이 푸름의 손에 억지로 가방을 쥐여 주며 네 할머니 괜찮다고 어깨를 쓸어내리는 순간에도, 형사에게 명함을 내밀며 자신에게 연락해 주면 된다 말하는 여준을 보면서도.

푸름은 나락이었다.

13화

어긋난 타이밍

"내가 너한테 뭐야."

병원 앞 공원. 여준에게 손목이 잡혀 끌려오면서, 푸름은 멍하니 그의 뒷모습만을 쫓아야 했다. 눈도 마주치지 않고, 명함 한 장 남긴 여준은 푸름을 잡아채 경찰서에서 데리고 나왔다. 아무 말 말라는 차가운 한마디에, 정말 입이 얼어붙은 것 같았다. 아직도 여준이 잡은 손목 부근이 얼얼했다.

평소의 그가 아니었다. 평소의 여준이라면 자국이 남을 정도로 세게 붙잡지도 않았을 거고, 그녀를 막 끌고 다니지도 않았을 거다.

현재의 그는, 다른 사람이었다.

"선생님."

"나는 너한테 아직 기다리는 사람이야?"

푸름은 몇 번이나 고개를 흔들었다. 소리 내어 말하고 싶지만, 목에 뭔가 꽉 막힌 듯 아무런 소리도 나오지 않았다.

"네가 원하는 게 이런 거야? 묻지도 말고, 알려고도 하지 말고, 참견도 하지 말까? 그래?"

차갑게 일렁이는 그의 분노가 그대로 그녀의 심장에 와서 꽂혔다. 몇 번이나 쿡쿡 찔러 대더니, 무자비하게 파고들었다.

"묻잖아. 네가 원하는 게 이런 거였냐고."

분노를 넘어서, 배신감에 치를 떠는 남자의 눈빛은 매서웠다. 다가갈 수 없을 만큼, 그 때문에 두려움을 느낄 만큼.

"그럼 나는 뭘 할 수 있어, 너한테."

"……."

"질문이 어려워?"

몇 번이나 입을 열기 위해 달싹거리는 입술을 깨물며 푸름은 작게 고개를 저었다. 희미한 그녀의 고갯짓에도 그는 잔인한 물음을 멈추지 않았다.

"우리는 그냥 시간 나면 만나고, 밥 먹고, 좋으면 키스하고, 안고. 그게 다라는 거지, 그러니까?"

"……."

"뭐라고 대답 좀 해, 제발!"

그는 화를 내고 있었다. 오늘만의 일을 추궁하는 게 아니었다. 8년 전의 일을 포함해, 지난 시간 동안 혼자였을 그녀를 위로할 기회도 주지 않는 푸름에게. 아무것도 알려 주지 않고 혼자서만 견디려는 푸름에게. 전부 알아챘으면서도 모른 척해야 하는 자신인데도 아무것도 모르고, 또다시 비밀을 만들려는 푸름에게.

화를 내던 그가 순간 감정을 주체하지 못하고 돌아섰다. 한 걸음만 뗐을 뿐인데, 지레 겁을 먹은 푸름이 두 손을 내밀어 그의 손목을 잡았다. 마치 그가 멀어질까 두려워, 드넓은 놀이공원에서 잃어버렸던 엄마를 찾은 아이처럼.

"……싫었어요."

눈을 보는 게 무서워 잡고 있는 그의 손목을 보며 그녀가 말했다. 들려오는 말이 없어 두려워진 푸름은 급하게 말을 이었다.

"보여 드리고 싶지 않았어요."

"뭐를."

묻는 목소리조차 주변을 전부 얼릴 것처럼 차가웠다.

이토록 차가울 수 있는 남자였던가. 푸름은 자신이 감추고 있는 비밀에 대해 떠올렸다. 그러니 더욱 망설임이 번졌다.

8년 전 그 일은, 더욱이 말해서는 안 되는 거라고.

"선생님한테 보여 주기 싫었어요, 이런 모습. 한 번으로 족했으니까."

"그냥 안됐잖아. 불쌍하기도 하고."

그 말을 들었을 때, 무너지는 줄 알았다. 쉽게 말하면 배신이었고, 어렵게 생각하자면 그녀의 오판과도 같았다. 일부러 밝게 웃었고, 늘 즐거운 척하며 지냈던 지난날인데도 여준은 자신을 그런 시선으로 보고 있었을까, 얼마나 그 모습이 안쓰러워 보였을까 혼자 후회도 했다.

그는 후에 말해 주었다. 진심이 아니었다고, 어쩔 수 없었다고 해명했지만 은연중에 자신의 모습이 그렇게 비쳤을 거라는 걸 모르지 않았다. 한때는 그 말에 상처 받아 그를 멀리했었다. 그의 섣부른 판단과 실수와도 같았던 말과 아주 작은 감정이었던 동정은, 그렇게나 푸름에게 영향력을 발휘했다.

무섭도록, 아프도록, 가열차게.

"정말 싫었어요, 지금도 그래요. 들키지 않았으면 평생 비밀로 했을 거예요."

이 말들이 그에게 얼마나 아플지 알면서도 푸름은 자꾸만 멋대로 움직이는 제 입술을 원망했다.

"죄송해요, 이런 말밖에 못 해서."

여준은 지금 푸름이 무슨 장면을 머릿속에 떠올리고 있는지 알아챘다. 어느 순간, 지나가는 듯이 생각 없이 내뱉었던 말에 상처를 받았던 그녀를 모르지 않았다. 실수라고 했고,

변명도 했지만 그게 위로가 되지 않는다는 걸 지금에서야 알았다.

해명할 기회를 얻지 못했다. 설명할 시간을 갖지 못했다. 갑자기 큰아버지가 나타났고, 집에 불이 났다.

그때의 그녀는, 닥쳐온 상처들을 혼자서 견뎌 내기에도 바빠 보였다.

지금 그녀가 가질 수밖에 없는 마음들을 자신이 만들었다는 죄책감 속에, 여준은 한 발을 내디딜 수밖에 없었다.

"그래서 이런 일이 있을 때마다 나는 모른 척하라는 거야? 네가 얻어맞아도, 경찰서에 들락거려도, 할머님이 병원에 입원해도?"

"……다시는 그런 일, 없게 할 거예요."

"지금 그런 뜻으로 말하는 게 아니잖아!"

그가 매섭게 소리치자, 푸름의 두 손은 그에게서 완전히 떨어졌다. 어깨를 움츠리고, 한 걸음 뒤로 물러선 푸름이 숙였던 고개를 들었다.

순간, 여준은 후회했다. 물밀 듯이 밀려오는 감정은 단연코 후회였다. 겁을 먹고 자신을 보는 그녀의 눈을 마주한 순간 깨달았다.

자신 때문이다.

불쌍하잖아. 안됐잖아. 그 순간을 모면하려고, 더 이상 듣고 싶지 않아 내뱉어 버린 말. 내가 그런 말 따위 하지 않았다면, 내가 너를 그렇게 보지 않았다면.

변명이지만 결코 매 순간 너를 동정하지 않았다. 어느 순간, 아주 잠시 잠깐이던 감정일 뿐이다.

여준은 이 말들이 그녀에게 한낱 변명에 지나지 않았음을 알았다. 우리는 어디서부터 잘못됐을까, 왜 나는 그때 그 말밖에 하지 못했던 걸까. 왜 자꾸만 너를 구석으로 모는 걸까.

"저기, 푸름아."

그 어떠한 말도 오가지 않는 둘 사이에 낯선 목소리가 끼어들었다. 푸름을 병원까지 데려다준 이장 댁 아들이었다. 완주 집에 들러, 혜옥이 이 병원에 있다는 소리를 듣고 찾아온 여준에게 푸름이 경찰서에 있다는 말을 전해 준.

푸름의 시선이 옮겨지고, 여준은 한숨을 참았다. 둘 사이에 더는 말이 오갈 수 없음을 눈치챘다.

"할머니 깨어나셨다."

혜옥은 군데군데 찰과상과 넘어졌을 때 접질린 발목 타박상을 제외하면 천운이라 할 정도로 다치지 않았다. 다만 나이가 나이인지라, 정밀 검사를 위해 며칠 정도 입원하는 게 좋을 것 같다는 의사의 말에 푸름의 가슴은 타들어만 갔다.

불안해하는 그녀 대신 옆에서 혜옥의 입원 절차를 밟아 준이는 여준이었다. 병원에 있을 동안 혜옥이 필요한 것들을 매점에서 사다 나르고, 검사 일정을 잡은 이도 모두 여준이었다. 멍하니 서 있는 푸름은 제 대신 할 일을 처리하는 그를 보며 위로를 받았고, 위안을 느꼈다.

모순이었다. 좋은 것만 보여 주고 싶고, 예쁜 것만 봤으면 하는 사람이라 나쁘고 엉망인 것들을 감추고 있으면서도 그에게 기대고 있는 자신이.

"잠깐 기다려."

혜옥이 잠든 것을 확인하고, 밤이 깊어질 무렵 두 사람은 병원을 나섰다. 아직까지 열려 있는 약국 쪽으로 걸어가는 여준을 바라보며 푸름은 잠시 유리문에 비친 제 모습을 확인했다.

머리도 엉망, 옷도 엉망, 화장도 엉망이었다. 이런 꼴로 몇 시간을. 헝클어진 머리를 쓸어내리고, 떨어질락 말락 하는 단추를 아예 떼어 내 주머니에 넣은 푸름이 발끝을 내려다보며 그를 기다렸다.

여물어져 가는 여름 끝에 서 있는 그녀는 서늘한 바람이 몸을 감싸는 것과 동시에 손에 닿는 따뜻한 체온을 느꼈다.

보지 않아도 알 수 있었다. 여준이었다.

"아프지."

약간 부어오른 손목 위를 쓸어내리는 여준의 얼굴은, 그녀보다 더 괴로워했다. 푸름은 말없이 고개를 저었다. 목소리도 들려주기 싫은 걸까. 어둠 속에서 빤히 그녀를 내려다보던 여준은 병원 앞에 세워 놓은 차로 그녀를 이끌었다.

조수석에 그녀를 앉힌 여준은 운전석 문을 닫자마자 그녀 쪽으로 돌아앉았다. 안전벨트를 가져오려는 푸름의 손을 붙잡아 내리고, 손에 들고 있던 봉투에서 연고를 꺼냈다. 말없이 손을 내어 준 푸름은 조심스럽게 손목에 연고를 바르는 그를 물끄러미 바라봤다.

"멍들 수도 있으니까. 아까 내가 너무 세게 잡았잖아. 미리 발라 놓는 것도 나쁘지 않을 거야."

별로, 아프지 않았는데.

손목 위에 연고를 넓게 펴 바른 여준은 숙이고 있던 고개를 들어 그녀 쪽으로 더 가까이 몸을 기울였다.

푸름은 절로 어깨를 움츠렸다. 시선을 내리고 있는 얼굴 위로 그의 눈길이 닿는 게 느껴졌다. 겨우 한 뼘 거리. 피하고 있다고 생각하면 어떡하지. 긴장된 분위기에 자연스럽게 나온 행동일 뿐인데, 푸름은 입술을 말아 모으며 괜히 걱정했다.

"여기도 바르자."

그녀의 한쪽 머리를 귀 뒤로 넘겨 준 여준은 이번에 푸름의 오른쪽 이마에 연고를 바르기 시작했다. 경찰서에서 큰어머니에게 맞은 곳이었다. 머리카락에 묻지 않도록 얇게 바른 여준은 약간 부어오른 이마와 볼을 바라보며 한숨을 내쉬었다. 따뜻한 숨결이 그대로 피부 위로 전해진 푸름은 또다시 움찔했다.

“아무래도 내일 검사받는 게 좋겠다.”

괜찮지만, 괜찮다고 말하면 안 될 것 같아 푸름은 고개를 끄덕거렸다. 뚜껑을 닫고 연고를 정리한 여준은 다시 멀어지지 않았다. 고집스럽게 무릎 위 손을 향해 있던 그녀의 시선이 천천히, 그리고 느리게 들렸다.

“아파?”

푸름은 할 말을 잃었다. 가슴이 미어지는 느낌이었다. 왈칵, 눈물이 터질 것 같았다. 당신은 어떻게, 나한테 이럴 수 있을까. 아까처럼 다시 화를 내지, 그렇게 다정히 물어 주면 나는 어떻게 버텨 내라고.

“……아니요.”

“그런데 왜 아무 말도 안 해.”

“미안해서요.”

“…….”

“제가 잘못한 건 맞잖아요.”

다시 돌아간다고 해도, 말하지 않을 거라는 비슷한 말을 했으면서도 미안하다는 말은 잘만 나왔다. 혹시, 이제야 사과한다고 싫어할까.

금세 붉어지는 푸름의 눈시울을 말없이 바라보던 여준은 봉투 안에서 따뜻한 유자차를 꺼내 그녀의 손에 쥐여 줬다.

"놀랐을 건데, 들고 있어."

"선생님."

"외갓집으로 가면 되지?"

대화가 싫은 걸까, 늦은 사과가 싫은 걸까. 푸름은 시동을 거는 여준을 바라보다 말없이 안전벨트를 맸다. 병원에서 외갓집까지는 30분 남짓한 거리였다. 손에 든 유자차는 식어 갔고, 옆 창과 정면, 말없는 그를 번갈아 보던 푸름은 내내 조마조마했다.

당연했다. 사과할 짓을 만들었고, 그는 사과를 받아 주지 않았다. 그런 그에게 뭐라 할 수도 없었다. 그녀가 감당해야 할 몫이었다. 불안하지만 참아 보자. 아프지만 견뎌 보자. 네가 잘못했잖아, 네가 시작했잖아. 처음부터, 늦게라도 말했으면 좋았잖아.

지금이든, 8년 전이든.

외갓집은 말 그대로 엉망이었다. 증거로 남기겠다고 이장님이 수십 장의 사진을 찍어 보여 줬던 그 모습 그대로였다. 푸름이 가방을 내려놓기도 전에 여준은 입고 있던 슈트 상의를 벗어 한쪽에 내려놓았다.

마당 한가운데에 선 채로 푸름은 여준이 하는 모습을 지켜봤다. 엎어진 빗자루를 세우고, 한쪽에 말리고 있던 고추를 정리했다. 대체 무슨 짓을 한 건지, 마루에는 천장에 매달아 말리고 있던 메주들이 군데군데 떨어져 있었다.

"두세요. 제가 할게요."

깨진 화분 앞에서 조각을 정리하는 그의 앞으로 다가가 어설프게 앉은 푸름이 무작정 손부터 내렸다. 성급한 손길을 중간에 여준이 막아서지 않았다면, 분명 피를 볼 게 뻔했다.

"다쳐, 조심해."

"아, 네."

"들어가 있어. 내가 치울게."

여준은 서두르지 않고 조심스럽게 깨진 화분 조각들을 주워 버렸다. 한쪽 무릎을 구부리고 주저앉은 그의 옆에 어정쩡하게 앉아 있던 푸름은 움직이지 않고, 그 모습만을 빤히 응시했다.

마치 봐 달라는 아이처럼, 내가 지금 당신 곁에 있으니 모른 척하지 말아 달라는 아이처럼.

몸을 일으킬 때까지 그녀를 알은체하지 않던 여준은 자신을 따라 일어나지 않는 그녀를 물끄러미 내려다봤다. 이때쯤 되면 일으켜 줄 법도 한데, 왜 안 일어났냐고 혹시 어디가 아프냐고 걱정스러운 목소리가 들릴 법도 한데 그는 그러지 않았다.

입술을 모아 깨물고 있던 푸름은 몸을 일으키지 않고 고개만 들어 그를 보았다.

"잘못했어요."

"……."

"제가 다 잘못했다고요."

애써 울지 않으려는 얼굴이지만 목소리만은 달랐다. 애처롭게 떨려 오는 목소리 속에 깃든 진심은 그녀의 것이었다. 절대로 그가 모른 척할 수 없는.

일할 때 혹은 사람 사이의 관계에서 그는 철두철미하고, 냉철하고, 관계를 잘라 내야 할 때는 망설임이 없었다.

하지만 그녀는 달랐다. 다를 수밖에 없다. 제 모든 것을 쥐고 손아귀에서 흔들어 대는 이푸름이니까.

너한테만 이래. 내가 너한테만 이렇게 물러.

화가 나도, 화를 낼 수가 없어.

네가 이푸름이라서.

"네가 뭘 잘못했는데."

"다요. 선생님한테 거짓말하고, 비밀 만들고."

기어이 흐른 눈물을 손등으로 박박 닦아 내는 그녀의 앞에 여준이 다시 주저앉았다. 눈높이가 맞춰진 그와 차마 시선을 마주치지 못한 푸름이 고개를 숙여 다시 눈물을 닦으려는데, 여준이 그 손을 막았다.

"아파. 하지 마."

"아직도 화났어요?"

아니. 사실은 아까 다 풀렸어. 나는, 너한테 화도 못 낼 만큼 푹 빠진 상태거든.

눈빛으로 말하고, 잡은 손길에 따뜻한 체온을 더해 주는 것으로 또 말하고. 여준은 엷게 웃으며 잡아 내린 그녀의 손을 꼬옥 잡았다.

"네가 나한테 의지했으면 좋겠어."

"하고 있어요, 엄청."

"전부."

행여나 다리가 저릴까, 여준은 잘게 떠는 어깨를 잡아 그녀를 일으켜 세웠다.

"전부 의지해. 나도 너한테 그러고 싶어."

"……."

"집착 같아서 별로야?"

푸름이 고개를 흔들었다. 의지하는 법을 몰랐다. 정신을 차리고 보니, 곁에 있는 사람은 할머니 한 명이었고, 의지 대신 그녀는 책임감이라는 단어를 얻었다. 누군가 자신에게 의지하라는 말을 해 줄 거라는 생각도, 해 본 적 없이 살았다.

역시나 그는 꿈같은 사람이다. 더불어 기적 같은 사람이고.

"저 집착 좋아해요."

코가 빨개져서는 하는 말이 귀여워, 여준은 풋 하고 소리를 내며 웃었다.

"진짜예요. 저 집착 엄청 좋아해요."

그의 웃음소리가, 행여나 자신의 말을 믿지 않는다는 대답 같아 푸름은 한 번 더 강조했다. 집착해 달라고. 얼마나 사랑스럽고, 얼마나 어여쁜 말인가.

"몰랐네, 집착 좋아하는 줄."

그의 단 한마디에, 화가 풀어졌음을 느낀 푸름은 깊은숨을 토해 내며 긴장을 풀었다. 그런 그녀를 꼭 안아 주며 여준은 푸름의 어깨에 얼굴을 묻었다.

"사랑해."

목에 가까이 닿는 그의 숨결은 따스웠다. 오늘 그가 보여 준 모습들이, 마치 거짓이라고 얘기해 주는 것 같아 그녀는 목이 메었다.

"나도."

꿈을 꾼 적이 있다.

언젠가, 완전히 당신의 곁에 서게 되는 날을.

당신의 사랑 고백을 듣게 되는 날을.

"나도 사랑해요."

꿈은, 꿈으로 남지 않았다.

"재판 결과는 알고 있었어?"

"네. 집행 유예 받고, 바로 나온 거로 알아요."

"네가 이사 갔었으니까 못 찾았을 거고."

푸름의 지나간 얘기를 들으며, 유추하던 여준이 나지막한 목소리로 말했다. 늦은 저녁을 대충 차려 먹고, 푸름은 차를 마시지 않겠냐고 제안했다. 작은 방에 앉아 주방에서 나는 부스럭거리는 소리를 듣고 있던 여준은 한쪽 벽에 긴 다리를 뻗은 채 생각에 잠겼다.

그녀에게 해 줄 수 있는 무언가를 계속해서 떠올렸다.

따뜻한 둥굴레 차를 끓여 온 푸름은 그의 옆에 앉아 찻잔을 내밀었고, 여준은 그녀의 큰집 이야기를 듣기 시작했다. 여준의 부탁으로 시작된 이야기지만 그녀는 막힘없으면서도 조심스럽게 얘기를 마쳤다.

"……그래서 그날 우리 집으로 가자고 했구나."

그녀가 집으로 처음 초대한 날, 생각해 보니 주방 기구가 하나도 없다며 자신의 집으로 가자던 푸름을 떠올린 여준이 중얼거렸다. 우연히 집 근처에서 큰아버지 부부를 봤다는 푸름의 말과 동시에 생각난 것이다.

미안하지만, 또 미안하다고 할 수는 없어 푸름은 대답 없이 고개만 끄덕였다. 따뜻했던 둥굴레 차가 차게 식어 갈 즈음이었다. 여준은 손을 내밀어 푸름의 손을 잡았다. 나란히 다리를 뻗고 앉아 있던 푸름이 그에게로 고개를 기울였다.

"그 사람들이 원하는 게 뭔데?"

알고 있으면서도, 여준은 확인 차 다시 물었다.

"부모님 사망 보험금이요. 얼마 남지도 않았어요. 대학 학비로 쓰고, 지금 원룸 전셋집에도 보탰고, 남은 돈은 할머니한테 쓰려고 남겨 뒀어요."

"처분은. 어떻게 할 생각이야?"

"합의는 안 할 생각이긴 한데."

"그건 당연한 거고."

자신 없다는 듯 줄어드는 목소리에 여준이 조금 더 힘을 보탰다. 잡힌 손에 힘이 가해지는 것을 느끼며 푸름은 무언가에 이끌리듯 '네' 하고 작게 대답했다.

"그럼 내가 알아서 해도 돼?"

그는 의지해 달라고 말했다. 의지하는 법을 모르고, 혼자 참는 법만 배운 그녀는 잘 하지 못하는 일. 푸름은 희미한 미소와 함께 그와 잡은 손가락 사이사이에 손가락을 끼워 넣었다. 힘없이 벌어지던 여준의 손가락에 다시 힘이 가해질 즈음, 그녀가 대답했다.

"네."

사실, 합의를 안 하는 것보다 뒤에 해야 할 처분이 무엇인지 짐작도 가지 않았다. 우선은 그를 믿기로, 그를 의지하기로 다짐한 푸름이 씩씩하게 대답했고 여준 역시 그녀를 따라 웃었다. 이제야 마음 편히 앉아 있을 수 있었다.

둘은 그렇게 시간을 보냈다. 둥굴레 차가 차게 식어 가는 줄도 모르고, 혜옥에 대한 걱정을 나누다가, 아주 잠깐 회사 얘기를 하다가, 찾아온 침묵에 어색해하다가, 요즘 유행하는 드라마 얘기까지 나누었다. 그저 함께하는 이 순간을 즐기는 보통의 연인들처럼.

"와, 그럼 촛불 집회 때 만날 수도 있었네요?"

서로 모르는 과거를 쫓아가다가, 몇 해 전 겨울에 대한 이야기가 나왔을 때 푸름이 눈을 반짝였다. 회사 사람들과 촛불 집회 때 나갔었다는 여준의 얘기에 솔깃한 이유가 그 때문인 듯싶었다.

"너도 갔었어?"

"네. 열의에 불타서 갔었죠. 거의 매주 갔었는데."

"난 한 번밖에 안 갔어. 스쳤을 수도 있겠다."

"그러게요, 신기하다."

찰나의 순간이라도 정말 스치기라도 했다면, 몇십만 명 중 우리가 어깨를 맞부딪친 것도 대단한 인연이라고, 푸름은 생각했다.

자연스럽게 올라가는 입꼬리를 어쩌지 못하는데, 옆에서 빤히 닿는 시선이 느껴져 고개를 돌렸다. 여준이 자신을 보고 있었다. 익숙할 만큼 다정하고, 갖고 싶을 만큼 상냥한 눈빛이었다. 몇 시간 전, 자신에게 화를 내던 그는 찾아볼 수 없을 정도로.

"그럼 지금 대통령 당선될 때는 뭐했어요?"

여준의 미간이 미세하게 찌푸려졌다. 예상치 못한 반응에 푸름의 눈가에 호기심이 번졌다.

"뭐야, 뭐했는데요?"

"술 마셨어. 범수가 위로해 준다고 술 샀거든."

"위로받을 일이 있었어요?"

까맣게 잊고 있었던 기억을 끄집어낸 여준이 우스운 듯 소리 내어 웃다가 고개를 끄덕였다.

"어, 있었어."

힘없이 대답하는 그의 입술을 빤히 바라보던 푸름은 다시 시선을 마주쳐 오는 그를 바라보며 뒷말을 기다렸다.

"소개팅했거든, 이범수가 하도 연애하라고 성화를 부려서."

"아아."

"근데 내가 망쳤어. 그래서 걔가 술 샀고."

"뭘 걱정해. 나 그동안 만난 여자 없어."

만난 여자가 없다고 했지, 소개팅 한 번 안 했을 리는 없다고 생각했다. 분명 그랬는데 무슨 생각을 한 거야, 이푸름. 너는 내내 혼자였어? 그것도 아니잖아.

푸름이 말없이 고개만 끄덕였다. 포커페이스 따위는 절대 알지 못하는 푸름의 얼굴 위로 어두운 기색이 스치자 여준은 피식 소리와 함께 덧붙이지 않은 말을 이었다.

"한국대 의대 출신 레지던트였어. 나이도 너랑 비슷했고."

"……네?"

"혹시 너를 알까 싶은 마음에 나갔지. 만난 지 10분 만에 네 이름 물어보다가 대차게 까였고."

창피했다. 대놓고 안심하고 있는 자신도, 한순간 방심했던 마음을 들켜 버린 지금도. 그의 흔적을 찾아야겠다는 마음도 없이, 그리워하고만 있던 자신과는 달랐다. 조금이라도 보이는 흔적 하나에 기대감을 품었을 그의 마음은 변함없이 애달프고, 고마웠다.

"또 감동한 얼굴이네."

"했어요, 감동."

8년 전 선물하지 못한 가방을 줬을 때 했던 말을 그대로 읊으며 여준은 푸름의 뺨을 부드럽게 쓰다듬었다. 얼굴이 위로 들리고, 숨결이 가깝도록 맞닿았다. 마치 당연한 수순처럼 입술이 닿았다. 몇 번이나 닿았던 입술인데도, 첫 키스를 나누는 연인처럼 떨렸다.

마주 잡고 있던 손을 풀고 여준은 그녀의 허리를 당겨 안았다. 그에게 끌려가다시피 했던 푸름도 어느새 그의 목에 팔을 감아 조금 더 적극적으로 입맞춤에 응했다. 엉망이 된 마당에서 사랑을 고백하고, 서로를 부둥켜 껴안고, 품의 온기를 느끼고, 이해라는 강을 건넌 둘 사이에, 이 순간만큼은 벽이 존재하지 않았다.

이런 게 사랑인 것을, 이런 게 연인인 것을.

우리가 지금 나누는 마음이 전부인 것을.

부드럽지만 때론 성급하고, 여유를 가지며 차분해지다가도 갈급해지는 입맞춤에 숨이 모자랄 때였다. 입술이 떨어지고, 가까이 닿은 얼굴 덕분에 피할 새도 없이 시선이 부딪쳤다. 한참을 깨물린 입술이 부어오른 것도 모르고 푸름은 많은 생각에 잠겼다.

지금 이곳이 어디고, 오늘 무슨 일을 겪었고, 그와 처음으로 싸움이라는 걸 했고, 혜옥이 병원에 있다는 사실도 상기했다.

그러니까, 지금 이런 야릇한 분위기를 잡을 때가…… 아니라는 건데.

"아, 운전해서 왔을 텐데 피곤하겠다. 그죠?"

입술 위로 진득하게 따라오는 시선을 무시하고 푸름은 그의 손아귀에서 순식간에 벗어났다. 붉은 사과처럼 물든 얼굴로 좁은 방을 이리저리 둘러보고 벌떡 몸을 일으키기까지 긴 시간이 걸리지도 않았다. 그의 시선이 따라붙었지만 푸름은 모른 척 옷장에서 이불을 꺼내고 반듯하게 자리를 폈다.

"아무래도 할머니 방은 불편하실 거고, 여기밖에 없어서……."

이불에 먼지라도 있을까 싶어 탈탈 터는 중에도, 느긋한 그의 시선은 내내 푸름을 향해 있었다. 어색한 마음에 제대로 눈길조차 주지 못하고 있던 그녀는 뒤늦게 너무 얇은 이불을 꺼냈다는 것을 깨달았다. 아직은 여름이라지만, 밤바람은 서늘해지기 시작했고 여기는 몇 가구가 살지 않는 외진 시골이었다. 서늘하다 못해 차가운 바람이 부는.

"두꺼운 이불을 다시 꺼내야 할 것 같은데……."

"같이 잘까?"

안방에 있을 솜이불을 생각하던 찰나, 어색한 행동으로 이불을 털던 푸름이 번쩍 고개를 들었다. 부은 입술을 살짝 벌린 채 동그란 눈을 크게 껌뻑이는 그녀가 들었다는 걸 알면서도 여준은 몸을 일으키며 재차 말했다. 한껏 여유롭고, 한껏 얄미운 웃음과 함께.

"같이 자자."

"……네?"

"할머니 방에 있는 이불 가져오면 되지? 내가 가져올게."

가져오다니, 이불을? 왜?

긴 다리로 방을 빠져나간 여준은 복도를 지나 안방으로 향했다. 덩그러니 얇은 이불 위에 혼자 남겨진 푸름은 열린 문과 손에 쥔 이불을 번갈아 보며 허망한 듯 중얼거렸다.

"아니, 같이 자면. 저기, 우리 할머니는 입원해 있는데……."

아, 어떡하면 좋아.

"아까는 감동한 얼굴이더니."

여준은 일부러 푸름을 배려해 고른 낮은 베개를 탁탁 털고 나서 자신의 베개 옆에 내려놓았다.

"지금은 되게 실망한 얼굴이네."

"아니거든요."

방의 빈 공간이 보이지 않을 정도로 넓게 이불을 편 둘은 확실히, 이불 위에 앉아 있긴 했다. 어색하게 무릎을 꿇고, 이불을 끌어안고 있는 푸름과 누울 자리에 편하게 앉은 여준은 상반되는 얼굴을 하고 있었다.

장난이 조금 과했나 싶어 여준이 옅게 웃는데, 그 순간을 포착한 푸름이 입술을 삐죽 내밀었다.

"진짜 놀랐잖아요."

"무슨 상상을 하면 놀랐을까."

그가 장난스럽게 입꼬리를 기울이며 자리에 누웠다. 한쪽 팔을 접어 뒷머리를 받치고 눕는 그를 빤히 바라보며 푸름은 좁은 방을 다시 둘러봤다. 그의 긴 다리는 이미 그녀가 고등학생 때 쓰던 이불 밖을 벗어나 문틈까지 가 있었다.

따로 자는 게 편할 텐데.

"손잡을까?"

어색하게 앉아 있는 그녀를 올려다보며 그는 자유로운 손 하나를 활짝 편 채로 내밀었다. 할머니 방에 가서 자겠다는 말이 성대 밑까지 올라왔던 푸름은 옅게 웃으며, 결국 그의 손 위로 팔을 뻗었다.

"누워. 피곤하잖아."

그의 말대로 푸름이 자리에 누웠다. 좁은 방인데도 이불을 넓게 펴서 그런지, 거리가 꽤 상당했다. 하지만 마주 잡은 손은 더할 나위 없이 따뜻했다. 전부 의지하는 그의 말처럼, 전부 믿어도 될 정도로.

한동안 푸름은 말이 없었다. 잡은 손을 꼬물거려도, 살짝 흔들어 봐도 미동도 없이 어딘가에 시선을 뺏긴 것처럼 굴었다.

"무슨 생각해?"

조심스러운 여준의 물음에, 혼자만의 생각에서 깨어난 푸름이 작은 신음을 흘렸다.

정말로, 전부 다 말하고 싶다는 생각. 하지만 너무 늦어 버렸다는 자기반성.

그래도 더 늦으면 안 될 것 같았다. 그에게 사랑한다고 고백했다. 사랑한다는 고백을 들었다. 더 이상, 그를 기만할 수는 없었다.

"선생님 생각이요."

목소리는 다른 말을 내뱉었지만, 그녀는 여전히 그 생각에 빠져 있었다. 8년 전 어느 날도 그랬다. 지금처럼 뭔가 다 말할 수 있는 것만 같은 기분에 휩싸인 적이 있었다.

"그런 건 행동으로 보여 줘도 되는데."

"그래서 말로 하고 있잖아요."

또다시 짓궂어지려는 그의 말에 방어하듯 푸름이 생각에 잠긴 얼굴로, 바로 대답했다. 아무래도 내 생각은 아닌 것 같은데. 몸을 돌려 옆으로 누운 여준은 그녀를 마주 본 채로 되물었다. 긴장감도, 위기감도 없는 얼굴은 딴생각에 빠진 게 확실했다.

“또 혼자 심각한 얼굴인데, 지금.”

“정말 연애 안 했어요?”

그의 말이 끝나기 무섭게 튀어나온 물음은 꽤 의외의 것이었다.

“그게 못 믿을 얘기야?”

“궁금해서요.”

“바빴지. 학교 그만두고, 석사 준비하고, 바로 범수랑 회사 차려서 지금까지 키우느라.”

그녀가 모르는 그의 8년간의 행적이 단 한 줄로 정리됐다. 감동을 받은 건지, 몰랐던 사실도 아닌데 놀랐던 건지 아무런 대답 없는 푸름을 보며 그는 미소를 곁들였다.

“아무래도 다행이다 싶지?”

“내 생각했어요?”

그의 장난에도 반응하지 않고, 그녀는 이번에도 의외의 물음을 던졌다. 혹시 나 모르게 술이라도 마시고 온 걸까. 질문의 수위가 평소 그녀답지 않았다. 여준은 느리게 고개를 끄덕였다.

"했지."

"얼마나요? 몇 번?"

"……전해 주지 못한 네 가방을 봐도, 지나가는 여고생을 봐도 네가 생각났지."

아련한 기억을 더듬는 그는 새삼 다시 깨달았다. 자신이 얼마나 그녀를 그리워했는지.

"병원 가면 여의사들 가운 이름을 나도 모르게 확인하고, 전봇대에 붙은 전단지만 봐도 네 얼굴이 떠오르고."

그는 그녀에게 말하고 있었다. 너를 그리워하는 시간 내내 기억으로, 추억으로 너를 찾고 있었노라고.

"잘 안 먹던 순댓국은 네 덕분에 단골집만 열 개가 넘고, 국가 고시 최연소 합격 이런 건 안 했나 가끔 검색창에 네 이름 좀 두드려 보고."

달콤한 말을 속삭이는 목소리가 바로 이런 걸까. 말없이, 가만히 듣고만 있던 푸름은 마지막 대목에 하하 웃음을 터트렸다.

"검색은 좀 웃겼어요."

"이해했어?"

"네?"

"내 일상 속에서, 거의 매일 널 생각했다는 건데."

하얀 치아를 보이던 웃음소리가 그대로 멎었다. 힘없이 다물어지는 입술 끝이 긴장으로 굳어지는 것을 바라보던 여준은 잡은 손에 힘을 주며, 그녀의 시선이 어디 도망가지 못하도록 피하지 못하도록 제게 묶어 두었다.

"이번에는 무슨 생각해?"

"무슨 생각을 해요, 아무 생각도 못 하게 만들어 놓고."

작은 투정에 여준이 호탕한 웃음을 터트렸다. 쑥스럽게 달아오른 푸름이 베개 속에 얼굴을 묻었다. 하지만 여전히 눈은 그를 향해 있었다.

그도 마찬가지였다. 떨어져 있는 고작 50cm 남짓한 거리가 무색할 정도로, 그들은 가까웠다.

"우리 밤새 손잡고 잘까요?"

"나야 좋지."

푸름은 또다시 강한 충동에 들었다. 전부 말하고 싶다. 감추는 것 하나 없이, 의지하고 고백하고 싶다. 지금의 평화를 깨는 일이라 해도, 좋은 것만 보여 주고 싶은 그가 자신에게 조금 실망한다고 해도, 아까처럼 그가 무섭게 변한다고 해도 지금은 그저 다 말하고 싶었다.

설사, 그게 우리 사이를 되돌리는 일이 된다 해도.

겁을 냈었다. 지금도 이렇게 좋은데, 좋아 죽겠는데. 시간이 더 지나도 당신이 싫어지지 않을 텐데. 8년 전 그 일로 내게 실망하는 그의 모습을, 내가 싫어졌다 말하는 그의 얼굴을 한순간이라도 마주하게 될까 봐 겁을 냈었다.

하지만 말하고 싶다.

나도 당신을 그리워하지 않은 적이 없다고.

그 말을 들은 순간, 좋아할 당신의 얼굴이 계속해서 떠오른다.

살짝 눈을 감았다고 생각했는데, 어느새 잠에 들었던 걸까. 무거운 눈을 뜬 여준이 옆을 돌아봤다. 그가 잠들기 훨씬 전부터 자고 있던 모습 그대로, 거의 제 품에 안겨 있다시피 한 그녀를 내려다봤다. 분명 팔 하나는 뻗을 수 있을 정도로 떨어져 누워 있었는데, 어떻게 여기까지 왔을까.

"잘 자네."

난 진짜 한숨도 못 잤는데.

어중간한 새벽과 아침 사이에 잠들었다가, 한 시간도 자지 못하고 깨 버린 여준은 잠 대신 할 일을 찾았다. 그는 베개 대신에 자신을 껴안고 있는 푸름을 힐긋 보다 그녀의 머리칼을 부드럽게 쓰다듬었다. 평소 같았으면 뭐라 투덜거렸을 그녀는 조용했다.

"오늘만 그냥 안고 자는 거야, 오늘만."

꿈속을 헤매느라 듣지 못할 그녀를 알면서도 혼잣말을 내뱉던 그는 그녀의 목 아래로 팔을 넣어 편히 받쳐 줬다. 푸름은 더 편한 자리를 찾아가듯 그의 품속으로 더 파고들었다.

소리 없는 한숨과 함께 눈을 감은 여준은 몇 번이나 그녀의 머리칼을 쓸어내렸다.

착한 생각, 김여준 착한 생각.

그 순간 으음, 하는 작은 신음과 함께 그녀가 긴 숨을 가늘고, 길게 내뱉었다. 답답한 나머지 숨이 모자란 모양인가 보다 싶지만 이건 너무 가혹하지 않은가.

이를 악문 여준은 일부러 손을 뻗어 휴대폰을 집었다. 벌써 푸름이 베고 있는 팔이 저렸지만 그는 한 손으로, 용케도 문자를 써 내려갔다. 푸름과 함께 월차를 내겠다고, 의심이 덕지덕지 묻어날 문자를 범수와 혜정에게 복사해서 보내고 답장을 기다릴 때였다.

여준은 급기야 허리까지 감아 오는 푸름의 손길에 비명을 참았다.

혹시 일부러 이럴까. 실은 안 자고 있는 거 아니야?

여준이 슬그머니 시선을 내려 하얀 푸름의 얼굴을 확인했다. 어둠 속에서도 말갛게 드러난 얼굴은, 확실히 꿈속에 있는 듯싶었다.

조금만 만져 볼까. 아주 잠깐, 입술만이라도. 그 정도는 괜찮지 않을까? 스쳐 간 생각이 멀어지기도 전에 미친놈, 세 글자를 머릿속에 새기는 그의 미간이 저절로 좁혀졌다. 지금 이럴 때냐, 제발 생각 좀.

"……착한 생각."

힘없이 중얼거린 여준이 그녀의 정수리 위에 턱을 기댔다. 심장이 거세게 뛰지만 애써 모른 척했다. 눈을 감고, 양을 세고, 뒤늦게야 몰려오는 범수의 문자 세례를 무시하면서도 그는 쉽게 잠들지 못했다.

혜옥은 아침 일찍 병원으로 찾아온 푸름을 나무라다가, 뒤늦게 병실로 들어오는 여준을 발견하고 한동안 말을 잇지 못했다.

의심부터 했어야 했나. 지난번 완주까지 손녀딸과 함께 온 이유를?

반갑고 어색하고 그러다가도 옛 기억에 화가 일어 푸름과의 관계까지는 차마 생각하지 못했었다. 아니, 어느 정도 예상했는데 모르는 척했던 걸까.

"안녕하셨어요."

기분 좋은 웃음으로 여준이 꾸벅 허리를 숙였다가 폈다. 나무랄 것 없는 반듯한 인사에 혜옥은 멍하니 있다가 푸름을 보았다. 볼을 붉게 물들이며 푸름은 괜히 혜옥의 시선을 피했다. 설명을 덧붙이지 않아도 알 만했다. 둘이 무슨 사이인지.

"예. 내 꼴이 이래서 인사를 제대로 못 받네요."

"아닙니다."

"어디 앉을 데가……."

혜옥이 의자를 찾는 시늉으로 고개를 두리번거렸다. 푸름이 침대 밑에서 대신 의자를 꺼냈다. 나란히 펼쳐진 두 개의 의자를 어색하게 바라보던 혜옥이 헛기침을 터트리자, 둘은 말없이 의자에 앉았다.

어색한 침묵이 흘렀다. 누구 하나 먼저 말을 꺼내지 않았다. 주름진 손을 만지작거리는 혜옥을 올려다보고, 잔뜩 얼어 있는 여준을 흘겨본 푸름은 이때다 싶어, 조용한 침묵 속에 폭탄을 터트렸다.

"나 선생님이랑 사귀어, 할머니."

반응은 제각각이었다. 그럴 줄 알았다는 혜옥과 놀라 헛기침을 터트리는 여준을 번갈아 보며 푸름은 씨익 입꼬리를 올렸다. 먼저 혜옥에게 충분한 설명을 할 생각이었다.

여준의 회사에서 면접을 봤고, 지금 다니는 회사에 바로 여준이 있으며, 선생님이 내 첫사랑이었다고, 그러니 예전 일과 선생님을 엮어 생각하지 말아 달라고.

물론, 그럴 생각이었지만 오늘은 어쩔 수 없었다. 말하고 싶었다. 정말로 입이 너무 근질거렸으니까.

"네 할미 놀라 심장 떨어지겄다, 이것아."

"헤, 놀랐어?"

"놀라지, 그럼 안 놀라? 선생님도 놀란 얼굴이구먼."

반가워하지도, 하지만 그렇게 놀라지도 않는 혜옥의 반응을 살피다가 푸름은 다시 여준을 돌아봤다. 그는 어느새 자리에서 일어나 있었다. 뭘 하나 싶어 푸름이 빤히 보는데, 여준은 재킷 단추를 다시 잠그며 옷매무새를 정리하고 혜옥에게 다시 인사를 했다.

"다시 인사드리겠습니다. 푸름이랑 정식으로 만나고 있습니다."

아, 이 남자가 내 남자라고 저기 밖에 소리라도 질러 볼까.

어깨가 움츠러들 정도로 간지러운 느낌에 푸름은 웃음을 꾹 참았다. 혜옥은 답이 없었다. 좋아 죽겠다는 얼굴로 여준을 바라보는 손녀딸이나, 한껏 긴장된 얼굴로 자신의 답을 기다리는 여준이나, 둘 다 들떠 보이는 것에는 변함이 없었다.

"뭘 다시 인사를. 앉아요, 어서."

"말씀 편하게 해 주세요."

"천천히 하면 되지, 뭘."

또다시 찾아온 침묵은 어색했고, 낯설었다. 어정쩡하게 서 있다가 푸름이 소매를 잡아당기자 자리에 앉은 여준은 주먹 쥔 손으로 입을 가리며 낮게 기침했다.

이게 아니었나, 혜옥에게 먼저 설명을 할 걸 그랬나. 지난번 완주에 같이 내려왔을 때 반찬 챙겨 주는 모습을 보며 조금 풀렸다고 생각한 게 오산이었을까.

푸름은 내심 불안해져 일부러 밝은 목소리로 입을 열었다.

"할머니, 선생님한테 뭐 궁금한 거 없어?"

"궁금하긴 뭘……."

그래도 늘어지는 목소리에 여준은 긴장하며 허리를 세웠다. 유심히 자신의 위, 아래를 살피던 혜옥이 더 작은 목소리로 물었다.

"전에 듣자 하니, 학교를 그만두셨다고 하던데."

"예. 친구랑 사업체 차려서 운영 중입니다. 푸름이 다니던 회사랑 비슷한 일 하고요."

"저, 그럼 부모님은 살아계시는가?"

천천히 놓겠다던 말은 어느새 짧아져 있었다. 푸름이 뿌듯해 웃는 사이, 긴장해서 한껏 어깨가 팽팽해진 여준이 부드럽게 대답했다.

"예. 은퇴하시고, 강원도 내려가셨습니다."

"형제는……."

"저 혼자입니다."

호구 조사를 당하고 있으니, 마치 결혼 허락을 해 달라고 호기롭게 말해야 할 것 같아 여준은 마른침을 삼켰다.

아, 말은 해 볼까. 못 할 것도 없잖아.

내면에서, 혼자 치열하게 고민하는데 그가 가장 걱정하고 있는 물음이 날아들었다.

"올해 그럼 연치가……."

여준의 입술 끝이 사뭇 떨렸다. 서른다섯이 결혼하기에 많은 나이라고 생각한 적은 없었다. 꾸준한 운동으로 또래보다 관리를 잘한 덕분에 동갑인 친구들보다 훨씬 어리게 보는 사람들도 더러 있었다. 그렇다고 해서 푸름과 나이 차가 없어 보이는 건 또 아니었다. 어색한 입가를 살며시 올리며, 여준은 점점 표정이 부드러워지는 혜옥을 보며 말했다.

"서른다섯입니다."

"아고, 나는 훨씬 어리게 봤는데."

혜옥은 민망해하며 속으로 손녀딸과 여준의 나이를 셈했다. 자그마치 여덟 살 차이. 하지만 마을 회관에서 옆집 할머니들이 떠드는 말을 들은 적이 있다. 연예인 누구는 스무 살 차이 나는 여자하고 결혼을 했더라고. 거기 비하면 양반이지, 양반.

그 순간 병실 문이 열렸다. 식사 시간이었다.

"할머니, 식사하셔야죠."

서울 도심 병원이 아닌지라 식사를 나눠 주는 것도 간호사의 몫이었다. 살갑게 다가오는 간호사에게 고맙다 인사를 전한 푸름은 어느새 침대 위 상을 펴고, 먹기 좋게 식판을 정리하는 여준을 좋아 죽겠다는 얼굴로 바라봤다.

"잠깐 밖에 다녀오겠습니다. 편하게 식사하세요."

"아, 나도 반찬 가져올게. 집에서 조금 챙겨 왔어. 금방 와요."

금방 안 와도 된다는 말을 전할 틈도 없이 푸름은 여준을 데리고 병실을 나섰다. 문을 닫을 때 살포시 웃는 소리가 들린 것도 같았는데, 착각이 아니기를 바라면서 푸름은 그의 팔에 팔짱을 끼며 엘리베이터 쪽으로 함께 걸었다.

"상의를 좀 해 주지."

"할머니한테 비밀로 하기 싫다면서요."

각오는 했지만, 놀랐다는 말을 덧붙이며 여준은 엘리베이터 앞에서 멈춰 섰다. 푸름이 그를 빤히 보며 어디 가느냐고 물어 왔다.

"경찰서. 수사 어떻게 되는지 물어보고 오게."

"아, 같이 갈까요?"

"괜찮아. 할머니랑 있어. 좀 걸릴 거야."

부드러운 목소리는 홀릴 듯이 다정했다. 제 것이라서 다행이라 여겨질 만큼.

"할머니 오후에 검사받으셔서 두 시간 정도 비어요. 저 선생님한테 그때 할 말 있어요."

앞을 향해 있던 여준의 시선이, 흐르듯이 그녀에게 향했다. 눈이 마주치자 푸름은 눈가에 기분 좋은 웃음을 그려 냈다.

"어디서 많이 봤던 상황인데."

"아마도요."

불안하게 좁혀지는 그의 미간을 올려다보며 푸름은 느리

게 고개를 끄덕였다. 편안해 보이는 그녀의 웃음을 살피며 여준은 느닷없는 불안감을 가라앉히느라 애써야 했다.

엘리베이터가 도착했지만, 그는 그녀를 이끌고 근처 비상계단으로 향했다. 그의 혼란스러움이 무엇에서 비롯된 건지 알기에 푸름은 가만히 그를 따랐다.

“너 8년 전에도 이랬어. 나한테 할 말 있다고 한 날이, 마지막이었어.”

“저도 몰랐어요, 그날이 마지막일 줄.”

“……”

“전 그때 선생님이랑 함께하는 미래를 그렸거든요.”

처음이었다. 어느 하나도 얘기하지 않으려는 그녀가 먼저 한 발짝 나서서 그날에 대한 이야기를 하는 건.

여준의 입술이 굳게 다물어졌다. 불안으로, 혼란으로, 그녀가 어쩌지도 못하는 어지러움으로 흔들리는 그를 보며 푸름은 한없이 미안했다. 그를 이렇게 만든 건 오직 자신이기에.

“다녀오면 꼭 얘기해.”

“네.”

“하나도, 빠짐없이 전부 들을 거야.”

이번엔 도망가지 않는다. 사라지지 않는다. 두 번째 용기에, 푸름은 더 자신감을 가졌다.

그는 자신의 세상에, 다시없을 사람이니까.

혜옥은 이상하리만큼 말이 없었다. 곧 있으면 검사받으러 가야 하는 것 때문일까, 불안해서? 잔반을 꽤 많이 남겨 식사도 거의 하지 않았고, 식사 대신 가져온 두유도 먹는 둥 마는 둥 했다.

푸름은 창문 밖 너머 경찰서를 바라보다가 혜옥의 이불 끝을 정리했다. 금방 오겠다던 여준은 잠깐 어디 들렀다 오겠다는 문자를 보내고, 아직까지 감감무소식이었다.

"근데 1인실은 너무 비싸지 않냐? 난 사람 많아도 괜찮은데."

한참이나 말이 없더니, 돈 걱정을 하고 계셨나. 침대에 걸터앉은 푸름이 옅게 웃으며 카디건을 꺼냈다. 날이 조금 선선해져 환자복 위에 입을 옷을 챙겨 온 참이었다.

"괜찮아. 어차피 며칠 안 있을 건데, 편하게 계셔야지."

"저기, 푸름아."

"응?"

"너 혹시…… 그 여선생 마주치고 그런 건 아니지?"

아, 돈이 아니었구나. 카디건에 달라붙은 머리카락을 떼어내던 푸름이 고개를 들었다. 하루 사이에 핼쑥해진 혜옥이 걱정스러운 얼굴로 손녀딸을 살피고 있었다.

"그게 걱정됐어?"

"어떻게 걱정을 안 해, 그 여선생이 얼마나 독하게 굴었는데. 혹시 너한테 다시 협박하거나, 허튼짓하는 건 아니지?"

일종의 죄책감이었다. 혜옥은 완주로 떠나온 후, 하루가 다르게 말라 가는 손녀딸을 보면서 그런 걸 느꼈다. 1년 더 공부를 해야 한다는 것도 떠나온 다음 겨울이 돼서야 알았고, 자신이 손녀딸의 아까운 시간을 갉아먹었다며 자책했다.

여준을 보면서 화는 나지 않았다. 그건 안타까움이고, 둘을 찢어 놓은 것만 같은 자신에 대한 후회고, 지쳐만 가던 손녀딸을 웃게 하는 고마움이었다.

그러면서도 걱정은 가시지 않았다.

손녀딸이 어떤 상처를 입고, 어떤 마음으로 자신의 결정을 따라 줬는지 알기 때문에.

"그런 거 아니에요. 우연히 뵌 적은 있는데……."

"봤어? 봤다고?"

혜옥의 목소리가 전과 다르게 커졌다. 괜한 말을 했다 싶어, 푸름은 어색하게 웃으며 할머니에게 카디건을 입혀 주었다. 혜옥은 계속해서 어서 빨리 얘기하라, 재촉했지만 푸름은 단추까지 잠그며 여유 있게 웃어 보였다.

"얘, 푸름아."

"그냥 우연히 마주쳤어. 선생님이랑 같이 있어서 별일 없었고."

"……."

"정말이야. 걱정할 일 없어요, 할머니."

"어떻게 걱정이 안 되냐, 그 여자가 너한테 무슨 짓을 했는데. 이상한 사진 들이밀며 자퇴서에 서명하라고 협박하던 그 얼굴이 생생한데. 그 여자가 어디 보통이냐. 너같이 착한 애는 그런 여자 상대하면 절대 안 돼."

그때의 기억을 떠올리자 혜옥이 치를 떨며 고개를 저었다. 푸름은 말없이 주름진 손을 잡아 주며 다독였다.

"미안, 할머니. 내가 할머니 마음을 몰랐다."

그때는 몰랐다. 이제 더는 여준을 볼 수 없다는 사실 때문에 우울해진 마음을 달래느라, 뒤돌아서서 자신을 지켜보고 있을 혜옥을 돌볼 수 없었다.

"할머니 내 걱정 많이 했는데, 내가 잊고 있었어."

"네가 뭘 미안해해. 어린 손녀딸이 좋아한다던 놈 옆에 못 가게 찢어 놓은 할미가 미안하지."

"놈이라고 하니까 웃기다."

"내 딸 데려간 사위는 놈팡이였는데, 손녀사위라 '놈' 자만 붙인 거야."

푸름이 작게 소리를 내며 웃었다. 여준이 있을 때만 해도 데면스럽게 굴 때는 언제고 또 친근한 호칭이 흘러나오자 기분이 좋아졌다. 푸름의 웃음을 지켜보며 혜옥은 깨끗하고 흰 그녀의 손 위로 자신의 손을 올렸다.

"너 잘못한 거 하나도 없다. 알지?"

"……."

"무슨 수가 있었겠어. 사진 퍼트리면서 소문내겠다고 협박하는 그 여자 앞에서, 내가 어떻게 서명을 안 하겠냐. 완주 내려가자고, 자퇴서에 얼른 서명하라는 할미한테 네가 어떻게 싫다는 말을 해."

그때의 지옥 같았던 감정을 떠올렸는지, 혜옥은 바르르 떠는 손녀의 손을 한참 동안 쓰다듬었다.

"할미도 너한테 얼마나 모질게 굴었는데, 네가 그걸 어떻게 버텨. 그러니 너는 잘못한 거 없어. 행여나 그 불여시 같은 여자 다시 만나더라도 기죽지 말어."

뺨을 쓸어내리고, 어깨를 쓸어내리고, 꼬옥 안아 주는 혜옥의 품은 따뜻했다. 오늘, 여준에게 모든 사실을 알릴 생각이던 푸름에게 더없는 위로이자, 용기를 주는 말들이었다.

잘못한 것 없다, 기죽지 마라. 왈칵 눈물이 터질 만큼 따스한 말들에 푸름은 눈물까지 훌쩍였다. 혜옥은 품 안의 푸름을 놓아주고, 까슬까슬한 손으로 어느새 눈물이 맺힌 푸름의 눈가를 닦아 주었다.

"선생님이 그렇게 좋냐?"

"응, 좋아. 실은 나 선생님네 회사 다녀. 재취업한 곳이 거기야. 말 안 해서 미안해, 할머니."

두서없고, 빨라지는 말들에도 혜옥은 너그러이 웃어 주었다.

"하이고! 할미 모르게 별짓을 다 했네, 그려."

"좋아서, 너무 좋아서 어쩔 줄 모르겠어. 그래서 할머니가 선생님 예뻐해 줬으면 좋겠어. 진짜 선생님은 아무것도 모른단 말이야."

"언제 싫대? 나이가 쬐끔 많아서, 그게 조금 걸려 그렇지. 뭐 한다고 그 나이까지 결혼을 안 했대."

"나 만나려고 기다린 거지. 할머니는 그것도 몰라?"

쑥스러운 말을 아무렇지 않게 내뱉는 사랑스러운 손녀의 모습에 혜옥이 덩달아 큰 웃음을 터트렸다. 눈물을 박박 닦아 낸 푸름이 붉어진 얼굴로 자리에서 일어났다.

할머니 앞에서 울어 본 게 얼마 만인지 기억도 나지 않지만, 오늘만큼은 이 눈물이 미안하지 않았다. 사랑하는 모습을 보여 줄 수 있어 오히려 다행이라 여겼다.

"검사 시간 다시 확인하고 올게."

"그래. 할미는 좀 누워야겠다."

조심스럽게 침대에 혜옥을 눕히고, 푸름은 조용히 병실을 나섰다. 간호사실에 검사 시간을 확인한 다음, 여준에게 어디쯤이냐 전화를 해 볼 생각이었다.

"어?"

병실 앞 일렬로 놓인 의자 위에 덩그러니 놓인 과일 바구니를 본 푸름의 얼굴에, 순식간에 표정이 사라졌다. 확인할 수 없지만, 알 수 없지만 누군가의 온기가 느껴졌다. 이곳에 머물렀을, 누군가의 심정 또한.

아닐 거라고 생각하지만, 왠지 모르게 자신을 찾아온 확신을 부정하기란 쉽지 않았다. 푸름은 손에 쥔 휴대폰을 한참 동안 바라봤다. 요즘 들어 통화 목록은 빈틈없이 그의 이름으로 채워지고 있었다.

"우리 1일도 지났는데, 김여준 팀장님이 뭐야. 재미없게."

"……그럼 뭐라고 해요. 선생님은 나 뭐라고 해 놨는데요?"

"알려 주면 바꿀래?"

"먼저 알려 줘요, 그럼 생각해 볼게요."

"싫어. 먼저 바꾸면 알려 줄게."

"치사해, 그럼 나도 안 바꿔요. 그리고 팀원들 때문이라도 못 바꾸네요."

"이름을 안 쓰면 되잖아, 이름을. 나만의 그이, 뭐 그런 거."

"아, 오글거려. 방금 진짜 느끼했어요. 알죠?"

얼마 전 휴대폰에 저장한 이름을 두고 그와 투덕거린 기억이 떠올랐다. 아직도 못 바꿨네, 이 이름을.

통화 버튼을 누른 푸름이 조심스럽고 느린 행동으로 휴대폰을 귓가로 가져갔다. 그는 받지 않았다. 다시 한번, 또 한번. 마치 처음부터 없는 번호를 가진 사람처럼, 그는 목소리를 들려주지 않았다.

똑같았다. 세연이 보낸 문자를, 그가 보낸 것이라 착각하고 모든 것을 잃은 사람처럼 소리 내어 울었던 기억 속에서도 그는 줄곧 전화를 받지 않았다.

"걱정하지 마. 화 안 낼 테니까. 대신 꼭 얘기해 주는 거다."

"화는, 안 내기로 했으면서……."

푸름이 자리에 주저앉았다. 꼼짝도 할 수 없었다. 당장 뭘 해야 할지, 그것조차 알 수 없었으니까.

그저 기다렸다.

여준이 돌아오기만을, 간절하게.

14화

같이, 그리고 혼자

—여준아. 무슨 일이야?

가증스러울 정도로 반가워하는 목소리. 여준은 서울 톨게이트를 지나치기 무섭게 터져 나오려는 뜨거운 악다구니를 참아 냈다. 두 시간을 쉼 없이 달려왔는데도, 흥분은 가시지를 않았다. 아직도 꿈만 같았다. 몇 번이나 사고의 위험을 무릅썼는데도, 마치 죽어 있는 느낌이었다.

민세연, 네가 한 짓들로 인해.

"지금 만나. 어디야."

—무슨 일 있어?

"묻지 말고 대답만 해. 어디야."

—범수가 밥 먹자고 해서 너희 회사 가고 있어. 30분쯤 있

으면 도착하는데, 너도 같이 밥 먹을래? 예약은 내가 알아서 할게.

"회사에서 기다려."

여준은 더 들을 것도 없다는 듯 차갑게 대답하고선 귀에서 거칠게 블루투스를 빼냈다.

다시 세연의 이름으로 전화가 걸려 왔지만 받지 않았다. 중간중간 푸름의 이름 또한 액정을 반짝였다.

하지만 그도 받지 않았다. 그저 낮 시간대라 한산한 도로를 달리고, 또 달렸다.

"사진 퍼트리면서 소문내겠다고 협박하는 그 여자 앞에서, 내가 어떻게 서명을 안 하겠냐. 완주 내려가자고, 자퇴서에 얼른 서명하라는 할미한테 네가 어떻게 싫다는 말을 해."

네가 하겠다던 고백은, 하고 싶다던 말은 그런 거였을까. 푸름이 망설인 이유를 알 것 같았다. 구역질이 일었다. 뭐든지 참아지지가 않았다.

이푸름, 네가 지키려고 했던 것이 무엇인지 깨달은 순간 밀려오는 죄책감 때문에.

말하지 않는 그녀를 지켜보며 혼자 많은 것들을 생각했다. 그중에는 자신을 빌미로 세연이 협박을 하고 푸름이 자퇴를 했을 거라는 짐작도 했었다.

그래, 정말 사실일 줄은 몰랐다. 직접 자퇴서에 서명을 하라고 협박을 했을 줄은, 그런 식으로 혜옥을 찾아갔을 줄은 꿈에도 몰랐다.

아니, 몰랐다는 말을 이렇게 쉽게 해도 되는 걸까. 그런 자격이나마 있을까. 확신을 했던 순간이 있음에도 불구하고, 사건의 중심에 자신이 존재했다는 사실을 확인한 건, 끔찍한 일이었다.

회사 앞 주차장에서 내린 여준은 쉽게 세연을 발견했다. 건물 앞에서 무슨 생각을 하는지 바닥만 보고 있는 세연은 쉽게 눈에 띄었다.

세련된 옷차림, 눈에 띄는 얼굴. 그녀는 그런 친구였다. 어디서나 돋보이고, 어디서나 쉽게 시선을 받고, 그래서 쉽게 사랑도 받을 수 있는 여자였다.

자신을 욕심내는 것, 그것 하나만 뺀다면 지금까지 꽤 괜찮은 친구로 지낼 수도 있었다. 그 잘못된 욕심이, 아무 잘못도 없는 그 아이를 절망으로 몰아갔던 걸까.

"왔어?"

자신의 앞에 드리워진 그림자에 반가워하며 세연이 고개를 들던 그때, 여준은 망설임 없이 손을 휘둘렀다.

짜악! 완전히 고개가 돌아간 세연의 눈가에 핑 눈물이 돌았다.

여자의 뺨을 내리치는 남자. 충분히 시선이 집중될 만했다. 다행히도 건물을 드나들던 사람들은 없었다. 하지만 범수는 있었다. 도착했다는 세연의 연락을 받고 마침 건물을 나오던 찰나에 목격한 건 황당했고, 믿을 수 없는 광경이었다.

"야, 김여준! 너 무슨……."

당황한 범수가 그들 곁으로 다가가자, 여준은 말없이 세연의 손목을 잡아당겼다. 자신에게 맞은 뺨이 부어올라 아플 텐데도 세연은 신음 하나 내지 않았다. 왜 그러냐고 소리도 치지 않았다.

아는 것이다. 자신이 어떤 짓을 저질렀는지, 그로 인해 누가 상처 받았고, 누가 아파했는지.

"말해."

인적 드문 건물 뒤편에 도착한 여준은 더러운 오물을 만졌던 사람처럼 세연의 손을 놓았다.

"말해, 민세연. 네가 무슨 짓을 했는지."

낮고 차가운 어조는 무섭도록 차분했다. 다, 알고 왔구나. 깨달은 세연이 뒤로 비틀거렸다. 따라온 범수가 그녀를 잡아주려 했지만 세연은 두 다리로 버티고, 또 버텨 섰다. 견디기 힘든 그의 시선 앞에서.

"할머님을 찾아갔어? 자퇴서를 들고?"

"……."

"협박으로, 자퇴서에 서명을 받아 냈어?"

"……."

"뭐라고 했어! 그 순진한 분한테, 그 애한테 무슨 끔찍한 말을 지껄였어!"

흥분으로 소리치는 모습이 아니었다. 저주하고, 또다시 저주하고. 그 방향이 눈앞의 세연이 아닌, 자신을 향해 있었다.

"말해. 무슨 사진을 찍었다는 건지. 네가 한 모든 짓들, 전부 말해."

"여, 여준아."

"말해! 내가 널 다시 치기 전에."

경멸이고, 미움이고, 분노였다. 늪에 빠진 감정의 소용돌이는 그 세기를 더할 뿐, 절대 약해지지 않았다. 한 번 의심을 키우기 시작하자, 확인 없는 확신으로 빠져들었고, 딱 하나를 빠트린 퍼즐 속에서 수많은 가정을 했었다.

설상가상, 내 마음을 빌미로 협박당했다면.

가정뿐이었던 의심을 할 때는 몰랐다. 하지만 되돌릴 수 없는 확인을 한 순간은 역시 달랐다.

나 때문에. 이푸름. 네가, 겨우 나란 인간 때문에.

냉정함을 잃은 여준의 말과, 입술만 깨물고 있는 세연의 침묵으로 어느 정도 상황을 파악한 범수는 뒤늦게나마 주변을 살폈다. 간신히 두 다리로 버티고 있던 세연은 고개를 들고 여준을 보지 못했다. 맞은 뺨이 화끈거렸지만 살필 수도 없었다.

“……푸름이 집에 화재가 났던 날, 네 오피스텔 앞에서 둘이 서 있는 사진. 또 건물 안으로 둘이 같이 들어가는 사진.”

세연은 피가 날 듯 깨물고 있던 입술을, 뒤늦게야 열었다. 느린 고백은 곧 그에게 충격으로 다가왔다.

“너 만나려고 찾아갔다가, 봤어. 화가 나서, 푸름이한테 사진을 보여 줬어. 집에 불이 나서 다행이라고 생각했어. 네 옆에서 떨어트릴 구실이 생긴 것 같아서, 좋았어. 사진을 퍼트리면 네 교사 인생이 끝날 거라고, 그걸 원하는 거냐고 협박했어. 내가, 내가 그랬어.”

세연은 쉼 없이 떨리는 입술로, 줄줄이 과거의 일들을 토해 냈다. 말도 안 되는 고백에 범수가 커다란 숨을 터트리는데도 여준은 숨을 쉴 수 없었다. 그날 이후로, 하루가 다르게 말라 가는 푸름의 얼굴만이 떠올랐다.

늘 알고 싶었다. 네가 나 모르게 겪었던 일들. 알아 버린 지금 이 순간은 그저 깨닫는다. 푸름이 무엇을 바라고, 입을 다물었던 건지.

지금 그는 무너지기 일보 직전이었다. 푸름은, 죄책감으로 괴로워할 자신의 모습을 보고 싶지 않아 감췄던 것이다.

“혹시 너한테 다 털어놓을까 봐 무서웠어. 그래서 푸름이 할머님께 찾아갔고, 사진을 보여 드렸어. 자퇴하는 게 좋을 거라는 말도 했어.”

“왜.”

"……."

"대체 왜!"

흥분한 여준이 소리쳤다. 범수는 손으로 얼굴을 가린 채 한숨을 내쉬었고, 세연은 한없이 파들거리는 입술을 다시 열었다. 그저 지금 이 상황에서 도망만 칠 수만 있다면, 무슨 짓이든 하고 싶은 게 그녀의 심정이었다.

"싫었어. 네가 푸름이를 보는 게. 너무너무 싫었어."

"……."

"나는 너한테 아직 아무 말도 못 했는데, 너무 당연하게 네 옆자리를 차지하는 게 싫었어."

반복되는 세연의 고백을 들을 때마다, 여준은 떠올린다. 대체 내가 너한테 무슨 짓을 한 건지. 한낱 잘못된 마음으로 구석 끝까지 몰렸을 그녀가, 얼마나 아팠을지.

"열아홉 살이었어."

"……알아."

"겨우!"

갈라지듯 토해 내는 목소리에 세연이 어깨를 움찔거렸다. 원망으로, 미움으로 붉게 충혈된 그의 두 눈동자가 증오심을 가득 담아 그녀만을 바라봤다. 한마디, 한마디 꺼내는 것조차 힘겨워 보이는 얼굴로.

"겨우 열아홉 살이었다고."

그는 상상한다. 지켜보지 않았기에 할 수 있는 건 상상뿐.

겨우 열아홉 살인 네가 했을 그 선택들의 뒤에 무엇이 있었는지.

"지금이 마지막이야. 오늘 이후로 내가 새로 알게 되는 사실이 있다면, 후회하게 될 거니까 전부 말해."

싸늘하리만큼 매서운 목소리에 세연의 눈동자가 바빠졌다. 끝까지 모른 척하고, 끝까지 버틸 생각이었다. 어디서부터 잘못된 걸까. 앞은 여준이, 옆은 범수가 지키고 서 있었다.

끊임없이 몰이를 당하는 기분. 사방이 적이고, 구석으로 몰린 쥐새끼가 따로 없었다. 이대로 도망칠까? 아니, 그래도 여준은 끝까지 쫓아올 것이다. 8년 전 일을 저지를 때는 상상해 본 적 없었다. 모든 걸 다 들킨 다음, 몰아붙일 여준을 떠올려 본 적이 없었다.

그래서 도망치고 싶었다. 지금 이 순간을 벗어날 수만 있다면 무슨 짓이든 할 용의가 있었다. 그게 자신의 잘못을 꺼내 놓는 고백이라고 해도.

"문자, 문자를 보냈어."

"무슨 문자."

"내가 푸름이한테 너인 것처럼, 다시는 연락하지 말라고, 실망했다고, 네가 끔찍하다고. 푸름이가 너한테 할 말 있다고 문자를 했는데, 널 좋아한다고 했는데 내가 지웠어. 네가 보지 못하게."

"제가 문자했었잖아요, 선생님한테."

"기억 안 나요, 그냥 잘 지내라는 내용이었겠죠."

입에 담지도 못할 내용을 보고, 그 위에 적힌 내 이름을 확인하고, 너는 얼마나 울었을까. 얼마나 아팠을까. 내가 보냈을 거라 믿었을 만큼, 나는 얼마나 너에게 부족한 사람이었나.

여준이 하, 소리 나게 웃었다. 안타깝게 지켜보던 범수가 그를 애타게 불렀지만 알은체할 수 없었다.

지금 내가 뭘 할 수 있나. 뭘 더 확인해야 하나. 만약 더 알아야 할 진실이 있다면, 나는 버틸 수 있을까. 기어이 너의 옆에서 버텨 낼 수 있을까.

"내 휴대폰 망가트린 사람도 너야?"

급기야 세연은 끅끅대며 눈물을 토해 냈다. 안쓰러울 만큼 애처로운 모습이지만, 지금 그녀에게 베풀 자비 따위는 누구에게도 존재하지 않았다.

"너는 진짜."

탄식과도 같은 한숨을 터트리며, 여준은 끝내 뒤돌아섰다. 세연을 마주 볼 자신이 없었다. 보는 내내, 자신이 푸름에게 어떤 짓을 했는지 자꾸만 떠올라 괴로웠다.

숨이 막혔다. 사방이 벽으로 막힌 작은 공간에서 온몸이 가시에 찔리는 느낌이 바로 이런 걸까.

"너는 이용한 거야."

다시 몸을 되돌려 그녀를 마주 본 여준이 차갑게 말했다. 눈물로 얼룩진 얼굴을 마주하는데도 증오만이 일었다. 오직 미움만이 가득했다.

"그 애의 순진함을 이용했어. 조금만 더 이기적이었으면 그 애는 그런 선택 생각할 수도 없었어."

"……알아."

"사과해, 진심으로."

"……."

"대신 용서는 받지 마. 죽어도, 용서받지 마."

절망, 그리고 또 절망. 그 외에 느껴지는 것이 없다. 이제는 죄책감마저 희미해질 지경이다.

"널 친구로 뒀던 세월을 후회해."

"……."

"너한테 내 마음을 들킨 걸 후회해."

"……."

"네가 끔찍해서 견딜 수가 없어. 지금 내가 그래."

그리고 나 또한 끔찍하다.

겨우 열아홉, 너무나도 어렸던 네가 감내했을 고통을 나는 지금까지 몰랐다.

"다시는 내 앞에 나타나지 마."

여준은 냉정하게 뒤돌아섰다. 세연이 끅끅거리며 우는 소리에도 한 번을 뒤돌아보지 않았다. 아예 주저앉은 세연이 두 손으로 얼굴을 가리며 울기 시작했다.

마치 방관자처럼, 옆에서 지켜보기만 하던 범수가 긴 한숨을 토해 냈다. 말도 안 되는 말들을 들어 머릿속이 복잡했지만, 정말 제대로 뒤죽박죽이지만 이것 하나는 알 수 있었다.

"너 대체 무슨 짓을 한 거냐."

금요일에 받은, 급한 일이 있어 먼저 서울로 올라간다는 짤막한 문자를 내려다보며 푸름은 한숨을 삼켰다. 주말 내내 통화를 시도했지만 여준은 마치 작정한 사람처럼 전화를 받지 않았다. 거울 앞에 앉아 옅은 화장을 마무리한 푸름이 침대를 돌아봤다.

기어이 서울 생활은 싫다는 혜옥을 모셔 왔다. 아무리 수사 중이라고는 하지만, 또다시 큰집 식구들이 들이닥칠까 불안하기도 했고 노쇠해진 혜옥을 더는 혼자 둘 수가 없을 것 같았다. 긴장이 풀려서 그런지, 어젯밤부터 내리 잠만 자고 있는 혜옥이 깰까 푸름은 조용히 집을 빠져나왔다.

당연하게, 요 몇 주 내내 함께 출근하던 여준은 집 앞에 없었다. 푸름은 실망할 수 없었다. 어느 정도, 예상 가능했던 상황이다.

잠깐 다녀오겠다던 여준은 끝내 병원으로 돌아오지 않았다. 검사를 마치고, 빈 병실에 덩그러니 앉아 있는 푸름에게 혜옥은 불안한 표정으로 말했다. 무슨 일이 있냐고.

푸름은 웃으면서 고개를 저어야 했다. 혜옥은 몰라야 하니까, 모르게 하고 싶었으니까. 지금도 자신이 둘을 찢어 놓았다고 여기는 분에게, 또다시 그런 상처를 드릴 수는 없었다.

주말 이틀 동안 내내 휴대폰만 붙잡고 살았던 푸름은 출근길에도 휴대폰을 놓지 않았다. 그에게 다시 전화를 걸어, 상대방이 연결되지 않는다는 식상한 안내음을 듣는 것도 이젠 고역이었다.

아무 말이라도 해 줬으면. 차라리 화라도 내줬으면.

이른 시간 회사에 도착한 푸름은 마주치는 사람 하나 없이 사무실에 들어섰다. 책상 위에 핸드백을 내려놓은 그녀의 시선이 문이 닫혀 있는 팀장실로 향했다. 여준은 출근이 빠른 편에 속했다. 팀원들보다 먼저 사무실에 도착해 업무를 시작할 때가 많았다. 푸름은 그때를 노려, 그와 얘기를 나눌 생각이었다.

하지만 사무실로 속속 출근하는 팀원들 중에 여준은 없었다. 월차 냈던 건 무슨 일이었냐 물어 오는 미윤에게 할머니 건강 때문이라고 대답하자 모두가 한마음처럼 함께 걱정을 해 주었다. 그중에도 여준은 없었다. 팀장님이랑 동시에 월차를 내서 오해했었다는 민기의 우스갯소리에 모두가 웃음을 터트릴 즈음, 여준이 나타났다.

"아."

놀란 푸름이 벌떡 몸을 일으켰고, 옆에 서 있던 민기와 부딪쳤다. 그 바람에 민기는 손에 들고 있던 커피를 바닥으로 쏟았다. 푸름은 자신의 손등에도 상당량의 커피가 튀었는데도, 오직 여준만을 바라봤다.

"어, 대리님. 괜찮아요?"

"이 대리, 괜찮아? 벌써 빨개졌는데?"

아픈 줄도, 뜨거운 줄도 몰랐던 푸름은 저를 걱정하는 목소리에 번뜩 정신을 차렸다. 어느새 커피가 닿은 손등이 빨갛게 부어 있었다.

"네, 괜찮아요."

멀쩡한 손으로 다친 손등을 가리며 푸름은 고개를 끄덕였다. 미윤이 물티슈를 가져오고, 그래도 안 되겠다며 화장실에 가서 찬물로 씻어 내야 한다고 재촉했다.

푸름은 꼼짝도 하지 않았다. 손이 쓰릴 텐데도, 인상 한 번 쓰지 않고 여준을 바라보고 있었다.

"……씻고 와요, 회의는 30분만 미룹시다."

고작 몇 초. 며칠을 기다린 대신, 푸름은 겨우 그와 몇 초 동안 시선을 마주할 수 있었다. 여준이 팀장실 안으로 들어간 다음 미윤이 푸름을 재촉했다. 그녀가 다시 정신을 차렸을 때, 손등은 더 붉게 달아올라 있었다.

아프고, 그래서 더 쓰렸다.

회의 때도 그는 푸름을 단 한 번도 보지 않았다. 보고받을 것이 있음에도 불구하고 눈을 보지 않고, 서류를 넘겨 보며 목소리만을 들었다.

회의가 끝나고 그에게 다가가 말이라도 건네려 하자, 그는 대표님께 갔다 온다는 핑계로 제일 먼저 사무실을 나섰다. 돌아온 여준은 팀장실 안에서 또 몇 시간을 꿈쩍도 하지 않았다. 시간이 갈수록 푸름은 애가 타고, 지쳐 갔다. 그리고 불안했다.

그가 다시는 저를 보지 않겠다고 할까 봐.

흉이라도 지면 어떡하냐는 혜정의 성화에, 푸름은 점심시간을 앞두고 병원에 다녀왔다. 근처 식당에서 점심을 먹고 있다는 미윤의 전화를 받았지만, 생각이 없다 핑계를 둔 푸름은 사무실에 돌아오자마자 탕비실로 향했다.

그리고 몰랐다. 탕비실에 그가 있을 줄은.

문을 닫지도 못하고 어정쩡하게 서 있던 푸름은 그가 자신을 돌아보는 것과 동시에 얼어붙었다. 커피를 내리고 있던 여준 역시 갑작스러운 인기척에 고개를 들었다. 표정 변화

없이, 처음부터 그랬던 것처럼 싸늘한 그의 얼굴이 다시 앞을 향했다.

외면.

차게 얼어붙은 심장이 쿵 하고 바닥을 내려쳤다. 몇 번이나, 부서져 망가지는 줄도 모르고.

커피를 다 내린 여준이 컵을 들고 돌아섰다. 문 앞에서 꼼짝도 못 하고 서 있던 푸름과 감정을 잃은 그의 두 눈이 서로를 향했다. 지금은 그저 모두가, 아플 수밖에 없었다.

밥 생각은 없었고, 힘이 빠진 몸은 지난 이틀간 네 시간도 못 잔 잠을 요구하고 있었지만 금요일 월차 때문에 일은 밀려 있었다. 밥 대신 커피 한 잔으로 잠을 쫓아 볼 생각이었던 여준은 탕비실에 나타난 푸름을 아프게 바라봤다.

뜨거운 커피를 손에 쏟고도 아픔도 느끼지 못했던 사람처럼 가만히 서 있던 그녀는 상처 하나 없었던 오른손에 흰 붕대를 감고 있었다. 많이 아플까. 흉은 지지 않으려나. 병원에서는 뭐라고 했을까. 뜨거운 커피가 그녀를 덮친 순간, 누구보다 먼저 그의 몸이 반응했다.

하지만 아픔도 느끼지 못하고 자신만 보는 그녀를 발견하고 더는 움직일 수 없었다. 그녀가 다쳤다.

나 때문에 놀라서. 또 나 때문에.

답할 수 없는 붕대를 한참이나 응시하던 여준이 움직였다. 자신을 보는 것 말고는 할 일이 없어진 사람처럼 구는 푸름을 보며 그는 다시 컵을 내려놨다.

"커피 마시러 왔어?"

"……네."

"기다려. 뽑아 줄게."

뒤돌아선 그는 다시 커피를 내렸다. 탕비실 안은 둘 사이의 침묵으로 인해 조용했고, 진한 커피 향이 가득했다. 진한 커피는 머그잔에 금방 차올랐다. 여준은 테이블 위에 컵을 내려놓기만 할 뿐, 그녀에게 직접 전해 주지는 않았다. 그것조차도 거리가 멀어진 것만 같아, 푸름은 심장이 자꾸만 덜컥였다.

"괜찮아?"

그는 그녀를 보지 않고 물었다. 붕대 감은 손을 뒤로 감춘 푸름이 테이블로 다가갔다.

"병원에서는 뭐라고……."

"저랑 얘기해요."

궁금하면 얼굴을 보고, 내게 물어야 하잖아. 우리 그래야 하잖아.

가까이 다가간 푸름은 그의 옷소매를 두 손으로 잡았다. 기다렸다는 듯 그의 시선이 푸름 쪽으로 움직였다. 이제야 가까워졌는데, 이제야 이야기할 수 있게 됐는데 푸름은 목 끝까지 숨이 차오른 사람처럼 말을 할 수가 없었다.

무슨 말을 하든 거부당할까 봐, 말하면 말할수록 당신을 비참하게 할까 봐.

지금 그가 느끼는 감정을 모르지 않는다. 그녀가 걱정하고, 두려워했던 것은 그가 저 스스로를 무너뜨리는 것이었다.

"다음에 하자."

"……다음, 언제요?"

"그냥 다음에."

그는 한숨을 내쉬며 말했다. 연락이 닿지 않았던 지난 주말, 그는 무슨 생각을 했을까.

내내 두려웠다. 그 생각의 끝이, 설마 이별일까 봐.

우리는 이제 시작했는데. 이제 마음껏 좋아할 수 있는데.

"우리, 같이 얘기해야 하잖아요."

음성은 유난히 떨렸다. 그에게 하는 한마디, 한마디가 견디기 힘들었다. 자격이 없다는 걸 아니까, 기다려야 한다는 걸 아니까.

"혼자 생각하지 말아요. 혼자 생각하면 안 되잖아요. 내가 있는데 왜 그래요."

하지만 그를 혼자 둘 수 없었다. 죄책감에 괴로워할 그를, 이제는 그녀가 견딜 수 없었다.

"……내 얘기도 들어 줘야죠."

매달리듯, 옷소매를 부여잡은 푸름의 아픈 손을 내려다보던 여준은 부드럽지만 강하게 그녀의 손을 떼어 냈다. 푸름의 입술이 멍하니 벌어졌다. 명백한 거절.

그는 기어이, 그녀를 거절한다.

"넌 말해야 했어. 기회는 많았고."

"말하려고 했어요. 기억하잖아요, 내가 할 말이 있다고 한 거."

"너무 늦었잖아."

"이렇게 될까 봐 무서웠어요."

"……."

"선생님이 미안해하는 모습, 상상만으로도 싫었어요."

그녀가 다급히 말했다. 작은 틈이라도 두어, 그가 오해하게 만들고 싶지 않았다.

"이해하면서 용납 안 되는 것들이 있어. 이번이 그래."

그가 오래 생각했다는 듯이 입을 열었다. 마치 끝이 정해져 있는 사람처럼. 불안해진 푸름이 고개를 저었다.

"내 입장에서는 어쩔 수 없었어요."

"그럼 평생 비밀로 할 생각이었어? 좋은 것들만 보여 주고 싶다는 네 말을, 언제까지 이해해야 해."

"……."

"너는 늘 그래. 혼자 숨고, 혼자 감추고, 혼자 생각해. 그런 너를 내가 어떻게 해."

그가 괴로운 듯한 손으로 얼굴을 쓸어내렸다. 지친 한숨이 끊이지 않았다. 소리를 지르는 것도, 위협적인 모습도 아닌데도 푸름은 무서웠다. 그럴수록 뒤로 물러섰고, 겁을 먹은 듯 움찔거렸고, 파르르 떨리던 눈가가 촉촉해졌다.

그를 괴롭게 한다. 그를 지치게 한다. 그 사실이 전해 주는 고통은 상상 그 이상이었다.

"그러니까 기다려. 내 생각이 정리될 때까지."

정리라는 말을 듣게 될 줄은 몰랐다. 알았다면, 지금까지 끌고 오지도 않았겠지.

푸름은 멍하니 벌어진 입술을 말아 모으며 눈물을 꾹 참았다.

"언제까지요."

그는 침묵을 지켰다. 이 순간이 끝나지 않았으면 하는 사람처럼. 실연을 당하는 여자처럼 눈물을 참고, 울먹이며 매달리는 푸름을 보게 될 줄은 몰랐다. 이 모습 또한 자신이 만든 것이다.

나 때문이라는 생각은, 끝도 없이 그를 옭아맸다.

"그 다음에 우리는 어떻게 되는 건데요."

너는 알까. 이 순간에도, 나를 잃을까 불안해하는 네 모습이 좋다는 사실을.

나는 결국 어쩔 수 없이 네 옆을 선택할 것이다. 온갖 미사여구를 갖다 댄 변명과, 달콤한 말들로. 미안하다는 사과와 함께 사랑한다는 고백을 내뱉으면서 널 욕심낼 것이다.

널 포기할 수는 없으니까.

여준은 조금 식어 버린 커피를 그녀의 앞으로 내밀었다. 그래 봐야 테이블 위에서 살짝 움직이는 정도였다. 고개를 드니, 그녀는 여전히 그를 보고 있었다. 불안 때문에 요동치게 흔들리는 눈동자를 진정시켜 주고 싶었다.

나는 너를 떠날 수 없으니 안심하라고.

네가 그렇게 만들지 않았냐고. 네 인생을 망친 나인데도, 나는 네 곁에 남아 있기를 원한다고.

하지만 시간은 필요했다.

“내가 널 똑바로 볼 수 있을 때까지.”

“왜 날 못 봐요, 선생님이 잘못한 건 없잖아.”

“아니, 있어.”

나만 아니었다면.

너는 제때 대학에 입학했을 거다. 1년이라는 시간을 허비하지 않았을 거고, 꽤나 평화로운 나날을 보냈을 거다. 좋아하는 친구들 곁에서, 평범하고 때로는 즐겁게 시간을. 좋은 환경에서, 좋은 사람들 곁에서. 그렇게 도망치듯이 하루아침에 사라질 이유는 없었을 것이다.

너를 그렇게 내몰았던 사람은 아무것도 몰랐던 나니까.

떠났던 너를 원망만 했던 나니까.

한 번 떠올려지기 시작한 가정은 쉬이 지워지지 않았다. 상념처럼 떠돌아 자꾸만 갉아먹고 있는데, 내가 어떻게 버틸까.

"잠깐만 시간을 줘."

내 죄책감이 옅어질 때까지. 내가 널, 제대로 볼 때까지.

"나도 혼자 생각이라는 걸 해 볼 테니까."

다시는 너를 잃을 수 없다.

머릿속 한쪽에서는 그렇게 말한다. 모른다는 변명으로 그녀를 놓쳤던 주제에, 그녀를 붙들려는 거냐고.

반대쪽에서는 속삭인다. 실수는 한 번으로 족할 뿐, 다시 그녀의 곁에서 버티고 그녀를 아껴 줘야 하는 것 아니냐고. 그는 결정을 내리는 입장이 아니었다.

마음먹은 단 하나의 길을 위해, 그저 참고 인내할 뿐.

그의 결정은 곧, 그녀의 곁에 남아 있기 위한 구실이었다.

그는 바보처럼 화도 내지 않았다. 충분히 분노하고, 아플 만큼 소리쳐도 모자랄 상황에서 그는 그러지 않았다. 그녀의 걱정대로, 죄책감에 시달리는 중이었다.

푸름은 미안해하는 그의 모습을 볼 수 없었다. 자책하는 그를 견딜 수 없을 것 같았다. 그렇게 만들어 낸 거짓과 비밀이 지금의 순간을 만들었음을 잘 알고 있다.

우리는 항상 타이밍이 왜 이럴까. 내가 마음먹은 순간, 나는 왜 항상 벽에 부딪치는 걸까.

"후회해요."

당신에게 아무런 말도 하지 못한 것.

당신과 함께 있는 매 순간이 너무 행복해서, 감추고만 싶어 했던 것.

빈 사무실에서 멍하니 문 닫힌 팀장실을 빤히 바라보던 푸름이 몸을 일으켰다. 터덜터덜, 걸음을 옮겨 그녀는 집까지 걸었다. 30분, 한 시간, 두 시간여 걸었을까. 동네에 다다른 푸름은 발등이 까이고, 상처에서 피가 나는 줄도 모르고 계속해서 걸었다.

"푸름이 왔나?"

구수한 된장찌개 냄새가 가득한 집에 들어서자, 혜옥은 상다리가 부러질 정도로 맛있는 저녁상을 차리고 있었다.

우리 할머니, 내 할머니. 세상에 하나밖에 없는 나만의 할머니. 높은 구두를 신고 두 시간을 쉬지도 않고 걸었던 푸름은 현관 입구에서 바로 보이는 주방에 선 혜옥을 보자마자 주저앉았다. 다리에 힘이 풀리고, 긴장이 풀려 더는 버틸 수 없는 다리가 힘없이 구부려졌다.

"푸름아!"

혜옥의 품에 안겨 목 놓아 울었던 적이 있었다. 그 어느 날은 부모님의 장례식이었고, 그 어느 날은 부모님의 화장 날이었다. 또 그 어느 날은, 8년 전 서울을 떠나던 날이었다. 그리고 오늘, 울지 않으려고 버티던 푸름은 울 수밖에 없었다.

혜옥이 속상해할 것을 알지만, 아파할 것을 알지만 조금이라도 나누고 싶었다. 혼자서는 감당하기 힘들 것 같은 이 슬픔을, 이 지독함을, 이 외로움을.

"푸름아, 얘, 무슨 일이야!"

사무치는 그리움을.

"이 대리, 살 빠졌어요?"

업무 분배를 위한 회의를 마치자마자 혜정은 마주 앉아 있던 푸름을 향해 걱정스럽다는 듯 물었다. 여준을 포함한 모두의 시선이 푸름에게 닿았다. 그녀는 살포시 웃으면서 마저 챙기던 다이어리를 챙겼다.

"그래 보여요?"

"응, 안색도 별로 안 좋고. 요즘 식사 못 해요?"

"다이어트 중인데, 효과를 좀 보나 봐요."

푸름은 태연하게 거짓말을 했다. 매일 먹은 것을 토해 내는 바람에 오히려 쉬러 서울에 올라온 혜옥이 고생 중이라는 말을 할 수는 없었다. 고집스럽게 닿는 누군가의 시선을 느끼면서도 푸름은 행여나 눈물이라도 날까, 일부러 여준 쪽으로 돌아보지 않았다.

"대리님, 다이어트 하세요? 여름 다 지났는데?"

회의 자료들을 챙기던 미윤이 놀라 눈을 크게 뜨며 물었다. 그녀를 시작으로 민기와 현석까지 달라붙어 무슨 다이어트를 하냐고, 그럴 필요 없다고 각자 한마디씩을 던졌다.

"제가 원래 여름 지나면 다이어트 하는 스타일이라."

여준의 시선이 집요하게 따라붙었다. 지난 며칠 동안, 하루걸러 하는 회의가 끝나면 늘 자리로 돌아가서 앉기 바쁜 사람이 무슨 일인지 눈치가 보일 정도였다.

푸름은 웃는 얼굴로 팀장실을 나섰다. 팀원들이 각자 자리로 돌아가고, 푸름 역시 자리에 앉았다. 옆에 앉은 미윤은 기다렸다는 듯이 그녀에게 숨겨 놓았던 초콜릿을 내밀었다. 그것도 무려 세 개씩이나.

"가끔 당 충전은 하셔야죠."

"고마워요."

초콜릿을 받아 든 푸름은 말없이 일어나 화장실로 향했다. 찬물에 손을 씻으며 거울을 들여다본 푸름은 한숨과 함께 거울 속의 자신을 빤히 들여다봤다. 피부는 푸석푸석하고, 핏기도 없고, 볼살은 들어갔다. 확실히 살이 빠지고 있긴 하다. 예쁘지도 않고, 더 못생겨지게.

"못생겨지면 안 되는데."

그럼 나 더 안 볼 텐데.

요즘 들어 제대로 먹는 거라고는 혜옥이 차려 주는 아침 식사가 전부였다. 그마저도 회사에 와서는 버릇처럼 소화제를 삼켰고, 점심이나 저녁은 격일로 거르고 있어 살이 안 빠질 수가 없었다.

잡히지 않는 볼을 일부러 꼬집어 본 푸름은 가져온 립스틱을 옅게 발랐다. 예전처럼 생기가 도는 얼굴은 아니었지만, 핏기 하나 없는 얼굴보다는 나았다.

티슈로 손을 닦고, 화장실을 나섰다. 땅을 향해 있던 고개가 코너를 돌자마자 들렸다. 익숙한 목소리들, 익숙한 공기의 흐름 때문이었다.

"어? 이 대리."

어색하게 웃는 범수와, 제 쪽을 향해 잠시 시선을 두었다가 다시 돌려지는 여준을 번갈아 보던 푸름이 쓰게 웃었다. 가벼운 묵례와 함께 그들을 지나쳐 사무실 안쪽으로 푸름이 사라졌다.

조용한 복도에 다시 둘이 남겨지자 범수는 사무실 안쪽을 슬며시 바라보다가 한숨을 내쉬었다. 동시에, 똑같이 말라서는 대체 뭐 하고 있는 짓들인지.

"이 대리랑 싸웠어?"

"아니야."

"그러면?"

상의할 일이 있다 그래서 불러 놓고 범수는 계속해서 다른 말을 해 댔다. 피곤한 숨을 내뱉으며 여준은 뒷목을 어루만졌다.

계속해서 어른거린다. 고작 일주일도 안 되는 시간 동안 볼품없이 말라 버린 푸름의 얼굴이, 연약해서 부러질 듯한 다리가, 한 줌에 쥐고도 남을 듯한 손목이, 웃고 싶지 않은데도 억지로 웃고 있는 입술 끝자락이.

그리고 다시 깨닫고 만다. 내가 너한테 무슨 짓을 하고 있는지. 그런데도 쉬이 너를 볼 수 없는 현실을.

"세연이는 그날 이후로 계속 연락이 안 되네. 집에도 없는 것 같고."

"듣기 싫어."

"걔가 잘했다는 거 아니야."

세연을 옹호할 생각은 전혀 없다는 듯이 범수가 말을 이었다. 땅을 향했던 여준의 시선이 들려졌다.

"너희 잘못이 없다는 거지. 알면서 왜 자꾸 빙빙 돌아? 이대리 말라 가는 거 안 보여?"

보인다. 보여서 더 어렵다. 여준은 듣기 싫다는 듯 미간을 팍 구겼다.

"잔소리하려고 불렀어?"

"그냥 해 봤다, 오랜만에 잔소리. 내가 이럴 때 아니면 또 언제 너한테 잔소리해 보겠다고."

여준은 대답 없이 사무실 안쪽을 흘겼다. 마른 어깨를 일부러 꼿꼿하게 세우고, 모니터를 보고 있는 푸름의 뒷모습이 바로 보였다. 몇 시간이고, 여기 서서 푸름만 보고 있으라면 그럴 수 있을 것 같았다.

"지방 선거 때문에 일이 하나 들어왔어. 공공조사팀은 지금 여론 조사 때문에 정신없고, 너희 팀에……."

말이 끝나기도 전에 여준이 못마땅한 시선을 들었다. 지레 찔린 범수가 한숨과 함께 몇 번이나 고개를 끄덕였다. 지분도 내가 제일 많고, 대표도 나인데 왜 힘은 이놈이 제일 센 걸까. 대표가 친히 사무실까지 내려와 일하라고 하는데 저 하기 싫다는 본새를 봐라. 범수가 이건 아니라는 듯이 고개를 저었다.

"그렇게 하기 싫냐? 남의 팀 일 맡아서 하는 게?"

"너라고 좋겠어? 나중에 실적 처리될 때는 공공조사팀으로 분류될 거 아니야."

"너희가 세팅만 해 주면 당연히 실무는 그쪽에 맡기지."

"그게 싫어. 우리 팀, 가뜩이나 일 많아서 말라 가는 거 안 보여?"

너희 팀 중에 말라 가는 사람은 딱 한 명 같은데.

딱 잘라 거절한 여준은 벽에 기대어 선 채로 사무실 안쪽을 바라봤다.

범수는 그가 어디를 보는지 묻지 않아도 알 수 있었다. 구체적인 상황을 아는 것도 아니고, 그들의 문제를 속속들이 전부 눈치챈 것도 아니다. 모르는 것도 많았고, 알 수 없는 감정들이 뒤섞인 관계였지만 그래도 이것 하나는 알았다.

그들은 각자 버티고, 참아 내고, 견뎌 내는 중이었다.

서로를 놓치지 않기 위한 그들만의 방법으로.

—잠깐 좀 볼래?

점심시간을 반 정도 남겨 두고, 사무실에 혼자 남았을 때였다. 여준은 범수와 식사 겸 미팅이 있어 자리를 비웠고, 팀원들은 둘씩 짝지어 나간 외근 일정 때문에 굳이 밥을 먹지 않아도 뭐라 할 사람이 없었다.

속은 비었지만 배는 고프지 않았고, 식욕도 없었다. 아침에 혜옥이 만들어 준 죽 두 숟가락을 겨우 먹었을 뿐인데도 그랬다. 빈 사무실을 보며 오히려 잘됐다 여기는 와중에 걸려 온 세연의 전화는 반갑지 않았다. 아픈 속을 더 아프게 할 뿐.

"회사에 있어요."

—1층 카페야. 내려올 수 있으면 와.

전화는 끊어졌다. 내 대답을 듣지도 않고. 반듯했던 미간을 구기며 푸름이 몸을 일으켰다.

빈 사무실을 나서고, 1층 카페에 도착하자 세연은 팔짱을 낀 채 창가에 앉아 있었다. 로비를 돌아다니는 사람들이 쉽게 발견할 수 있는 자리였다. 행여나 여준이 볼 수도 있으니 자리를 옮기자고 권하려던 찰나에 세연은 제멋대로 커피 두

잔을 시켰다.

빈속에 쓰린 커피라니, 생각만으로도 구토가 올라올 지경인데 세연은 그 와중에 하얀 봉투를 꺼내 테이블 위에 올려놨다.

"받아."

"뭐예요?"

"위로금. 8년 전에 내가 한 짓에 대한."

"……제가 잘못 들은 거죠?"

"돈 맞아."

언젠가 시간이 지나 사과를 받을 수 있을 거란 생각 따위는 하지 않았다. 그 상상을 했다면, 여준을 다시 만날 수 있다는 꿈도 꿔봤을 것이다. 하지만 이런 모습 역시, 그녀의 예상 가능한 시나리오에는 없었다.

위로금이라니.

"정말 미치셨어요?"

"미친 건 내가 아니라 너지. 네가 말했니? 여준이한테? 다 지난 얘기를, 꼭 해야 했어?"

기가 차고, 황당했다. 여준과 만났을 거라는 예상은 했다. 그가 무슨 소리를 퍼부었을지는 모르지만 절대 고운 소리는 아니었을 거라 짐작만 하고 있었다.

그녀가 반성을 하지 않을 거라는 생각도 했다. 8년 전 최악의 경험을 한 후로, 푸름은 언제나 최악의 상황을 떠올리는 못된 버릇을 갖게 됐으니까.

하지만 그녀는 간과했다. 자신의 잘못을 인정하지도, 뉘우치지도 못하는 여자의 잘못된 욕심이 자신을 향할지도 모른다는 것을.

"그게 무서운 사람이, 선생님 앞에는 왜 나타났어요?"

"넌 여준이 앞에 나타난 목적이 뭐야. 이렇게 다 까발리는 게 네 목적이야? 이제 만족스럽니? 여준이가 다 알아서?"

"무슨 짓을 하셨는지는 아시나 봐요."

익숙한 얼굴들을 마주칠지도 모르는 사내 카페 안에서 나눌 얘기는 절대 아니었다. 혹시 세연이 노린 게 이런 거였을까. 익숙한 공간에서 몸을 사릴지도 모른다고 생각해서?

종업원이 커피 두 잔을 가져왔다. 푸름도, 세연도 커피에 손을 대지는 않았다. 푸름은 세연에 대한 분노를 참을 수 없었다.

이 여자는 왜 내게 끝까지, 자신이 바른 사람인 것처럼 얘기하는 걸까.

"넌 내가 너한테 사과했으면 좋겠지만, 난 그럴 생각 없어."

낮게 비웃기까지 하는 키득거림에 푸름은 주먹 쥔 손에 힘을 쥐었다. 파르르 떨렸다. 사람이 어떻게 이럴까. 어떻게 이렇게 변할까. 아니, 원래 이랬던 사람인데 내가 몰랐던 걸까. 궁지로 몰린 상황이라, 이 사람은 더 악을 쓰고 있는 걸까.

이래도 상관없고 저래도 상관없었다. 푸름은 세연에게 시간을 쓰고 있는 것조차 가치 없다는 것을 깨달았다. 냉기에 잠겼던 푸름이 눈을 똑바로 떴다.

"아니요. 사과하지 마세요. 전 선생님 사과보다, 선생님이 불행하게 살면 좋겠거든요."

"……."

"문자, 선생님이 보내신 거죠."

확신에 찬 물음답게 끝 처리가 낮았다. 세연은 죄책감 따위는 전혀 존재도 하지 않는 표정으로, 마치 다 들켜 버린 지금 상황이 짜증 나고 귀찮은 사람처럼 큰 숨을 터트렸다.

"사과 안 바란다면서 잘잘못 따지자는 거니? 8년이나 지난 일을?"

"혹시 지금도 교직에 계세요?"

대화가 통하지 않는 이를 상대하기란 역시 버거운 일이었다. 푸름이 차갑게 물어 오자, 세연은 그걸 네가 알아서 뭐하냐는 식으로 대답했다. 푸름은 한껏 여유로운 얼굴로, 독이 바짝 오른 세연을 불쌍하다는 듯이 바라봤다.

"교육부에 신고를 해서라도 끌어내려야죠. 자기 마음에 안 든다고 학생을 학교에서 쫓아내는 선생이, 어디 말이나 돼요?"

"그건 네 선택이었어."

"그렇게 말했어요, 여준 씨한테?"

여준 씨, 라는 호칭이 거슬렸을까. 카페 안 사람이 모두 쳐다볼 정도로 세연이 크게 웃기 시작했다. 날카로운 웃음소리가 주는 불쾌함에 푸름이 인상을 찌푸렸다.

"그렇게 부르니, 여준 씨라고?"

이 사람은 여기 왜 왔을까. 사과가 목적일까, 아니면 자기는 아무런 잘못도 하지 않았다는 말도 안 되는 주장을 하러 왔을까.

갑자기 웃음을 멈춘 세연은 가까이에 있던 봉투를 그녀 쪽으로 내밀었다. 웃음이 터질 정도로 뻔뻔한 행동이었다.

세연은 분노가 가득 담긴 얼굴로 입을 열었다.

"난 아직도 내가 뭘 잘못했는지 모르겠어. 너희는 왜 모를까? 내가 두 사람 인생을 구해 준 걸 수도 있는데."

"그럼 그렇게 생각하고 사세요, 전 사과 안 받아도 상관없어요."

사과를 요구하며 소리를 지르지도 않고, 악을 쓰지도 않고, 욕을 퍼붓지도 않는 푸름을 보며 세연은 거친 숨을 내뱉었다. 시종일관 침착한 자세를 유지하는 푸름과는 확실히 다른 모습이었다.

여준의 앞에서 잘못을 토해 냈을 때는 어쩔 수 없었다. 그가 무서웠고, 진심으로 두려웠다. 30년을 넘게 그를 알면서 그토록 화내는 모습 또한 처음 봤고, 폭력을 쓰는 것도 처음 봤다. 그 처음을 자신이 당할 것이라고는 상상도 해 보지 않았다.

뺨 한 대 맞은 것으로 내준다면, 오히려 다행인 일이다. 여준이 몰아붙일 때는 궁지에 몰려 어쩔 수 없었지만 지금은 아니었다. 상대에 따라 머리를 숙이는 방법을 터득한 뒤로 세연은 눈앞의 시시한 푸름에게 고개를 숙일 이유가 없었다.

세연은 자신의 판단을 믿었다. 똑똑했지만, 순진했던 열아홉의 이푸름은 여전히 그럴 것이라고.

"여준이 손에 넣었다, 이거야?"

"부러우세요? 선생님이 그토록 바라던 그 사람을 내가 가져서?"

"……."

"그럼 마음껏 부러워하세요. 시기하고, 질투하고, 그렇게 말라 가세요. 꼭 그렇게 늙어 가라고, 내가 저주하면서 빌 거니까."

"……기, 기가 차서."

차분하고 느린 행동으로 몸을 일으킨 푸름은 제 앞의 봉투를 집어 들었다. 안에 든 현금 뭉치를 확인한 푸름의 입가에 비릿한 조소가 걸리고, 세연은 손톱이 손바닥을 뚫을 듯이 주먹을 쥐었다. 모욕과 치욕이 덕지덕지 붙은 전신을 파르르 떨고 있는 세연을 내려다보며, 푸름은 입을 열었다.

"선생님한테 내가 뭘 잘못했을까, 생각했던 적이 있어요. 이해도 해 볼까 싶었죠. 근데 그냥 알게 됐어요. 선생님은 그냥, 내가 부러웠던 거죠."

"뭐, 뭐?"

"어리고, 예쁘고, 똑똑하고, 그 사람의 눈길을 받는 내가 부러웠을 거예요."

입에 대지도 않은 커피가 식어 갔다. 세연은 피가 날 듯이 입술을 깨물고, 있는 힘껏 푸름을 노려봤고 그녀는 멈추지 않았다.

푸름은 알고 있었다. 진정 제 잘못도 뉘우치지 못하는 그녀를 치욕스럽게 하는 방법, 내면에서 그녀를 무릎 꿇리는 방법. 그건 너무나도 간단했다.

"당신은 딱 그만큼, 못나고 모자란 사람이었던 거죠."

푸름은 다시 봉투를 그녀의 앞에 던지듯이 내려놨다.

"그리고."

탁, 하는 소리와 함께 봉투가 안착하자마자 세연이 하, 웃음을 터트렸다. 내면에서 뭔가 끊어지는 소리가 났다. 정신이 나갈 것 같았다. 불난 집에 기름을 들이붓 듯, 화로 붉어지는 세연의 얼굴에 대고 푸름은 차게 말했다.

"여전히 저질이네요."

사내 카페를 나선 푸름은 엘리베이터가 아닌 회사 건물 밖으로 향했다. 갑자기 열이 올랐기 때문에 시원한 바깥바람이라도 쐬어야 할 것 같았다. 주머니 안의 지갑을 확인하고, 푸름은 근처 편의점을 향해 걸었다. 차가운 음료수라도 이마에 대고 있어야 할 듯싶었다.

막 건물을 나와 인도로 들어섰을 때였다.

퍼억! 소리와 함께 머리에 강한 충격이 느껴졌다. 악, 하는 소리와 함께 뒤를 돌자 핸드백을 손에 든 세연이 씩씩거리며 푸름을 노려보고 있었다.

"넌 뭐가 그렇게 잘났니! 뭐가 잘나서 그렇게 고고하게 굴어? 여준이, 손에 쥐고 있으니까 세상 다 가진 것 같아? 여준이가 너는 외면 안 할 것 같아? 동정이랑 사랑도 구분 못 하니? 여준이가 널 얼마나 불쌍하게 여겼는데! 감히 그것도 모르고 사랑이라고 나선 주제에……!"

악을 지르면서 내뱉는 한마디, 한마디가 가관도 아니었다. 푸름은 멱살을 쥐듯이 블라우스를 잡고 있는 세연의 손길을 뿌리치고, 그저 무표정한 얼굴로 그녀를 바라봤다. 화가 난다기보다, 허송처럼 보낸 8년이 억울해 죽을 것 같다기보다, 그저 눈앞의 여자가 불쌍해졌다.

그 생각을 알았을까. 그럴수록 세연의 악은 더해졌고, 목소리는 커졌다.

그리고 그때.

"이 미친년! 어디 감히 누구한테 손을 대!"

앞과 뒤는 한적한 인도였고, 옆은 8차선 도로였다. 도로에서 갑자기 튀어나온 혜옥을 보며 어안이 벙벙해진 푸름이 뒤로 물러서는데, 혜옥은 세연의 뺨을 있는 힘껏 올려붙이고, 다시 쫙 갈라지는 소리가 나게 뺨을 내리쳤다.

"하, 할머니."

"감히 누구를 때려! 내 새끼 세월 잡아먹은 것도 미안한데, 네가 내 손녀딸을 왜 때려! 콩밥 먹고 싶어? 어디서 이 미친년이 뻔뻔한 얼굴을 들이밀어!"

으윽, 신음을 터트린 세연이 혜옥에게 멱살을 잡힌 채 높은 구두를 신고 뒷걸음질 쳤다.

대체 어디서. 주변을 돌아본 푸름은 금방 혜옥이 어디서 나타났는지를 알아챘다. 도로 옆에는 여준과 범수가 차에 내려선 채 그들을 보고 있었다.

여준과 눈이 마주친 푸름이 다리에 힘이 풀려 주저앉으려는 찰나, 빠르게 걸음을 좁힌 그가 그녀를 부축했다. 괜찮아? 하고 묻는 다정한 목소리는 없었지만 손길만큼은 따뜻했다.

"너……."

그저 팔과 어깨를 잡은 것만으로 불덩이 같은 푸름의 몸 상태를 알아챈 여준이 표정을 굳혔다. 그 와중에도 혜옥의 고함은 계속됐다. 주변에 모여드는 사람들은 없었지만, 회사가 코앞인 인도였다. 생각을 빠르게 정리한 푸름은 여준의 팔 한쪽에 매달린 채 속삭였다.

"하, 할머니 좀 말려 주세요."

금방이라도 쓰러질 것 같은 몸을 하고서, 제 걱정이 아닌 다른 걱정부터 하는 푸름이 못마땅했지만 어쩔 수 없었다. 여준이 고개를 들어 범수에게 턱짓을 하자, 그는 기다렸다는 듯이 혜옥과 속수무책으로 당하고 있는 세연에게 다가갔다. 갈수록 고함은 커지고, 말은 거칠어졌다.

"네 이년! 너 따위도 선생이라고! 너 같은 년도 선생이라고 뽑아 준 나라를 고발할 거야, 내가! 내 새끼 신세 망친 주제에 어디 감히 그 더러운 면상을 들이밀어! 우라질 년! 죽여도 시원치 않을 년!"

"할머님, 좀 진정하세요."

세연이 바닥에 주저앉듯이 넘어져도 어깨를 밀치는 혜옥의 악다구니는 절대 가벼워지지 않았다.

"지가 가르치는 학생! 학교에서 쫓아내고! 그만두라고 협박하고! 내가 그때는 내 손녀 앞길 막힐까 봐 어쩔 수 없이 당했지만 지금은 아니여! 너도 한 번 당해 봐! 네가 뭔데 내 새끼를 때려, 이 육시랄 년아!"

"할머님, 할머님."

다시 세연의 뺨을 올려붙이려는 혜옥의 팔을 붙든 범수가 몇 번의 시도 끝에 겨우 둘을 떨어트려 놨다. 푸름은 어렴풋이 보이는 그 형상을 바라보며 머리를 흔들었다. 시야가 흐릿해지고, 어지러웠다. 의식을 바로잡기 위해 푸름이 이를 악물었다.

그녀가 힘들어하자 어깨와 팔을 지탱해 주고 있던 여준은 기댈 수 있도록 몸을 받쳐 줬다. 온몸에 힘이 빠진 그녀는 그에게 쉽게 안겨 왔다. 뼈가 닿는 느낌에 충격이라도 받은 듯, 그의 얼굴은 무섭도록 가라앉았다.

"무서운 줄 알아, 이 지은 죄도 모르는 년아! 너 같은 게, 감히 내 새끼랑 한곳에서 숨 쉬는 것도 감사한 줄 알아야지! 다시는 내 새끼 앞에 그 더러운 면상 들이밀면, 네 얼굴부터 내가 가만 안 둬! 시멘트 바닥에 갈아 버릴 것이여, 이년아!"

기다렸다는 듯, 길을 가던 사람들 몇몇이 소란 거리를 발견하고 멈춰 섰다.

손가락질당하는 이가, 바닥에 엎어져 있는 세연이 아닌 혜옥이라는 점에 푸름이 억지로 몸을 일으켰다. 여준이 부축해 주고 있었기에 가능했지만, 똑바로 서는 것조차 쉽지 않았다.

"썩 꺼지지 못해!"

통쾌한 한마디가 끝나기 무섭게 세연은 바닥을 기듯이 가다가, 몰려든 몇몇 사람들을 발견하고 도망치듯이 차도로 뛰어들었다. 급하게 택시를 잡아타고 사라지는 세연을 보며 혜옥은 분이 풀리지 않는지 거친 욕을 내뱉었고, 범수는 큰 안도의 숨을 내쉬었다.

푸름은 천천히 떨어지지 않는 걸음을 떼며, 시야가 또렷해지도록 정신을 집중해 혜옥에게 다가갔다. 여준은 어느새 그녀의 몸에서 손을 떼고, 넘어질 듯 불안해 보이는 그 모습을 가만히 지켜봤다.

"안 놓을 거요?"

세연이 사라진 다음에도, 혜옥의 팔을 붙잡고 있던 범수가 머쓱하게 웃으며 손을 내렸다.

"그럼요. 놔야죠. 놓습니다."

회사로 돌아오는 길에 버스에서 내리는 푸름의 할머니를 보고 놀란 여준을 발견하고 먼저 차에 모시자고 한 건 자신이었다.

그런데 지금에서야 그게 잘한 일인 걸까, 아니면 잘못한 일인 걸까, 범수는 고민이 되기 시작했다.

"와, 우리 할머니 목청 짱이다."

푸름이 환하게 웃으며 혜옥의 팔에 팔짱을 꼈다. 혜옥이 눈을 치켜뜨며 빠르게 손녀딸의 몸을 확인했다. 어디 다친 곳은 없는지 확인하는 눈초리에 푸름이 웃어 보였다.

누가 봐도, 일부러 짓는 웃음이라는 걸 알 수 있었다.

"왜 맞고만 있어. 저 여자가 아직도 네 선생이냐? 널 치면 너도 똑같이 쳐야 할 거 아니야!"

"치려고 했는데 할머니가 온 거야. 욕은 왜 그렇게 잘해?"

"말은 잘해요! 어디 봐. 머리 다치지는 않았어? 밥도 안 먹어서 비실비실하는 것 좀 그만 보려고 전복죽 해 왔더니, 잘한다 잘해."

그사이에 또 전복죽을 하셨나. 푸름이 머리를 살피는 혜옥을 바라보며 헤, 길게 입술을 늘어뜨렸다.

"집에 가서 먹어도 되는데 뭐하러 여기까지 왔어, 무릎도 안 좋으신 분이."

"안 왔으면 또 혼자 얻어터지고 있었겠지!"

혜옥이 버럭 소리를 지르며, 푸름의 뒤쪽을 잠시 노려봤다. 누구를 향한 시선인지 알아챈 푸름이 할 말을 찾지 못해 입술을 깨무는데, 가만히 있던 범수가 그들 사이에 끼어들었다.

"아, 전복죽! 가져오신 게 전복죽인가 봐요. 제가 얼른 꺼내 오겠습니다."

"푸름이 너는 저 차 타고 들어가라. 식기 전에 어여 먹고."

범수가 걸음을 채 옮기기도 전에 혜옥이 푸름의 팔을 밀어냈다. 불안한 듯 왜? 하고 묻는 시선을 무시하고, 혜옥은 다른 쪽을 응시했다.

세상 짐은 혼자 다 짊어진 얼굴로 황망히 서 있는 여준을.

"나랑 얘기 좀 합시다."

"할머니."

희고 고운 손이 궂은 농사일에 갈라진 혜옥의 손을 붙잡았다. 내 손녀딸 이리 만든 놈, 미워서 한마디도 못 하게 하려는 게 분명했다. 혜옥은 푸름의 손을 토닥여 그녀를 범수의 옆으로 밀어냈다.

"걱정 마. 네 서방 안 잡아먹어."

"서, 서방은 무슨."

아직 그와 제대로 된 얘기도 못 해 봤다. 그가 지금 무슨 생각을 하고 있는지, 어떤 결심을 하고 있는지도 몰랐다.

불안하게 떨리는 푸름의 시선이 뒤늦게 여준을 향했다. 정면으로 고개를 들고 그들을 보고 있던 여준과 시선이 마주쳤다. 입술을 깨물며, 나서지도 말리지도 못하는 푸름을 향해 여준은 안심하라는 듯 고개를 끄덕였다.

"할머니, 선생님은……."

"나도 다 안다."

"뭐, 뭐를? 할머니?"

"너도, 네 서방도 잘못 없는 것 다 아니 그만 들어가 전복죽이나 챙겨 먹어."

푸름에게만 들릴 정도로 작게 속삭인 혜옥은 여준과 함께 횡단보도 쪽으로 향했다.

얼마 전, 퇴근하자마자 혜옥의 품에 안겨 울었던 일과 바로 어제까지 토악질을 하느라 새벽 내내 할머니를 고생시킨 것들을 떠올리며 푸름은 발을 동동거렸다.

두 사람이 길 건너로 사라지는 모습을 멍하니 지켜보던 푸름의 곁으로 범수가 다가왔다.

"괜찮을 거예요. 여준이 믿어요."

지금은 그저, 배려로 던지는 선의의 말이라고 해도 믿어야만 했다.

여준은 혜옥을 길 건너 전통 찻집으로 안내했다. 어르신들이 마실 만한 다과나 전통차를 주로 파는 곳이었다. 대추차와 커피를 주문하고, 여준은 차가 나오기 전까지 카운터 앞에 서서 기다렸다.

차가 나오자 험한 소리를 중얼거리며, 흥분을 가라앉히고 있던 혜옥의 앞에 여준은 아무것도 듣지 못했다는 얼굴로 차를 내려놨다. 허리를 꼿꼿하게 세우고 앉은 여준은 마치 벌을 받는 사람처럼 고개를 떨궜다.

혜옥은 말없이 눈앞의 여준을 살폈다. 먹은 것도 없으면서 밤새 토악질을 하며 괴롭혀 대던 손녀딸처럼, 살이 빠졌는지 핼쑥해 보이는 건 둘이 똑같았다. 얼굴에 핏기가 가신 둘을 나란히 세워 놓는 것도 꽤 볼만할 듯싶다 생각한 혜옥은 차를 손에 들었다.

한 모금, 따뜻한 차로 조금이나마 흥분이 가라앉자 그녀는 나지막이 입을 열었다.

"내 무식해 보입디까."

"……죄송합니다."

끝내 듣게 되는 한마디. 하나뿐인 손녀딸은, 이 말을 듣고 그리 울었을까. 혜옥은 상상했다.

"고개 들어요. 선생님이 잘못한 건 또 뭐가 있다고 죄 많은 사람처럼 굽니까."

"……."

"선생님도 이제 다 아는 듯하니 긴말 않겠습니다."

제대로 먹지도 자지도 못하는 푸름을 가까이에서 지켜보며, 서울에 왔으니 한 번 찾아올 법도 한데 소식 없는 손녀사윗감을 기다리며, 세연을 마구잡이로 패대기치는 자신을 말리지도 않는 그를 보며 느꼈었다.

버스에서 내린 자신을 잡고 차에 타라, 정중하면서도 예의 바르게 청하는 모습에서는 반가움보다는 밀려드는 죄책감이 느껴질 정도였으니까.

지금도 그랬다. 긴말 않겠다는 말이 엄포처럼 들렸을까. 마른 입술 끝을 다무는 모습에서 그가 얼마나 불안해하는지 알 수 있었다.

"내가 고집부렸어요. 푸름이는 가기 싫다고, 울면서 악 지르는 거 내가 때리면서 단단히 고집부렸습니다."

시작되는 얘기는 8년 전, 푸름과 헤어질 때였다. 여준이 고개를 들어 서글퍼지는 혜옥의 얼굴을 바라봤다.

"네가 안 가면 우짤기냐고, 여기서 뭘 할 수 있냐고, 네가 학교를 그만둬야 네가 산다고 안 하냐. 그 말에 내가 정신이 돌았어요. 우는 아를 붙잡고 내 그리 고집을 피워 자퇴서에

서명했습니다. 내 손녀딸 앞길 막는 일인 줄도 모르고."

푸름에게는 들을 수 없었던 이야기. 여준은 침묵했다. 지금은 그저 들어야 할 때임을 알았기에.

"그 선생 돌아가고 바로 다음 날 짐 챙겨 내려갔어요. 식당이며, 집이며 처분도 다른 사람한테 맡기고 야반도주하는 사람들처럼 서울 떠났지요. 우리 푸름이 잘못될까 봐. 혹시나 그 선생이 마음을 바꿀까 봐. 정말로 내 자식 인생 망칠까 봐."

억지로 붙들려 떠났던 너는, 그때 어떤 심정이었을까. 도망치듯이 떠나야 했던 너는, 그때 얼마나 울고 싶었을까.

여준은 상상도 할 수 없었다. 혜옥이 말해 주는 곳곳에서의 푸름이 떠올려지지 않았다.

"완주 내려가서 알았습니다. 너무 늦어서 검정고시인지 뭔지도 내년에 봐야 한다고. 아무 힘이 없는 할미 때문에 시골까지 끌고 가서 고생을 시켰어요, 내가."

여준의 입술에 힘이 들어갔다. 견디기 힘들 만큼 버거운 이야기였다. 그가 없었던, 그녀의 이야기는.

"그런데도 안 울었어요, 푸름이. 내가 밭 갈고 논 갈면서 바깥일 할 때, 혼자 있으면서 울었겠지만 내 앞에서는 씩씩하게 웃었어요, 우리 애가. 예쁘고, 착하고, 남 탓할 줄도 모르고, 우리 애가 그런 애예요."

제 자식과 똑같은 상처로, 똑같이 아픈 여준을 향해 혜옥은 다정히 웃었다. 자신이 모르는 푸름의 과거를 떠올리며 듣는 혜옥의 이야기는 또 다른 아픔으로 다가왔지만, 그는 들었다. 평생 알 수 없었을, 그녀가 혼자였을 이야기를 듣는 것은 그의 책임이자, 의무였다.

"처음에 완주에 선생님 데려왔을 때 기억하십니까. 그때 얼마나 기겁을 했는지 몰라요. 그러면서도 아무것도 모르는 그 짝은 죄가 없다는 생각에, 얼굴이 헤벌쭉해서는 좋아하는 푸름이한테 아무 말도 안 했어요."

나는 그런 줄도 모르고, 네가 아픈 줄도 모르고.

"이불 챙겨 주고, 반찬 챙겨 주니 오히려 좋아합디다. 그러면서 말합디다. 선생님 미워하지 말라고. 아무 죄 없다고."

나 혼자만 너를 그리워했다고. 나 혼자만 너를 보고 싶어 했다고. 내내 그런 식으로 너를 생각했다.

"나는 그 여선생, 푸름이 앞에 다시는 안 나타났으면 좋겠습니다. 우리 푸름이 그 일 이후로 열심히 살았어요. 그 어린 놈의 계집애가 그리 원망도 않고, 그리 미워하지도 않고, 그리 욕을 하지도 않고. 그저 묵묵히 제 할 일 하며 살았어요. 그 여선생이 우리 푸름이 인생 망치려 드는 거, 나는 절대 못 봅니다."

"……죄송합니다."

"지금 내가 듣고 싶은 말은."

헤어지라는 말. 그것만 아니면 된다는 마음을 먹는 것조차

고통스러웠다. 노기가 가득할 얼굴을 상상했는데, 혜옥은 온화하게 웃음 짓고 있었다. 상상했던 것과 전혀 다른 모습에 그의 입술이 힘없이 벌어졌다.

“이번엔 우리 푸름이 놓치지 않겠다는 말을 듣고 싶은 거지요.”

“할머님.”

“이 할미가 살면 얼마나 산다고, 내 손녀딸이 좋다는 남자를 반대하겠어요. 푸름이 고집도 황소고집인데. 내 그 고집을 어찌 이기겠다고.”

혜옥이 두 손을 테이블 위로 올리자, 뜻을 알아챈 여준 역시 손을 내밀었다. 손녀딸만큼이나 고운 손을 토닥이며 혜옥은 원망의 말 대신 따뜻한 미소를, 미움의 소리 대신 지금 당장 필요한 격려를 쏟아 냈다.

“이리 다시 만난 것도 인연인데, 왜 둘 다 아프나 몰라. 한 놈만 아프면, 한 놈은 보살펴 주고 그래야지.”

“…….”

“옆에 있는 사람이, 소중한 것만 알기도 벅찬 인생인데.”

다정히 말을 놓아주는 혜옥의 살핌은 버거울 정도였다. 감사하다는 말도 목이 막혀 나오지 않았다. 짧은 숨을 뱉어 낸 여준이 인자하게 미소 짓는 혜옥과 눈을 마주했다.

덮쳐 오는 죄의식들에 힘들었다. 내가 갉아먹은 시간이라고 생각했다. 지켜 주지 못했고, 함께하지 못했다. 번지르르

한 말들로 네 옆을 맴돌았을 뿐, 정작 네가 날 필요로 할 때 나는 네가 겪는 일들을 전부 몰랐다.

몰랐다는 말은 변명이 되지 않는다. 가진 죄를 더욱이 죄를 무겁게 할 뿐.

네가 말하지 않는다는 한낱 변명거리로 외면될 죄책감이 아니었다. 나만 아니었다면, 이라는 끔찍한 생각은 여전히 그의 숨을 조여 왔다.

하지만 푸름이 아닌, 누군가가 말해 주기를 기다렸던 걸까. 답답했던 가슴이 트인 듯 숨쉬기가 한결 쉬워졌다.

네 잘못이 아니다, 너도 아프지 않았니, 너도 힘들지 않았니.

혜옥은 분명 그렇게 말하고 있었다. 원망의 말을 쏟아 내도 감내할 생각을 하고 있었는데, 헤어지라는 말을 하면 어떻게 설득해야 할까 혼자 복잡했는데. 말하지 않아도 네 뜻을 다 안다, 고개를 끄덕거리는 혜옥의 눈빛에서 여준은 수많은 해답 속에서 드디어 정답을 찾아낸 기분이었다.

수많은 전제도, 변명도 필요 없다.

다시 만났기 때문에. 우리는, 이제야 사랑할 수 있으므로.

다정한 걱정 속에서 여준은 드디어 해야 할 말을 떠올렸다.

"절대 안 놓치겠습니다."

"……."

“다시는 혼자 견디게 하지도 않겠습니다.”

그리고, 이 말은.

간절한 이 한마디를 원하고 있을 여자에게 향하는 말이었다.

보온병에 따뜻하게 담아 온 전복죽을 탕비실에서 찾아낸 그릇에 덜고, 푸름은 테이블에 앉지도 못하고, 개수대 옆에 서서 의미 없는 숟가락질을 반복했다. 역시 우리 할머니 전복죽이라며, 엄지손가락을 치켜세워야 하겠지만 그럴 기분이 못됐다.

아직도 같이 있으려나. 대체 무슨 이야기를 하시려고.

지난 일주일 동안 제대로 먹지도, 자지도 않는 자신을 보며 혜옥이 얼마나 불안했을지 안다. 큰집 식구들 때문에 혼자 둘 수는 없다는 핑계로 서울까지 모셔 왔으면서 혜옥을 방치한 셈이었다. 집에 들어갈 때 맛있는 거라도 사 갈까. 아니, 둘이 무슨 이야기를 하길래 지금까지 안 들어오는 거지.

푸름은 내심 떠오르는 생각들을 밀어내고 있었지만 불안했다. 그가, 헤어진다고 할까 봐.

그릇을 반 정도 비웠을 때, 갑자기 손에 힘이 빠진 푸름은 숟가락을 떨어트렸다. 이상하게 맛이 느껴지지 않았다. 아무래도 감기가 오려는 걸까.

숟가락을 주우며 손으로 이마를 짚는데, 현기증을 느꼈다. 간신히 눈앞의 서랍 손잡이를 잡은 푸름이 후우 뜨거운 숨을 내뱉었다. 아무래도 열이 있는 듯 했다. 아까부터 이상하긴 했는데.

눈을 오래도록 감았다가 뜬 푸름은 고개를 여러 번 흔들었다. 허리를 세우고 의자를 찾아 앉으려는데, 뒤에서 어깨를 붙잡는 손길이 느껴졌다.

그였다.

"놀랐어?"

다정히 묻는 목소리는 낯설어질 만큼이나 오랜만이었다. 놀란 그녀가 대답도 못 하는 사이, 여준이 의자 쪽으로 그녀를 끌고 와 앉혔다. 다 식은 죽을 다시 데우고, 떨어트린 숟가락마저 깨끗하게 세척한 그는 카페에서 사 온 꿀차를 그녀의 앞에 함께 내려놨다.

"따뜻할 때 마셔. 좀 괜찮아질 거야."

"할머니랑 무슨 얘기했어요?"

푸름의 목소리가 한껏 높아졌다. 자신과 혜옥이 함께 있을 시간 동안, 혼자 불안했을 모습을 상상하며 달려왔는데도 그녀는 혼자 머나먼 곳까지 상상의 나래를 펼친 듯했다.

뭐가 불안했을까. 나는 절대 널 떠날 수 없는 사람인데. 그 확신이 없는 거라면, 이제부터 그 확신부터 줘야 할까.

"일단 먹어. 먹고 약 먹어야지."

"안 아파요. 그러니까 얘기해요, 할머니랑 무슨 얘기했는지."

"너 지금 아파."

"헤어지겠다고 했어요? 할머니가 헤어지라고 하세요?"

밖의 사무실 사람들이 다 들을 정도로 목소리가 컸다. 회사 안에서는 늘 조심하던 그녀는 지금 그 어느 때보다 다급했고, 흥분했고, 서툴렀다. 모두 그 때문에.

여준은 가만히 그녀를 바라보다 고개를 저었다. 그의 느린 대답에 푸름은 눈에 띄게 안도했다.

"다행이다."

작은 중얼거림을 듣고서도 여준은 아무런 말 없이 그녀를 바라보기만 했다. 고작 며칠이었지만, 수년이 흐른 것만 같은 시간이었다. 그녀 앞에서 뻔뻔해지기 위한 시간이 필요했다. 평생 간직해야 할 죄책감이겠지만, 마음의 짐을 조금이라도 덜고 싶었다.

그녀가 아닌, 나를 위해.

감히 내가 네 옆에 있어도 될까, 그런 자격이나 있을까로 시작했던 생각들은 점점 바뀌어 갔다. 어떻게 해야 네 옆을 뻔뻔하게 지키고 서 있을까, 어떻게 하면 이 죄책감을 무너뜨릴 수 있을까. 그녀를 혼자 두는 내내 그 생각으로만 살았다.

그러니까 나는 끝까지 이기적이고, 죽을 때까지 너에게 잔인한 시간을 준 사람이겠지만.

분명 그러겠지만, 또한 죽을 때까지 변함없는 사실은 내가 널 사랑한다는 것.

나는 네 옆이 아니고서는 버틸 수 없다는 것.

"그럼 할머니랑 무슨 얘기했어요?"

"별 얘기 안 했어. 죽부터 먹자."

"무슨 얘기했냐니까요."

팔을 잡아당기는 그의 손을 쳐 내며, 푸름은 날 선 목소리로 말했다. 잠시 잠깐 굳어졌던 그가 경직된 입술을 풀어 미소를 그렸다.

"그냥, 너한테 잘하라고."

"……."

"그러니까 죽 먹자. 열 있잖아."

여준이 그녀의 이마 위로 손을 뻗었다. 땀이 맺힐 만큼 열에 시달리고 있으면서도, 푸름은 그를 다시 밀어냈다. 그의 손이 공중 위에서 뻣뻣하게 굳어졌다.

"푸름아."

"열 없어요."

"너 열 있어. 그러니까……."

"생각은 끝난 거예요? 이제는 날 똑바로 볼 수 있어요? 혼자 생각하고, 혼자 정리하고, 내가 그랬던 것처럼 선생님도 혼자 한 생각 끝난 거예요?"

"……."

"내가 얼마나 불안했는지, 내가 얼마나 무서웠는지 알긴 알아요?"

그를 원망하는 일이 말도 안 된다는 걸 알면서도, 지금 이 상황이 적반하장처럼 보일 수 있다는 걸 알면서도 푸름은 멈출 수 없었다.

정말 혼자가 되는 줄 알았으니까.

이별을 감당할 준비를 해야 할 것 같아, 내내 무서웠으니까.

그리고 깨달았다.

사랑하는 연인을 두고, 혼자 생각하고 혼자 고민한다는 일이 상대에게 얼마나 미안한 것인지를. 거울을 마주할 때마다 괴로운 자신을 발견하며, 그녀는 함께이면서도 내내 혼자였을 그를 기억했다.

어느 순간, 어쩌면 매 순간.

"거짓말한 거 미안해요. 내내 속인 기분이었지만, 결국 사실대로 말 못 했어요. 다 내 잘못 맞아요, 부정 안 해요. 선생님이 미안해할 거 아니까, 헤어지기 싫었고 또……."

푸름은 흘러내리는 눈물을 거칠게 닦아 내며 횡설수설 말을 이었다. 다급하고, 서툴고, 유난히 입술이 떨렸다. 여준은 가만히 기다렸다. 고개까지 저으며, 마치 아이처럼 눈물을 쏟는 그녀를 말리지도 타이르지도 않았다.

"큰집 식구들 얘기 안 한 것도 미안하고, 8년 전 일 털어놓지 못한 것도 내 잘못이에요. 내 잘못 맞는데."

그저 기다렸다.

"내가 떠났던 건, 내 잘못이 아니잖아요."

늦게나마 진심을 토해 내는 너를 볼 수 있기를.

"내 잘못이 아니에요. 내가 할 수 있는 게 없었어요. 나는, 나는 어쩔 수 없었다고요."

나로 인해 네가 우는 것보다는, 웃는 모습을 보고 싶으니까.

"말하려고 했지만, 그사이에 우리 할머니가 상처 받았어요. 모욕당하셨고, 아프셨을 거예요. 그런 할머니한테 안 가겠다고 고집을 부릴 수가 없었어요."

"……."

"이 말이 얼마나 뻔뻔하게 들릴지 아는데, 얼마나 어이없을지 나도 모르는 거 아닌데. 나도, 나도 힘들었어요. 거의 매일 울었어요. 할머니한테 들키면 안 되니까 이불 속에 혼자 숨어서 거의, 매일을 울었어요."

"……."

"그 여자 때문에 왜 우리가 싸워야 해요?"

눈물로 얼룩진 얼굴을 박박 닦아 내던 푸름이 고개를 들었다. 아까보다 더 열이 오른 것 같아, 걱정된 마음에 여준이 손을 뻗어 다시 그녀의 이마를 짚으려는데 푸름은 완전히 몸을 일으키더니 그에게서 한 걸음 물러섰다.

"만지지 말아요."

거부.

완벽하게 거부당한 것 같은 그 기분에 굳어진 여준은 아무 말 없이 여전히 울고 있는 푸름을 올려다봤다.

며칠 전, 함께 이야기하자는 푸름을 거절하며 밀어낸 그였다. 어쩌면 당연한 반응인데도, 자꾸만 엇갈리는 순간들이 안타까웠다.

어쩌면.

"다시는 혼자 견디게 하지도 않겠습니다."

너무 늦어 버린 걸까.

"푸름아."

"휴대폰은 왜 안 들고 다녔어요? 왜 그런 문자 받게 해요? 그런 문자만 안 받았어도, 난 선생님 찾아왔을 거예요. 선생님이 아닐 거라고 생각하면서도 선생님일 수 있다는 생각 때문에 못 찾아갔어요. 그건 선생님 잘못이잖아요."

마른 몸으로, 들뜬 열 때문에 제대로 서 있지도 못하면서도 그의 손을 쳐 낸 푸름은 고개를 흔들며, 답지 않게 쏟아내기 시작했다.

"난 뭐 말 안 하고 싶어서 안 했겠어요? 왜 나한테 화를 내요? 내가 답답해서? 이런 내가 나는 좋았겠어요? 매일 조금씩 늦는 내가 나는 괜찮았겠어요? 그래요. 알아서 해요. 나는 이제 명함도 막 받고 다닐 거니까!"

울분에 찬 말들이 끝나고 푸름은 두 손으로 얼굴을 가렸다. 울음소리는 들리지 않았지만 알 수 있었다. 있는 힘을 다해 참고 있는 그녀를.

명함이라니, 그렇게 두면 안 되는데.

이대로, 아득하게 멀어지는 것만 같은 그녀를 붙잡기 위해 여준은 그녀에게 다가갔다. 하지만 푸름은 다시 멀어졌다.

내가 너에게 생각할 시간을 달라 했을 때, 넌 이토록 불안한 마음이었을까.

"난 그냥 선생님이 날 이해해 줬으면 했어요. 지금 이 말이 얼마나 뻔뻔하고 황당할지 알지만, 난 그러길 바랐나 봐요."

"……이푸름."

"내가 정말 이기적인 여자였나 봐요."

마치 혼자만의 깨달음인 듯, 실망감 가득한 목소리로 말하던 푸름은 그가 잡을 기회조차, 여지조차 주지 않고 탕비실을 빠져나왔다.

파티션 너머로 고개를 빼꼼 내밀고들 있던 팀원들은 푸름이 나타나기 무섭게 고개를 숙였다. 그들 사이로 눈치를 보며 걸어가던 푸름은 책상 앞에 선 채로 뜨거운 숨을 내뱉었다. 눈가에 다시 눈물이 맺혔다.

"이 대리, 괜찮아요?"

책상 위에 덩그러니 놓인, 온갖 해열제와 감기약, 화상 연고까지 가득 담긴 약 봉투를 손에 쥔 푸름의 눈물이 툭, 하니 봉투 위로 떨어졌다.

15화

아무래도 우린,
사랑하는 사이니까

오후 내내 열과 씨름했던 푸름은 저녁이 되어야 정신을 차리고 업무를 볼 수 있었다. 급한 일들은 없었지만, 그렇다고 오늘 해야 할 모든 일들을 전부 미룰 수는 없었다.

아프면 일찍 들어가는 게 어떻겠냐는 혜정의 말에도 푸름은 야근을 자처했다. 먹은 것이라고는 혜옥이 가져다준 전복죽 몇 숟가락이 전부였지만, 이상하게 배도 고프지 않았다.

조용한 사무실에 덩그러니 홀로 남은 것도 벌써 두 시간. 뜨거운 물을 연신 마시던 푸름의 시선이 문득 팀장실을 향했다. 정각이 되자마자, 범수와 함께 퇴근하던 여준의 뒷모습이 자꾸만 눈에 밟혔다.

"……바보."

일부러 일에 집중하기 위해 허리를 빳빳하게 세우고 있던 푸름은 어깨를 축 늘어뜨렸다.

“그런 말은 왜 해서.”

서운하고 섭섭한 마음에 하면 안 되는 말들을 해 버렸다. 조금만 더 참지, 조금만 더 버티지. 그 사람도 좋은 마음은 아닐 텐데. 괜히 안 좋은 마음들에, 더 할퀴는 상처만 낸 기분이었다.

그의 얘기를 들어 보지도 않고, 혼자 화를 내고, 혼자 성을 냈다. 무작정 몰아붙여 그를 다시 아프게 했다.

“진짜 퇴근할 줄은 몰랐는데.”

우습다. 이제 와서 후회하면 뭘 어쩌자고.

문자도, 전화도 없이 조용한 휴대폰을 내려다보던 푸름은 억지로 시선을 떼고 쓰고 있던 보고서에 집중했다. 분포표를 만들어 넣고, 활용한 수식을 함께 써넣고, 결과를 도출하는 정확한 과정을 치르는 중에도 그녀의 시선은 잠깐씩 휴대폰을 향했다.

정확히 한 시간이 지나고, 할 일이 떨어진 푸름이 괜히 업무 일지를 확인하다가 탁 소리 나게 보고 있던 것을 덮었다. 배가 고픈 것도, 잠이 오는 것도 아닌데 집중이 되지 않았다.

집에 가야 하나. 그러고 보니 할머니는 왜 전화가 없지. 데스크톱 모니터를 끄고 가만히 있던 푸름은 문득 이마에 손을 올려 보았다. 약간의 미열만 느껴질 뿐, 아까처럼 열이 심하게 오르지는 않았다.

“약 잘 드는 것도 사 왔네.”

대답해 주는 이도 없는데, 그녀는 자꾸 혼잣말을 반복했다. 더는 할 일이 없음을 깨닫고 짐을 싸는 손길이 유난히 느렸다.

퇴근 준비를 마친 푸름은 사무실을 소등하고, 아무도 없는 복도를 지나 엘리베이터에 올랐다. 벽에 기대 무표정한 얼굴로 정면만 응시하는데, 어느새 1층에 도착했다. 그저 빨리 집에 가고 싶었다.

“이푸름.”

팔짱을 끼고, 바닥을 보며 로비를 가로지르던 푸름이 익숙하고도 그리운 목소리에 고개를 들었다. 그였다. 로비 한가운데에 서서 그녀를 바라보는 이는, 분명 여준이었다.

“오래도 버텼다. 몸도 안 좋으면서.”

손목시계를 힐긋 확인한 여준이 혀를 차며 다가왔다. 멍하니 선 푸름이 손에 든 가방을 힘없이 떨어트렸다. 온통 자신에게 시선을 뺏긴 그녀를 보며 작게 웃어 준 그가 푸름의 가방을 대신 손에 쥐었다.

“인질이다.”

웃긴 왜 웃어. 인질은 또 뭐고.

터져 나오려는 울음을 꾹 참은 푸름이 이를 악문 채 고개를 돌렸다. 못된 말, 모진 말만 온통 쏟아부었던 사람 앞에서, 웃긴 왜 웃어.

"같이 가. 나 너 기다렸어."

달래려는 목소리가 한없이 다정했다. 이 사람, 왜 이럴까. 아까 내가 어떤 말들을 퍼부었는데. 외면했던 고개가 다시 여준 쪽으로 옮겨졌다. 시선이 부딪치자 그는 기다렸다는 듯이 부드럽게 웃어 보였다.

그녀가 그리워하고, 가장 좋아했던 미소였다.

"밥 안 먹었지? 나도 너 기다리느라 밥 안 먹었는데."

"시간이 몇 시인데, 지금……."

자동으로 튀어나오는 잔소리에 푸름은 말하는 도중에 입을 꾹 다물었다. 너도 안 먹었잖아. 달콤한 목소리를 내뱉은 그의 입가에 미소가 더 짙어지더니 손을 뻗어 그녀의 손을 잡았다. 당연하다는 듯 자연스럽게 사이사이로 손깍지가 들어왔다. 화상 때문에 손등에 밴드를 붙이고 있는, 반대쪽 손을 일부러 잡은 것처럼 보였다.

"가자, 일단."

"싫어요. 혼자 갈래요."

그에게 모진 말을 퍼부은 자신을 후회했으면서, 푸름은 또다시 후회할 말을 내뱉었다.

보고 싶었으면서, 옆에 있기를 바랐으면서, 서운하고 섭섭하지만 그래도 함께 있기를 소원했으면서. 참, 알 수 없는 마음이다. 나도 나를 이렇게 모르는데, 당신이라고 나를 이해할 수 있을까.

"안 돼. 너 데리고 가려고 세 시간 기다렸어."

"……."

"이건 인질."

손에 든 가방을 흔들어 보이며 여준은 그녀가 어쩔 수 없는 미소를 무기 삼았다. 혼자 가겠다, 대답하면서도 내심 후회하고 있던 푸름은 쉽게 그를 따라갔다.

그는 그녀를 데리고 주차장으로 향했다. 푸름을 차에 태우고, 안전벨트를 채워 주고, 시동을 걸어 도로로 빠져나가는 데까지 시간이 오래 걸리지 않았다. 얼떨결에 차에 오르긴 했는데 그다음이 헷갈려 푸름은 아무 말도 하지 못했다. 물 흐르듯이 자연스럽게 상황은 흘렀지만, 그녀의 마음만큼은 그러지를 못했다.

이렇게 만났으니까 우리는 화해하는 걸까.

화해라고 하면 나만 풀면 되는 걸까.

선생님은 정말 이제 괜찮은 걸까.

자꾸만 웃어 주고, 데려다준다고 하고, 여기 이렇게 같이 있고.

생각에 빠져 있던 푸름은 문득 뭔가 길이 이상하다는 것을 깨달았다. 표지판을 확인하고, 멍하니 그를 쳐다보는데 여준이 싱긋 웃으며 아무렇지 않게 말했다.

"우리 집 가는 거야."

"왜요?"

"할머님이 전화 안 하셨어?"

그녀가 고개를 저었다. 전화는 무슨, 문자 한 통도 없었다. 그러고 보니 야근한다는 전화도 안 드렸는데 왜 연락이 없으실까, 이상하다고 생각은 했다.

"할머님 완주 내려가셨어. 서울 공기 안 좋다고 별로시래. 낮에 범수가 터미널까지 모셔다드렸고."

그녀가 모르는 새에, 대체 어떻게? 아무 연락도 없었던 혜옥을 떠올리며 푸름이 눈을 동그랗게 떴다. 다급하게 흔들리는 눈동자가 그를 직시했다.

"안 돼요. 거기 혼자 계시면 큰아버지랑 또……!"

"아, 내가 얘기를 안 했구나."

놀란 그녀와는 다르게 차분한 목소리로 여준이 서서히 브레이크를 밟았다. 차가 신호에 멈추고, 횡단보도 위로 사람들이 지나다니는 사이 둘은 서로를 바라보며 숨죽인 시간을 가졌다.

싱긋. 특유의 옅은 미소와 함께 그가 입을 열었다.

"네가 합의 안 했고, 내가 알아서 한다고 했잖아. 그쪽에는 우리 쪽 의사 분명히 전했어."

"전해요? 그 사람들 만났어요?"

"나 말고 변호사. 범수한테 아는 변호사 소개받았어. 네 큰어머니랑 큰아버지 만났고. 재판과 동시에 접근 금지 가처분 신청도 진행하기로 했어. 알아들은 것 같다고 하니까 다시 할머니 찾아가는 일 없을 거야."

마치 오래전부터 준비한 일인 것처럼 그는 막힘없이 얘기했다. 푸름의 입술이 놀라움으로, 또는 가슴속부터 스며드는 뜨거움으로 힘없이 벌어졌다.

"검찰에서 상해죄로 기소하면 네 합의가 있어도 처벌 가능하다는 건 알지? 받을 수 있는 형량을 들먹거렸더니 금방 꼬리를 내렸다던데. 그래도 정 불안하면."

잠시 말을 멈춘 그가 다시 웃었다. 자신에게 시선을 뺏긴 그녀를 맑은 얼굴로 바라보는 것도 잊지 않았다.

다시는 불안해하지 않도록 알려 주어야 한다.

김여준은 이푸름의 곁이 아니면, 갈 곳이 없다는 것을.

"주말에 다시 내려가서 할머니 모시고 오자."

"……할머니가 순순히 내려가셨어요?"

"먼저 가시겠다고 했지. 나도 말렸다?"

아니, 그래도. 뭐라 항변하려던 푸름은 딱히 여준에게 할 말이 아니라는 것을 깨닫고 휴대폰으로 혜옥에게 전화를 걸었다. 연결음만 갈 뿐, 전화는 받지 않았다.

"도착하신 다음에 통화했어. 바로 주무실 거라고 하더라."

대체 누구한테 전화를 한 거야. 손녀딸이 여기 있는데.

말없이 휴대폰을 내린 푸름은 괜히 가방만 뒤적거렸다. 차는 어느새 그가 사는 동네에 들어서고 있었다.

"집에 갈래요. 할머니 완주 가셨다고 집을 바로 비워요?"

"흔쾌히 허락하시던데. 너 밥 좀 잘 먹이래, 며칠 동안."

"네, 네?"

물론 군데군데 없었던 말을 덧붙이기는 했지만 여준은 태연히 말했다.

"내가 허락받았어. 너랑 같이 있으려고."

누구한테, 어떤 허락. '경악'이라는 두 글자를 표정 위로 고스란히 드러낸 푸름의 얼굴을 힐긋 바라보던 여준은 아파트 지하 주차장으로 차를 몰았다.

차를 세우고, 시동을 끄고, 안전벨트를 푸는 동안에도 그녀의 표정은 같았다. 여전히 놀란 얼굴로 자신을 살피느라 바쁜 푸름을 보며 여준은 그녀의 안전벨트를 풀어 주었다.

나, 아직 아무 짓도 안 했는데, 벌써 놀라면 안 되는데.

"같이 있자."

인질인 그녀의 가방을 손에 들고 여준은 힘없이 벌어진 푸름의 입술 위를 제 엄지손가락으로 꾸욱 눌렀다. 푸름이 움찔, 몸을 뒤로 물렸다.

"우리."

"변호사."

그가 건네준 편한 트레이닝 복과 새것처럼 보이는 칫솔을 손에 든 푸름은 얼떨결에 화장실로 떠밀어진 채로 한참을 거울 앞에 서 있었다. 중얼거리는 목소리를 통해 흘러나온 단어는 낯설었다. 변호사라니, 대체 언제부터.

"접근 금지 신청."

정말 생각도 못 했던 단어다. 그런 게 있는 줄은 알았지만, 거기까지 생각을 넓혀 보지도 못했다.

"나 정말 다 잊고 있었는데."

심지어, 합의는 절대 없다고 그렇게 소리쳐서 경찰서를 나와 놓고 완전히 잊고 있었다. 어떻게 그럴 수 있지, 할머니한테는 외갓집에 혼자 있는 거 위험하다고 고집을 부려 서울까지 모셔 와 놓고서.

생각할 시간을 달라는 그의 말이 너무나 충격적이라, 그 속에서 허우적대고 혼자 불안해하느라 까맣게 잊고 있었다. 그런데 그는 아니었다. 자신을 혼자 내버려 둔 시간 동안 그는 푸름의 문제를 해결하고 있었다. 푸름이 잊고 있었던 그 시간 동안.

"웃겨, 나한테는 말 한마디 안 걸더니."

내 문제를 왜, 상의 한마디 없이 처리해? 자기가 뭔데. 나한테는 입 꾹 다물고, 찬바람 쌩쌩이었으면서, 헤어지는 줄 알고 내가 얼마나 조마조마했는데 자기는 멀쩡한 얼굴로 내 일이나 해결 보러 다니고.

이중적인 잣대가 따로 없었다. 아이러니하고, 말도 안 되고 우습기 그지없다. 고마워해야 할 사람에게 왜 자신의 일을 멋대로 해결하고 다녔냐고 투정을 부리고 있었다. 푸름이 그와의 문제만을 떠올리고 있을 때, 그는 아니었다는 말이다. 서운할 일이 아닌데도, 묘하게 서운함이 느껴졌다. 이게 말이 되는 건가.

"뭐 하는 거야, 나."

칫솔 위에 치약을 쭈욱 짜낸 푸름이 중얼거렸다. 볼품없이 마른 거울 속의 자신을 바라보다가 머릿속을 비우고 양치질을 마저 했다. 깨끗하게 세안까지 마치니, 반나절 동안 열 때문에 앓았던 얼굴은 더 핏기가 없어 보였다.

"같이 있자. 우리."

방금 세수를 해서 그런지, 눈 주위가 붉었다. 그러다 보니 떠오르는 말. 집에 처음 가는 것도 아니면서, 같이 있자는 말에 괜히 다른 생각이 나 그 순간 얼굴을 붉혔다. 연인 사이에 같이 있자는 말은 뭐 다 그런 뜻이니까.

물론 그의 머릿속을 들여다본 건 아니지만, 그 뜻이 아니라는 건 알았다. 그러니 할머니한테도 허락을 받았을 거고.

아파트까지 따라 들어와 놓고 다시 돌아가겠다고, 택시 타면 된다는 자신의 손에 입을 옷가지를 쥐여 주는 그를 보며 아무 말도 못 했다. 왜인지 부드러우면서도 강압적인, 그러면서도 제 몫은 다 챙기고 있는 그에게 반항 따위 할 수 없었다.

아까 낮에 잘못한 일이 있어서 그런가.

똑똑. 거울 앞에 멍하니 서 있기를 십여 분, 푸름은 갑자기 들려오는 노크 소리에 고개를 홱 돌렸다.

"뭐해. 안 나와?"

"나, 나가요!"

푸름은 서둘러 세수하느라 젖은 블라우스를 벗고 트레이닝 복으로 갈아입었다. 문밖에 바로 그가 있는데도, 옷을 벗고 입는데 거리낌이 없었다. 허리가 큰 바지를 추스르며 거울을 보다가 그의 집, 그의 화장실이라는 걸 상기하고 눈을 크게 떴지만.

역시, 같이 있자는 말이 신경 쓰이지 않는다면 거짓말이다.

손을 전부 가리고 덮을 만큼 커다란 폼의 트레이닝 복을 입은 푸름이 화장실 문을 열고, 빼꼼 고개 먼저 내밀었다. 그는 주방에 있는 듯했다. 조심스럽게 화장실에서 나온 푸름은 괜히 주방 쪽을 흘겼다. 인기척은 느껴지는데 제게 들리는 목소리가 없어 푸름은 주방 쪽으로 향했다.

"옷이 조금 크네."

인덕션 앞에서 국자로 뭔가를 휘젓고 있던 여준이 그녀의 인기척에 고개를 드는 것과 동시에 말했다. 일주일도 안 되는 사이에 4kg이 훌쩍 빠졌기 때문에 상대적으로 옷이 더 커 보일 수밖에 없었다.

제 상태를 내려다보던 푸름이 훤히 드러난 목을 어색하게 가렸다.

"아무래도 저는 가는 게 좋을 것 같아요."

"앉아. 죽 끓였으니까 이것부터 먹어."

아예 그녀의 말은 들리지 않는다는 듯 여준은 그릇에 쌀죽을 덜어 식탁 위에 내려놨다. 순식간에 간단한 밑반찬이 상 위에 올라오고, 수저 한 벌과 분홍색 머그잔까지 나타났다. 개수대 쪽을 빤히 바라보던 푸름은 진열된 하늘색 머그잔을 빤히 바라봤다. 그녀를 따라 그의 시선이 물 흐르듯 옮겨졌다.

"네 거야. 전에 마트 갔을 때 샀어."

지금 신고 있는 내 실내화. 내 전용 컵. 칫솔 살균기에 꽂아 놓은 내 칫솔. 액자들이 진열된 정 가운데에 자리 잡은 내 사진.

이 집 곳곳에 내가 이렇게나 많은데, 나는 대체 뭘 불안해한 걸까.

"안 먹을 거야?"

"먹고 갈 거예요, 바로."

그래도 서운해. 그래도 서러웠다고. 복수하는 것도 아니고, 내가 그랬다고 자기도 똑같이 그러는 법이 어디 있어. 치사하게.

푸름은 입술을 삐죽 내밀고서는 자리에 앉았다. 저녁을 안 먹었다던 여준 역시 그녀와 같은 그릇에 죽을 덜어 와 마주 앉았다. 못마땅한 그녀의 시선이 그의 죽으로 향했다. 아프지도 않으면서 무슨 죽. 배고프면 밥을 챙겨 먹지.

작게 한 숟가락을 입으로 가져가는데, 간을 전혀 하지 않았음에도 꽤 먹을 만했다.

"할머니가 너 죽 해 먹이라고 하셨어. 며칠 밥 제대로 못 먹어서, 음식 들어가면 놀랄 거라고."

"네."

푸름은 짧게 대답하고선 그릇에서 시선을 떼지 않았다. 평소 좋아하지도 않는 죽. 할머니 전복죽도 다 못 먹었는데. 그러고는 또 한 숟가락을 떠먹었다.

느린 그녀의 숟가락질에 비해 그는 빠르게 손을 놀렸다. 그녀가 절반도 채 비우지 못했음에도 그릇을 다 비워 냈으니까. 식탁 위에 턱을 괸 여준의 시선을 느끼면서도 푸름은 고집스레 고개를 숙인 채 죽을 비워 나갔다.

"푸름아."

"네."

"이푸름."

"듣고 있어요."

"그럼 고개 좀 들어 봐. 얼굴 좀 보게."

그가 다정한 목소리로 부드럽게 타일렀다. 숟가락으로 죽을 뒤적거리던 푸름이 천천히 고개를 들었다. 기다렸다는 듯이 그가 손을 뻗어 와 홀쭉해진 그녀의 뺨을 부드럽게 쓰다듬었다.

"미안. 내가 다 잘못했어."

이럴 줄 알았다. 그의 집으로 오는 차 안에서, 엘리베이터 안에서, 혼자였던 화장실 안에서 어느 정도 예상했었다. 그의 사과를 받게 되리라는 걸.

이푸름, 너 진짜 웃겨. 잘못한 건 너잖아. 근데 왜 네가 좋아하는 사람이 너한테 이래야 해? 네가 뭘 잘했다고? 전부 속이고, 전부 거짓말한 건 너면서, 꼭 잘못했다는 말을 들어야 해?

푸름이 두 손을 무릎 위로 내렸다. 진심 가득한 그의 얼굴을 마주하고 보니, 얼마간 서늘하기만 했던 모습이 다시 떠올랐다. 실은 화났으면서, 실은 나보다 더 무섭고 나보다 더 아팠을 거면서 먼저 미안하다 용서를 구하는 그는, 역시 그녀가 사랑하는 사람이었다.

"뭘요?"

푸름은 내내 그리워할 수밖에 없었던 손길을 밀어냈다.

"뭐가 미안해요? 선생님은 잘못한 게 하나도 없는데."

"있어."

"그게 뭔데요."

"널 혼자 뒀잖아."

조금의 망설임도 없이 그가 대답했다.

"그리고 벌 받았지, 아주 세게."

입술 끝이 올라가 미소를 그리지만, 그의 눈은 웃지 않았다. 그리고 정확히 푸름을 직시했다. 아주 곧고, 흔들림이 없었다.

"그러니까 우리 그만하자."

푸름의 말라비틀어진 입술이 힘없이 벌어졌다. 뭘? 하고 묻기도 전에 그가 입을 열었다.

"자기 탓하는 거. 다 나 때문이다, 내 잘못이다. 이거 그만하자고."

"……."

"내 잘못이 없다면, 네 잘못도 없는 거야."

"……."

"우리 8년을 돌아왔는데, 더는 시간 낭비하지 말자."

그가 웃는다. 아무 일도 없었다는 듯. 눈앞의 푸름만을 보며. 지난 시간, 타의로 인해 잃었던 8년을 다시 반복할 수는 없다.

기껏 내게 와 준 너를, 별거 아닌 이유로 이별을 반복할 수 없다. 죄책감은 내려놓고, 너한테 할 수 있는 모든 걸 해 줄 것이다. 온 마음을 다해.

여준은 한결 부드러워진 얼굴로 입을 열었다. 장난기가 옅게 배인 얼굴은 그 어느 때보다 편안했고, 평화로웠다.

"생각할 시간, 필요하면 줄게. 대신 여기서 생각해. 어차피 너 오늘 못 가."

같이 있자는 말이 빈말은 아니었는지 그가 어깨를 으쓱였다. 내가 가고 싶으면 가는 거지, 그건 무슨 소리냐는 듯 푸름이 눈을 동그랗게 뜨자 그가 다시 입술을 길게 늘어뜨렸다. 일주일 동안 못 본 그의 웃음을, 오늘 몰아서 다 보는 기분이었다.

"왜 못 가요. 나도 발 멀쩡하게 달렸는데."

너무 좋은데, 좋아 죽겠지만 그걸 좋다 표현은 못 하고 푸름은 또다시 툴툴거렸다. 이해심 넓은 남자 앞에서 자기밖에 모르는 여자가 되어 가는 기분에 푸름이 미간을 좁혔다.

나, 정말 왜 이러지.

"정말 갈 거야?"

"네. 갈 거예요."

"생각 접어. 어차피 너 못 가."

"네?"

확신하듯 대답하는 목소리에 그녀가 생각을 접었다.

"내일 너 아침 점심 저녁, 세끼 다 먹인 다음에 할머님한테 보고해야 하거든."

"할머니가요?"

"할머님이."

"잠을 재우라고 했다고요? 여기서?"

정확히 그런 말은 없었다는 언급 대신 여준은 고개를 끄덕였다.

"그러니까 여기서 생각해. 내 옆에서."

마치, 두 번째 고백을 하는 이처럼 그는 떨려 했다. 조금씩 떨리는 눈이, 목소리가, 입술 끝이 그래 보였다.

"아무리 생각해 봐도."

무슨 생각을 하는지 부드러웠던 그의 미간이 옅게 찌푸려졌다. 덩달아 그녀의 눈도 커지자 여준은 곧 푸름과 시선을 마주치며 웃었다.

"네가 명함 받고 다니는 꼴은 못 보겠어."

"저 여기서 자요?"

"아니, 넌 침대에서."

"저 혼자요? 선생님은 소파에서 자고?"

"그럼 같이 잘까?"

소파 위에 침구를 내려놓는 여준을 향해 물었을 때, 그는 그렇게 되물어 왔다. '같이 있자' 에 이어, 완주에서 그랬던 것처럼 '같이 잘까?' 하고.

무슨 말을 해야 하나, 푸름은 붉어진 얼굴로 쌩하니 그의 침실로 들어왔다. 우리는 싸웠는데, 어떻게 그런 걸 대놓고 물어요? 하고 질문하기에는, 그의 태도가 너무 유순했다.

침대에 누워 그의 생각에만 빠진 지 벌써 한 시간 째.

퇴근할 때는 분명 누우면 바로 잠들 수 있을 거라고 생각했는데, 그의 침대에서 그가 덮는 이불을 덮고 그가 쓰는 베개에 얼굴을 뉘어 보니 잠이 달아나 버렸다.

온통 그의 향기로 가득한 방. 온통 그의 손길이 묻어난 곳. 온통 그의 모습들이 상상되는 공간.

역시, 잠이 올 리가 없다.

"갈 걸 그랬나."

하지만 못 가게 했잖아. 나도 썩, 가고 싶지는 않았고.

몸을 일으킨 푸름의 시선이 방문으로 향했다.

"생각할 시간, 필요하면 줄게. 대신 여기서 생각해."

"그런 거, 필요하다고 한 적 없는데."

설명할 수 없는 감정들이 꽁꽁 뭉친 것 같았다. 미안한데 서운하고, 아파하는 걸 알면서도 할퀴고, 같이 있고 싶은 마음이 굴뚝같은데도 서러워서 성을 냈다. 꼭 닫힌 방문이, 알 수 없는 자신의 마음만 같았다.

결국, 상처 받은 그도 자신의 마음을 알아주고 이해했는데 왜 자신은 그러지 못하나. 그의 마음이 풀리기를 애타게 기다렸으면서.

그런데도 그는 화를 내지 않는다. 웃어 주며 기다리겠다는 남자다. 그러면서 자신의 곁에 붙들어 두는 남자다.

나는 그런 남자를 너무 좋아해서, 잠도 못 자는 등신 같은 여자고.

푸름은 자리에서 일어나 침실을 나섰다. 짧은 복도를 지나, 거실 소파로 다가가자 누워 있는 여준이 보였다. 그는 잠든 건지 긴 팔로 얼굴을 가린 채 미동도 없었다. 머리맡에 무릎을 모으고 앉은 푸름이 소리 없는 한숨을 내뱉었다.

내가 너무 모자랐어요. 선생님한테 못되게 굴었어요.

그러니, 선생님은 내가.

"……미울 거예요."

무릎에 턱을 괸 그녀가 중얼거렸다. 아주 작은 목소리였는데 그는 마치 목소리에 반응한 사람처럼 그녀 쪽으로 돌아누웠다. 가려졌던 얼굴이 드러나고, 아주 잠깐의 시간이 흐른 후에 여준이 감고 있던 눈을 떴다.

처음부터 잠든 적 없던 것처럼, 또렷한 눈동자가 바로 그녀에게 날아왔다. 다물어졌던 그의 입술이 그녀를 발견하기 무섭게 호선을 그렸다.

"하나도 안 미워."

"……"

"내가 널 어떻게 미워해."

단조롭게 흘러나오는 달콤한 목소리에 푸름은 하, 웃음을 내뱉었다. 동시에 왈칵 눈물이 쏟아질 것 같아, 두 손으로 얼굴을 가렸다. 그에게 우는 모습을 또 보이고 싶지 않았다.

그리고 그 순간 확인했다. 확인받아 버렸다. 왜 잠도 못 자고 뒤척였는지.

나는 이 남자를 보고 싶어 했다.

짧은 순간 떨어져 있으면서 그리워했다.

방문 하나를 사이에 둔 간절함을 느꼈다.

하, 소리 내어 짧은 숨을 내뱉은 푸름이 마른 입술을 깨물었다. 그저 지금 이 순간을 놓쳐 버린다면, 영영 후회해 버릴지도 모를 자신이 상념처럼 떠올랐다.

"사람이 왜 그래요."

"내가 뭘."

"못되게 굴고 있잖아요, 내가. 그럼 화를 내야죠. 미워해야 맞죠."

가장 모순적인 건 자신이었다. 잘못을 용서하고, 되려 용서를 빌고, 함께하자는 사람을 밀어내는 나는 지금 정상일까.

푸름이 울먹거리면서 속사포처럼 말을 쏟아 내는데, 부드러운 손길이 얼굴을 가린 작은 손을 잡아 내렸다. 눈물로 범벅된 얼굴이 보이자 여준이 풋 소리 나게 웃었다.

"못났다, 이푸름."

"못났는데 심지어 울보도 됐어요, 선생님 때문에."

"그럼 울 때마다 말해 줘야지. 못생겼다고."

어쩔 수 없었다. 빈말로라도, 울어도 예쁘다는 말도 안 해 주는 남자가 좋은걸. 좋아 죽겠는걸. 그런 사람이 나를 봐 줬는데, 내가 못 봐 줄 건 또 뭐라고.

알고 있었다. 그의 집으로 온 순간부터, 결국 이렇게 될 거라는 걸. 어떤 식으로 말해야 할까, 어떤 식으로 사과해야 할까, 어떤 식으로 우리의 잘못된 과거를 되돌릴 수 있을까 수도 없이 생각했지만 결국 끝은 시시했다.

푸름이 붉어진 눈으로 그를 바라봤다.

"고마워요. 먼저 같이 있자고 해 줘서."

고작 반나절 하지 못한 말이었다. 결국에는 이리 내뱉을 말인데, 뭐가 힘들다고 입을 꾹 다물었을까.

"집에 갔으면 또 엄청 우울했을 거예요."

"다행이다."

"우리 화해한 거죠?"

구부리고 있는 무릎이 저릴 만한데도, 푸름은 고개만 빼꼼 내밀 뿐 일어나지 않았다. 내가 일어나면 일어나려나.

"응. 화해했어."

여준이 손을 뻗자, 푸름은 몸을 일으켜 그가 누워 있는 소파에 걸터앉아 손을 마주 잡았다. 반나절, 아니 일주일이 조금 안 되는 시간 동안 멀어졌던 거리가 가까워지는 건 순식간이었다.

"명함은 정말 안 받고 다닐 거예요."

"그래, 약속했다."

이참에 도장이라도 받아야 하지 않을까, 싶을 정도로 여준은 진지하게 고민했다.

"선생님도 명함 받지 말아요."

"나한테 명함 주는 여자 없어."

"그래도요."

절대 지지 않겠다는 듯 푸름이 단호히 말하자 여준은 고개를 끄덕였다. 코를 훌쩍거린 그녀가 한결 부드러워진 목소리로 입을 열었다.

"실은 좋아요, 여준 씨랑 화해해서."

생각지도 못한 호칭에 활짝 웃으며 답했다.

"나도 좋다, 이름 불러 주니까."

"기분 더 좋으면 오빠라고 불러 줄 거예요."

조금 전보다 더욱 크게 웃으며 여준이 두 팔을 뻗자 푸름이 기다렸다는 듯 소파 위에 누워 그에게 안겼다. 둘이 나란히 눕자 혼자 누웠을 땐 넉넉했던 소파가 빈틈없이 꽉꽉 들어찼다.

다시는 떨어지고 싶지 않다는 소망을 담아 푸름은 그의 허리를 꼬옥 껴안았다. 그의 팔 역시, 그녀의 허리를 휘감고 뒷머리를 부드럽게 감싸 안았다. 금방이라도 잠에 들 것만 같은 부드러움이었다.

입술에서 제일 가까운 그녀의 이마 위쪽에 입을 맞춘 여준은 푸름의 목 뒤로 뻗은 팔이 언젠가 저릴 것이라 생각했지만 참기로 했다.

그녀가 자신을 오래 기다리게 하지 않으리라고 생각했다. 순순히 함께 집에 와 주고, 맛없을 죽을 먹어 주고, 소파 위에서 자겠다는 말에 걱정해 주는 그녀를 보며 알았다. 서러움을 쏟아 내는 순간부터, 이미 너는 다시 내게 올 방법을 찾고 있었을 테니까.

우리는 이미 많은 시간을 되돌아온 만큼 더는 느린 길을 찾으면 안 되는 사람들이다. 예쁜 그녀를 눈에 남고, 맑은 목소리를 귀에 담고, 함께하는 시간 전부를 추억에 담는 일에 온통 시간을 쏟아부어야 하는 사람들이다.

숨결을 느끼고, 손길을 느끼고, 서로 간의 체온을 느끼면서 둘은 한참을 그렇게 있었다. 푸름이 잠이 드는 대로 침실에 옮겨 줘야겠다고 생각하던 찰나였다.

"……무서웠어요. 헤어지는 줄 알고."

잠든 줄만 알았던 푸름이 입을 열자, 여준이 기다렸다는 듯 그녀를 끌어안은 팔에 힘을 주었다.

"나도 할머님이 헤어지라고 하실 줄 알고 겁먹었어."

그의 가슴에 턱을 기댄 푸름이 얼굴을 들었다. 조금만 입술을 올린다면 그의 턱 끝이 닿을 만큼 가까운 거리였다.

"다시는 안 싸울 거예요."

"나도."

"생각나면 다 얘기할 거예요. 비밀도 안 만들 거야."

"응, 나도."

"저 여기…… 이대로 있어요?"

조심스러운 물음에 여준이 피식 웃다가 한결 더 가까워진 푸름의 입술 위로 살며시 입을 맞추었다. 짧게 닿았다 떨어지는 입술이 못내 아쉬워 그의 입술을 따라갔다.

"같이 잘까?"

"안 돼요. 나 이제 열도 없고."

같이 자는 것과 열이 없는 게 무슨 상관일까 싶어 여준이 미간을 좁히는데, 그새를 못 참고 푸름이 몸을 일으켰다. 마치 본래의 목적을 해결한 사람처럼, 미련 없이 일어나는 모양새가 거침없었다.

여준도 그녀를 따라 몸을 일으켰다. 소파 위에 서로를 보고 앉은 둘의 시선이 마주쳤다.

"저 이제 안 아파요."

그녀의 말을 확인해 볼 겸 여준이 손을 올렸다. 이마와 뒷목을 동시에 잡아 체온을 확인한 그가 느리게 고개를 끄덕였다.

"다행이네."

"그러니까 같이 자는 건 안 돼요."

그러니까 그게, 이거랑 대체 무슨 상관인데?

여준이 고개를 기울이며 모르겠다는 듯이 눈으로 물어 오자 푸름이 입술을 길게 늘어뜨리며 웃었다. 조금 전까지 서러움을 토해 내던 얼굴이, 언제 그랬냐는 듯이 사랑스럽게. 그가 견딜 수 없을 정도로 예쁘게.

"오빠 안 덮칠 자신이 없거든요."

"아."

"화해한 지 30분도 안 됐지만."

화해한 시간은 크게 중요한 일이 아니라고, 네가 이제는 안 아픈 게 중요한 거라고, 나는 네 의사를 무조건 존중할 거라고, 기다릴 각오가 되어 있다고 여준은 푸름이 말을 멈추는 사이 쓸데없이 긴 말을 내뱉을 뻔했다.

"그래도 그냥 덮쳐 볼까요?"

사뭇 진지한 얼굴로 꺼내는 이야기는, 답지 않게 솔직한 주제였다. 얼굴을 붉히지도, 부끄러워하지도 않는 그녀를 물끄러미 바라보며 여준은 그녀의 허리를 안고 있던 손을 들었다. 뒷목을 살며시 붙잡는 손길이 따뜻했다.

"실은 너 미열 조금 있어."

아, 그래서 거절인가. 조금은 풀이 죽은 얼굴로 푸름이 손을 제 이마 위로 올렸다. 금방 그의 다른 손이 그녀의 손을 잡아 내리고, 손가락 사이사이 손가락을 끼워 잡았다.

"근데 내가 못 참겠다."

아프면 내가 간호해 주면 되니까. 감기약도 많이 사놨으니까. 어차피 네 삼시 세끼는 내가 챙겨 주기로 했으니까. 물론, 할머님한테 이런 것까지 보고할 수는 없겠지만.

살포시 웃던 여준의 입술이 기대감으로 미소를 짓는 입술 위로 향했다.

입술이 닿는 순간은, 여전히 꿈만 같지만 결코 꿈이 아니었다.

당신 대신 푸름이 세끼 먹는 것 챙겨 주고, 아프지는 않나 자주 들여다봐 달라는 혜옥의 말에 알겠다고 대답했건만. 분명 그 말 속에 혼자 사는 남자 집에 데려가 재우라는 말은 없었지만.

다 상관없어졌다. 이 순간만큼은 생각나지 않았다.

방금 전까지 그녀의 미열을 걱정하던 사람이 맞나, 싶을 정도로 여준은 성급하게 굴었다. 숨 쉬는 게 힘들어져 그녀가 얼굴을 들려고 하면, 겨우 작은 숨 한 번 쉬게 해 주고서는 다시 입술을 부딪쳐 왔다.

그가 혀로 건드릴 때마다 몸이 달싹거려 푸름도 가만히 앉아만 있을 수 없었다. 여준의 허벅지 위에 양다리를 벌린 채 앉아 있던 푸름은 휘몰아치는 그 덕분에 입술을 더 크게 벌리며 괜히 몸을 들썩거렸다. 결국 가볍지도 않은 자신의 몸을 번쩍 든 그를 위에서 내려다본 형국이 된 푸름이 아, 신음을 내뱉었다.

"선생……."

침실까지 그리 먼 거리도 아니건만, 여준은 그 짧은 틈도 참지 못하고 다시 입을 맞추었다. 문이 열리고, 푸름이 혼자 누워 있던, 온통 그의 향으로 가득한 침실에 들어섰지만 여준은 푸름을 내려 주지 않았다. 한가운데에 침대가 있는데도, 벽으로 그녀를 몰아붙인 여준은 헐떡이는 푸름의 입술을 붙잡고, 핥고, 깨물며 진득하게 체온을 나누기에 바빴다.

사내에서 몰래몰래 나눴던 도둑 키스와는 확연히 달랐다. 고장 난 CCTV가 달린 엘리베이터 안에서, 아무도 없는 회사 옥상에서, 은밀한 일이라도 벌어질 것 같은 조용한 비상구 안에서, 회사 지하 주차장 그의 차 안에서 장난처럼 나눈 키스가 아니었다.

그가 매일 잠들고, 눈을 뜨는 침실. 그것만으로도 흥분은 배가 되었다.

그래도 숨은 쉬게 해 줘야 할 거 아니야.

"서, 선생님."

제 입속에 그가 가득 들어찬 순간, 그녀가 숨을 헐떡거리며 얼굴을 들었다. 푸름의 가느다란 두 팔이 행여나 떨어질까, 그의 목에 안타깝게 매달렸다. 그녀가 지탱할 수 있는 건, 오직 여준뿐이었다.

"있지."

타액으로 범벅된 입술을 길게 늘어뜨리며 그가 웃었다. 가쁜 숨을 내쉬느라 바쁜 와중에 말을 걸다니. 참 얄궂은 남자가 따로 없다.

"지금 기분 별로야?"

질문의 요지도 그랬다. 별로라니, 어떻게 별로일 수 있겠어? 푸름이 눈을 동그랗게 뜨며 고개를 흔들기도 전에 여준이 다시 입을 열었다.

"그럼 선생님은 좀."

순간 몸이 들리자, 푸름은 그의 목을 껴안은 팔에 힘을 주었다. 설마 내가 널 떨어트리겠어, 라는 말이 들릴 줄 알았는데 푸름의 귓불을 잘근잘근 껌 씹듯이 깨물던 여준은 다른 말을 꺼내 놨다.

"아니지 않아?"

선생님이라 부르지 말라고. 아, 그게 걸렸던 거구나.

어느새 침대 위에 눕게 된 푸름은 그의 목 언저리를 배회하던 손을 움직여 붉어진 귓불과 뺨을 동시에 어루만졌다. 얼마나 뜨거우면, 여기까지 뜨거울까 싶을 정도였다. 그럼에도 그녀는 새침하게 모르쇠로 굴었다. 맞닿은 신체 부위가 전부 데일 듯이 뜨거우면서도.

"이상해요?"

"응, 이건 마치."

여준이 입고 있는 셔츠 단추를 단숨에 풀어냈다. 빠르기도 해라. 엄청난 속도에 그녀가 풉, 웃음을 터트리는데 그가 입술을 내려 속삭이듯 말했다.

"로리타 변태가 된 기분이야."

푸름은 애써 확인시켜 주지 않았다. 굳이 지금의 모습과 변태라는 단어를 동일 선상에 놓지 못할 이유는 뭐냐고. 그건 너무 억지가 아니냐고.

"전에, 전에 그랬잖아요."

마치 지금 이 순간이 아니면 말할 수 없을 것만 같아 푸름은 들뜬 숨과 함께 입을 열었다. 여준은 대답 대신 두툼한 귓불을 쓰다듬는 손을 붙잡아 내려 손가락 하나하나에 입을 맞추었다. 어쩌면 경건할, 어쩌면 아름다운 입맞춤.

푸름이 빠르게 호흡을 가다듬었다. 생각나면 생각나는 대로, 말하고 싶으면 말하고 싶은 대로. 마음먹은 이상, 푸름은 지금 고백해야 했다.

"8년 동안 내 생각 많이 했다고. 나도 그랬어요. 보고 싶어서 매일 생각했어요. 지윤이 졸업 사진에서 선생님 사진만 폰으로 찍어 보내 달라고 한 적도 있어요. 사진 든 휴대폰 잃어버렸을 때 내가 얼마나 울었게요."

"그랬어?"

"선생님 생각날 때마다, 모른 척했어요. 그래야 할 것 같았어요."

"찾아오면 될걸."

"그러게요, 내가 바보 같아서 그걸 몰랐어요."

푸름은 말을 마치기 무섭게 그의 목을 끌어당겼다. 성급한 입술이 부딪쳤다. 옷을 입은 게 아니라, 걸친 수준이었던 푸름의 상의 속으로 여준이 손을 집어넣어 마른 등을 쓰다듬었다. 동시에 키스는 깊어지고, 손놀림은 진해졌다.

솜털이 오소소 솟는 것을 느끼며 푸름은 입술이 떨어지기가 무섭게 뜨거운 숨을 토해 냈다. 그 숨결은 당연히 여준의 것이었다.

"잠깐 확인만 시켜 줄게요."

셔츠 단추만 풀어 헤치고, 미처 벗지도 못하고 있던 그가 다시 입술을 내리는데 푸름은 그의 두 뺨을 꼬옥 감싸는 것으로 그의 행동을 제지시켰다. 중요한 일을 방해받은 사람처럼 못마땅하다는 듯한 표정을 짓는 여준의 모습에, 마치 자신에게 안달이 난 모습 같아 푸름은 웃기만 했다.

"뭘?"

"오빠 덮칠 생각으로 따라온 거 아니에요."

서른다섯이나 살아온 노총각 인생에, 오빠 소리 듣고 좋아 죽을 줄은 몰랐던 여준이 멋대로 휘어지려는 입술을 억지로 참아 내고 물었다.

"……중요한 문제야?"

끄덕끄덕. 그녀가 망설임 없이 큰 동작으로 고개를 끄덕이는데, 여준은 폼이 큰 자신의 옷을 입어 쇄골 부분이 그대로 드러난 푸름의 어깨 위로 입술을 내렸다.

동시에 생각했다. 폼이 커서 벗기기 쉬울 것 같은 이 옷을 주길 잘했다고. 아, 처음에는 이럴 생각으로 고른 게 아닌데. 뒤늦게나마 반성했다.

"그럼 이렇게 하자."

"어떻게요?"

그의 손이 마른 배를 지나, 드디어 가슴 위로 안착한 순간 푸름이 태연한 척 물었다. 분명 긴장으로 숨을 멈추고 눈썹 끝이 경직되는 걸 봤는데도.

그가 손끝으로 살살, 그녀의 가슴 위를 더듬다가 속옷 속을 더듬었다. 간질이듯이 느리게 다가온 손길은 머무르기만 할 뿐, 힘을 주지는 않았다. 차라리 힘을 주면 좋으련만. 파르르, 그녀의 입술 끝이 떨렸다.

"내가 덮치는 거로."

"그것참 명쾌한……."

해답이네요, 하고 말하려던 푸름의 입술 위를 여준이 차지한 건 순식간이었다.

최대한 벌려진 입술 위로 안착한 그는 잠깐의 대화로 시간을 벌어 보려는 푸름의 사정을 봐주지 않았다. 봐줄 이유가 없었다.

지금은 내가 급한 게, 너의 부끄러움보다 중요하니까.

16화

평범하게,
사랑만 하면서

푸름은 종종, 삶이 억울할 때가 있었다. 좋아해 마지않는 선생님이 자신의 스무 살을 기다리겠다고 고백해 왔을 때, 삶의 가장 감추고 싶은 단면을 보였다. 거침없이 다가오는 그를 반기며 그녀 역시 사랑에 빠진 순간을 즐기려고 할 때는 억울한 상황을 견뎌야 했다.

또 뭐가 있었더라. 첫사랑은 첫사랑으로 두고, 그 사람의 인생에 불우한 영향을 끼칠까 찾아가 보지도 못했다. 마치 마법처럼 다시 만난 그를 마음에 두는 것조차 두려워했으며, 감추고 있는 것들을 그가 알아 버릴까 전전긍긍했다. 그와 처음 싸움이라는 걸 할 때도 그 이유가 세연이라 억울했다.

매번 어긋나는 타이밍. 마음껏 좋아해 보기로 마음먹었을 때마다 생겨나는 일들.

우리는 언제 마음껏 사랑하나, 억울해 미칠 것 같을 때마다 후회해 봤지만 시간은 다시 돌아오지 않았다. 그저 지금 이 순간을 후회하지 않게 보내는 것 말고는.

그러니 지금부터, 시간이 흐르는 것도 알지 못하는 사람처럼.

"사랑만 해야지."

자신 있게 대답한 푸름이 그의 가슴을 대담하게 더듬거리던 손을 치우고 체취를 음미했다. 이 남자는 어떻게 아침나절부터 이렇게 향기가 좋을까. 쿡 웃음을 터트린 그녀는 세상 모르게 잠든 그를 바라보다가 고개를 들었다.

"내일 아침 내가 해 줄게."

"우와, 진짜?"

"응, 장도 봐 와서 해 줄 거야. 먹고 싶은 거 있어?"

"없어요. 오빠가 해 주는 건 다 좋아요."

역시 약속은 함부로 하는 게 아니라니까.

침대에서 일어선 푸름은 아무것도 걸치지 않는 맨몸을 부끄럽다는 듯이 내려 보다가 주변을 둘러보았다. 협탁 위에는 그가 어제 편의점에서 사다 놓은 속옷이 놓여 있었다. 그러나 어제 입고 왔던 옷이나, 그가 준 트레이닝 복은 보이지 않는다.

대체 어디에. 침실을 두리번거리던 푸름은 침대 끝에 아슬아슬하게 걸쳐져 있는 그의 셔츠를 보고 눈을 반짝거렸다.

셔츠를 집어 들고 입기까지 일사천리였다. 적당히 단추를 잠그고, 뽀송뽀송한 새 속옷을 입고, 잠든 그의 볼에 짧은 키스를 남긴 후 유유히 주방으로 향하는 걸음은 가벼웠다.

빠르게 냉장고 안을 확인한 푸름은 거침없이 움직였다. 채소를 다쳐 볶음밥을 만들고, 맑은 된장국을 끓였다. 뭐를 더 할 수 있을까, 생각하던 푸름은 냉장고에서 토마토를 발견하고 달걀과 함께 볶았다. 새것 같은 테이블 매트까지 찾아 세팅까지 마친 푸름이 뿌듯하게 웃었다.

잠을 많이 잔 것도 아닌데, 컨디션이 최상을 달리고 있었다. 일주일 동안 거의 먹지도, 자지도 못해 시름시름 앓던 그녀가 아니었다.

"일어날 때가 됐는데."

침실 쪽을 바라보던 푸름은 식탁 위를 빤히 바라보다가 걸음을 옮겼다. 쿵 소리 나게 문을 열었지만 반응이 없었다. 등을 보이고 누운 채, 깊게 잠든 여준을 바라보며 침대 위에 살며시 걸터앉았다. 꾹 다문 입술과 눈을 보던 푸름이 손을 뻗어 높게 솟은 코를 슬쩍 건드렸다.

"그러게, 일찍 자라니까."

새벽까지 사람을 괴롭히더니, 꼭 이러지.

손장난에 재미를 붙인 푸름은 날렵한 턱을 지나 툭 튀어나온 그의 목울대로 손을 내렸다. 신기해라. 그 위를 쓰다듬고, 쿡 손가락으로 찔러보며 푸름은 혼자 웃기를 반복했다. 아침부터 간지러운 목 때문인지, 듣기 좋은 웃음소리 때문인지 여준은 금방 눈을 떴다.

"일어났어요?"

졸려 하는 그를 보며 잠깐 죄책감을 느낀 푸름이지만, 그래도 꽤 심심했는지 활짝 웃으며 그의 아침을 반겼다. 여준이 손을 뻗자 푸름은 안기는 대신 팔을 당겨 그를 일으켰다.

안아 달라는 건데. 머리 위로 떨어지는, 잠긴 목소리에 푸름이 다시 웃었다.

"안 돼요. 아침 만들었는데, 식어요."

"……내가 해 주기로 했잖아."

"너무 곤히 자서 안 깨웠어요. 난 아까 씻었으니까 얼른 씻어요."

푸름이 부끄러운 듯 시선을 돌리며 말했다. 자기 전에 속옷은 갖춰 입었다지만, 침대 위에 앉은 그는 분명 티 한 장 걸치지 않은 차림이었다.

지난밤, 부끄럽다며 이불 속으로 꽁꽁 숨는 걸 몇 번이나 이불을 들춰냈는지. 여준은 낮게 웃으며 두 팔을 벌렸다. 분명 침실 안에는 둘 뿐인데도 주변을 둘러보던 그녀는 그의 팔이 내려가지 않자 그제야 안겨 왔다.

"잘 잤어?"

"네."

"컨디션 좋아 보인다."

"열도 없고, 몸도 가뿐해요. 아무래도 나, 그거 체질인가 봐요."

체질이라니, 어디서 그런 반가운 말을.

그녀의 어깨 위에 얼굴을 묻고 있던 여준이 킥킥거리며 웃다가, 고개를 들었다. 눈이 마주치자 푸름은 입술 끝을 씨익 올리며 그의 입술에 촉, 예쁜 입술을 맞추었다.

"많이 피곤해요? 더 잘래요?"

푸름이 경쾌하게 물었지만, 그는 가까이 다가온, 꿈에도 그리던 얼굴을 내려다보기만 했다. 응? 왜요? 푸름이 고개를 기울이자 여준은 낮게 웃으며, 다시 그녀의 어깨에 얼굴을 묻었다.

"역시 나이는 못 속이나 봐."

"나이요?"

"응, 운동 열심히 해야겠다."

"갑자기 그게 무슨 말이에요?"

"네 체질 맞추려면, 부지런해져야 한다는 소리지."

혈색마저 좋아진 푸름이 무슨 소리냐 되물었지만 여준은 그녀를 품에 꼭 안은 채 침대에서 몸을 일으켰다. 힘들 테니 내려 달라고 했지만, 그는 아침 운동이라는 말로 그녀를 무사히 식탁 앞에 앉혔다.

세수만 하고 오겠다는 그를 기다리며 푸름은 먼저 볶음밥을 크게 떠서 입으로 가져갔다. 맑은 된장국을 한입 떠서 마실 때, 한껏 상쾌해진 얼굴로 그가 나타났다. 세수할 때 젖은 앞머리를 털던 그가 자리에 앉았다.

"뭘 이렇게 많이 했어?"

"냉장고를 털었죠. 정말 아무것도 없어요."

"이따 장 보러 갈까?"

그가 숟가락을 손에 들며 묻자, 푸름은 배시시 웃으며 고개를 끄덕였다. 그녀의 시선에 그는 왜 그렇게 보냐고 물었고, 푸름은 괜히 고개를 기울이며 쑥스러운 듯이 말했다.

"여기 젖었어요."

그녀가 앞머리를 가리키며 말하자 여준은 그게 왜? 라는 얼굴로 푸름을 쳐다봤다.

"그게 멋있어서요."

한껏 붉어진 얼굴로 입술을 깨무는 모양새가 꽤 쑥스러워 보였지만, 한편으로는 또 거침없어 보였다.

이푸름이 누군데. 열아홉에 선생님을 학교 뒤뜰로 불러내 당당하게 고백을 하던 녀석이다. 아침부터 고백을 받은 것처럼 기분이 들떠진 여준은 괜히 헛기침을 터트리며 볶음밥을 입에 넣었다.

"선생님도 쑥스러워요?"

아니라고는 또 말할 수 없어 그는 대답 대신 물을 들이켰다. 그가 부끄러워하니, 뿌듯해진 푸름은 괜히 한마디를 더 얹었다.

“선생님은 뭘 해도 멋있어요.”

“…….”

“어떻게 방금 일어났는데도 멋있냐. 사기 캐릭터야.”

“…….”

“진짜. 어떻게 이렇게 잘생기고 멋있지?”

“그만해. 숨고 싶어.”

된장국 맛을 보던 그가 고개를 저었다. 슬그머니 입꼬리가 올라가는 모습을 지켜보던 푸름은 그의 앞으로 야심작인 토마토 달걀 볶음을 내밀었다.

“이따 토마토도 조금 사요. 제가 이거 좋아하거든요.”

네가 사자는데, 뭔들 못 사 줄까. 여준이 고개를 끄덕이며 토마토 한 조각을 먹었다. 바라만 봐도 배가 부른 사람처럼 턱을 괸 푸름은 그를 빤히 볼 뿐, 볶음밥 절반을 비우고 더는 음식에 손을 대지 않았다.

“안 먹어?”

“마침 좋은 생각이 났어요.”

“무슨?”

“월요일 공휴일이잖아요. 빨간 날.”

직장인에게 황금 같은 날짜인 빨간 날을 세어 보며 푸름이 말하자, 여준도 날짜를 셈하더니 잊고 있었던 듯, 그런가? 하고 되물었다.

"우리 할머니한테 나 삼시 세끼 잘 먹였다는 보고는 오늘까지만 하고."

푸름의 입술이 길게 늘어졌다. 뒤에 나올 말을 상상하며 여준은 컵으로 손을 뻗었다. 그 찰나.

"여기 있을까요? 주말 내내."

짧고, 굵은 한마디가 사라지기도 전에 마시고 있던 물을 뱉을 뻔한 여준이 당황한 얼굴로 기침을 터트렸다.

자기가 내뱉은 말이 무슨 말인지, 정확히 알고 있는 푸름은 그의 턱에 흐른 물을 발견하고, 손을 뻗어 닦아 줬다. 태연하게 손에 묻은 주스를 입으로 가져가는 그녀를 보며 뒤늦게 기침을 멈춘 여준이 낮게 웃었다.

"왜 웃어요?"

"그냥."

"……."

"나중에 딸은 낳으면 안 되겠다."

푸름이 씨익 웃었다.

뒤에 작은 한숨이 들린 건, 혹시 착각일지 생각하면서.

"집행 유예요?"

"아마?"

"그래서 접근 금지, 뭐 그런 거 알아보는 거예요?"

나란히 설거지를 마친 둘은 베란다에 놓인 소파에 꼭 붙어 앉아 커피를 마셨다. 원목으로 된 벤치에 쿠션을 깔아 놓은 건지 자세가 불편했던 푸름은 그에게 온전히 몸을 기대는 것으로 자세를 편안히 했다.

푸름의 컵이 바닥을 드러내자, 대신 컵을 받아 든 여준이 바닥 위에 컵을 내려놓고 뒤에서 그녀의 허리를 두 팔로 안았다.

"응. 징역 받기는 어렵겠지만, 집행 유예로 끝내면 안 되겠지. 그 사람들도 알고 있을 거고."

"……."

"왜 대답이 없어?"

든든해서요, 고마워서요, 또 미안해서요.

푸름은 대답 없이 얼굴을 살짝 뒤로 돌려 그의 눈가를 쓰다듬었다. 손길 하나하나에서 느껴지는 감정에 여준은 말갛게 웃으며 그녀를 내려다봤다.

"세연이한테 사과는 받고 싶지 않아?"

무슨 남자가 눈도 이렇게 예뻐. 콩깍지가 쓰인 게 분명한 얼굴로 그의 눈을 바라보던 푸름이 표정을 굳히고 손을 거두었다.

뭐가 잘못됐을까. 언젠가는 짚고 넘어가야 할 이야기는 분명한데.

"이름만 부르지 말아요."

"어?"

"그건 내 특권인데."

성을 붙이지 않아 문제가 됐던 걸까. 여준은 단호한 푸름의 표정이 풀어지지 않자, 이끌리듯이 고개를 끄덕였다. 순식간에 그녀의 표정이 풀어졌다. 그가 한 사람을 보고 있는 게 맞나 싶을 정도로.

"사과는 안 받을래요. 별로 만나고 싶지 않아요."

부드러운 표정과는 다르게 솔직한 목소리가 흘러나왔다. 그에게 등을 기대고 있던 푸름은 아예 몸을 틀어 그를 마주 봤다.

"실은 저한테 돈 주려고 했어요. 위로금이라고 했던가."

거절한 다음이라 굳이 하지 않아도 될 이야기지만, 솔직하기로 한 그 순간부터 푸름은 감추지 않기로 했다. 이제는 감출 이유가 없었다. 그의 얼굴이 싸늘하게 굳어지자 푸름은 조금의 여유도 없이 다시 말을 이었다.

"그런 사람이 하는 사과가 진심일 리 없어요."

"……."

"우리 할머니도 복수했지만, 실은 저도 한 방 먹였어요. 아마 기분 엄청 나빴을 거예요, 그러니까 길에서 그런 짓을 하지.”

그녀가 머리 뒤쪽을 어루만지며 말했다. 응? 혹 났나? 눈을 동그랗게 뜬 그녀가 그와 시선을 맞추자 여준은 할 수 없다는 듯이 낮은 숨을 내쉬며 손을 뻗었다. 세연의 핸드백으로 얻어맞은 뒤쪽이 확실히 단단했다.

“진짜 혹 났네.”

“아파요.”

“이리 와.”

그가 팔을 벌리자 그녀는 넓은 품 안으로 쏘옥 들어갔다. 어젯밤부터 지금까지, 조금도 떨어지지 않으려는 둘은 서로가 서로인 것처럼 눈이 마주치면 껴안기 바빴다.

그의 어깨에 턱을 기댄 푸름이 소리 나게 웃는 사이, 여준은 혹이 난 뒷머리를 쓰다듬느라 바빴다.

“난 잘 모르겠다. 이대로 끝내는 게 맞는 건지.”

“그럼 드라마처럼 점 찍고 복수라도 할까요?”

푸름이 유쾌하게 말했다. 혹여나, 일부러 밝은 척하는 건 아닐까 싶은 마음에 여준은 그녀의 표정 하나하나, 몸짓 하나하나, 목소리 한 조각까지 놓치지 않으려 했다.

확실히 지난 일주일간 그녀가 보여 준 안쓰러운 모습들보다야 훨씬 나았다. 편안해 보였고, 후련해 보였다.

“조금도 엮이고 싶지 않아요. 나 말고 선생님도 그랬으면 좋겠어요.”

기분 좋을 때는 여준 씨, 오빠. 밤새 불렀던 호칭 대신 선생님으로 돌아왔는데도 여준은 이도 나쁘지 않다 생각하며 고개를 끄덕였다. 회사 앞에서 세연의 뺨을 올려붙인 일에 대해서는 말하지 않을 생각이었다.

"그럼 우리 이 얘기 그만할까요?"

"그래, 그럼 뭐 할까."

"글쎄요, 나가기는 귀찮고."

베란다에 넌 빨래를 올려다보며 푸름이 중얼거렸다. 귀찮은 것뿐만이 아니라, 그의 집에 입고 왔던 옷을 세탁했기 때문에 입고 나갈 게 없었다. 지금 입은 것도 어젯밤 여준이 손쉽게 벗겼던 그 옷이었다.

장 볼 때 속옷도 조금 살까. 아니면 집에 다녀올까. 서늘한 초가을 바람에 흔들리는 제 옷을 올려다보며 생각에 잠긴 푸름은 허리를 안았던 그의 팔이 슬금슬금 위로 향하는 것을 알아챘다.

그것뿐만이 아니라, 대담하게 허벅지와 무릎 주변을 지분거리는 손길은 지금 앉아 있는 이곳이 어디인지를 잊은 듯했다.

"뭐 해요?"

"네가 심심해 보여서."

"나이는 못 속인다면서요?"

"그래서 운동을 부지런히 해야겠다고 했잖아. 마침."

완전히 그녀를 제 앞으로 돌려 앉게 한 여준이 씨익 입꼬리를 올렸다.

“너도 운동이 조금 필요한 몸이고.”

강원도 등대 등산 사건을 떠올린 여준이 어서 납득하라는 듯이 은근한 강요를 보였다. 아니, 어쩌다, 상황 전개가 이렇게 된 거지? 그것도 훤히 밖이 보이는 베란다에서?

“신사인 줄 알았더니.”

“충분히, 여러 번 신사였지.”

가볍게 응수한 여준은 미소가 걸쳐져 있는 입술 위로 제 입술을 내렸다. 어떤 변태가 망원경이라도 끼고 있으면 어쩌려고, 라는 생각은 이미 그의 입술이 다가온 순간부터 사라졌다. 능숙하게 그의 허벅지 위에 자리를 잡은 푸름은 그의 목 뒤로 손을 뻗었다.

여준의 혀가, 푸름의 혀를 얽더니 순식간에 입안을 점령하다시피 차지했다. 시작부터 빠르고, 메마른 우물을 찾듯 성급했다. 입술을 더 크게 벌리는 것으로 화답한 푸름이 목을 감고 있던 두 팔로 오히려 그의 얼굴을 끌어당겼다.

사랑하는 사람과 스며드는 순간, 둘은 동시에 입술을 떨어트리고 소리 나게 웃음을 터트렸다.

사랑스러운 미소가 감춰지기 전, 그녀의 입술 주변이든 치아 위든 마음껏 입술을 맞대느라 바쁘던 여준의 손은 어느새 푸름의 상의 속을 더듬느라 바빴다.

봉긋하게 솟은 가슴을 가리고 있던 거추장스러운 속옷을 걷어 올리고 자신이 쓰는 바디 샤워 향이 잔뜩 배인 몸 위를 쓰다듬었다.

이 남자, 여기가 베란다라는 걸 모르는 걸까. 설마 벤치의 용도가 이거였을까, 떠올리며 푸름은 다시 입술이 떨어지자 들뜬 호흡 사이로 입을 열었다.

"차라리, 침대로."

휴대폰 벨이 울렸다. 마치, 약속이나 한 것처럼.

"안 받아도 돼요?"

상관없다는 듯 여준이 다시 입술을 부딪쳐 왔지만, 계속 울리는 벨 소리가 신경 쓰인 듯 푸름이 그의 어깨를 살며시 밀어냈다. 대담하게 그녀의 혀를 얽어내며 여준은 휴대폰을 집어 들었다. 액정을 확인하는 그의 눈동자가 잠시 커졌다.

"할머님이다."

"에? 우리 할머니요?"

그의 대답도 듣기 전에 단단한 허벅지 위에서 내려온 푸름은 순식간에 속옷을 내리고 티셔츠를 허벅지까지 내렸다. 마치 현관문 앞에 혜옥이 서 있다는 얘기를 들은 것처럼 민첩하고, 빠른 행동이었다.

눈 한 번 깜빡였을 뿐인데, 원 상태로 돌아온 푸름을 앉은 채로 올려다보던 여준이 피식 소리 나게 웃더니 휴대폰 통화 버튼을 밀었다.

"예, 할머님."

무슨 내용일지 궁금해 죽으려는 대신 두 손을 입으로 틀어막은 푸름이 발을 동동거렸다. 예, 예. 그럼요. 아침도 잘 먹었습니다, 열도 떨어졌고요. 뭐가 그리 재미난 지 여준은 입꼬리를 거의 귀밑까지 늘어트렸다.

지금 이 순간, 당황하고 불안한 건 푸름 혼자라는 듯.

"네. 그렇게 하겠습니다."

별거 없는 싱거운 통화가 끝난 사람처럼 여준은 쉽게 전화를 끊고 그녀를 올려다봤다. 푸름이 눈을 동그랗게 뜨자, 그는 손을 뻗어 숨도 못 쉬게 입을 틀어막은 푸름의 두 손을 내려 주었다.

"뭐, 뭐라고 하세요?"

"그냥, 너 아침 잘 먹었냐고."

"응? 진짜?"

"뭘 그렇게 놀라. 완주에 계시는 분인데."

"우리가 하는 짓이 있었잖아요."

더 내려갈 곳도 없는 티셔츠를 거의 허벅지까지 내리며 푸름이 중얼거렸다. 방금 전까지, 마치 제 것처럼 푸름의 가슴을 쥐었던 손은 그녀의 손가락을 아슬아슬하게 잡고 있었다. 여준은 손에 힘을 주고 그녀를 다시 옆에 끌어 앉혔다.

"그런데."

아무래도 베란다는 좀, 이라는 말을 푸름이 덧붙이려는 찰나였다. 또다시 찾아든 그의 목소리에 푸름의 고개가 그에게로 돌아갔다.

"인사 오래. 다음 주 주말에."

"네?"

"맛있는 거 해 주신다고 너랑 같이 오래."

그가 작게 한숨을 내쉬었다.

"떨린다."

"그래요?"

"어, 그래도 하던 건 마저 해야지."

여준은 미소 짓던 입술로 다시 푸름의 입술을 찾았다. 부드럽고 유연하게 제 안을 찾아드는 그의 혀가 혀끝을 건드리는데도 푸름은 걱정하기 바빴다.

혜옥의 제안이 당황스러운 건, 비단 푸름뿐이었다.

여준의 집에 머무른 지도 3일째 되는 날, 아침. 완주에 내려갈 때 들고 갈 선물을 사러 가자고 하더니, 해가 중천에 떠도 그는 일어날 줄을 몰랐다.

지금쯤은 일어나야 할 텐데. 아침과 점심 중간 즈음에 일어나 홀로 씻고, 상쾌한 기분으로 우유 한잔을 먹고, 베란다 벤치에 앉아 오랜만에 미세먼지 없는 하늘을 즐겼는데도 여준은 일어나지 않았다.

은근 잠꾸러기네.

슬그머니 침대에 걸터앉은 푸름은 헐벗은 등을 뒤로하고 옆으로 고개를 돌린 채 곤히 잠든 그를 내려다봤다. 이렇게 자면 안 좋다고 들었는데, 항상 이 자세로 잔단 말이야.

푸름은 주말 내내 여준과 함께하면서 그에 대해 몰랐던 사실을 알아가는 재미에 푹 빠졌다. 조심스레 손을 뻗어 날렵한 턱을 간질이다가 끝내 참지 못하고 입을 맞추기도 했다.

이마에, 눈가에, 귓불에, 턱에, 입술 주변과 코끝에도 마찬가지. 수없이 입술을 뿌리던 그녀가 마침내 얼굴을 들었을 때 그는 희미한 미소와 함께 살며시 눈을 떴다.

"일어났다."

분명 같은 시간에 잠들었거늘, 어째서 너만 쌩쌩한지.

아직도 잠에 덜 깬 듯 다시 눈을 감았다가 뜬 여준이 힘 빠진 웃음소리와 함께 입을 열었다.

"깨우는 방법이 독특하네."

"심심해서요. 원래 아침잠이 많아요?"

"우리 늦게 잤잖아."

"내가 늦게 자고 싶어서 늦게 잤나. 오빠가 너무 부지런하고 힘이 남아돌아서 늦게 잔 거지."

운동은 못하지만, 체력은 좋다는 걸까.

여준은 이참에 운동 시간을 늘려야겠다고 생각했다. 평소에 하는 조깅만으로는 어림도 없었다. 헬스장도 끊고, 수영도 다시 시작해야 할 듯싶었다. 그래야 늦잠꾸러기 취급도, 늙은이 취급도 받지 않을 테니까.

그가 한쪽 팔을 들자 푸름은 잽싸게 안쪽을 파고들어 매끄러운 맨살을 꼬옥 껴안았다. 단단한 그의 어깻죽지에도 여러 번 입을 맞춘 푸름은 여전히 잠에서 깰 듯 말 듯한 여준의 귓불을 어루만지다 그 위에도 입을 맞췄다.

빨리 일어나라는 무언의 신호. 다시 잠들면 가만두지 않겠다는 사랑스러운 압박.

“진짜 졸린데.”

“안 돼요. 그만 일어나요.”

“너도 더 자.”

“잠 안 와요, 난 다 잤어요.”

끄응. 그는 더 이상 꽤도 부리지 못하고 눈을 떴다. 얼른 씻고 오라는 푸름의 성화에 여준은 침실에 딸린 욕실로 향했다.

그의 향과 더불어 자신의 향이 덕지덕지 밴 그의 침대에서 한 바퀴, 두 바퀴 굴러 보던 푸름은 벌떡 일어나 앉았다. 세상 생각해 보니 얼마나 부끄러운 짓을 하고 있는지 자각이 됐다.

할머니한테는 태연하게 거짓말까지 하고.

며칠째 집에 안 들어가고.

남자 친구 집에서 둘이, 둘이라니.

첫날 장을 보러 마트에 갔다 온 것을 빼고 둘은 집 밖으로 조금도 나가지 않았다. 산책도 하지 않았다. 바깥 공기가 쐬고 싶다거나, 답답하다는 생각은 조금도 들지 않았다.

그저 둘이면 족했다.

한 침대에서 함께 일어나 눈을 뜨고, 밥을 먹고, 하루를 보내다가 함께 잠드는 것.

온종일 침대 위에서 벗어나지 않은 날도 있었고, 영화 세 편을 연달아 보며 아이스크림 한 통을 다 비우기도 했다. 서로가 좋아하는 영화 장르에 대해 이야기하다가, 같은 감독의 영화를 좋아한다는 사실을 알고 좋아했고, 당장 영화를 보러 가자는 얘기까지 나왔다.

부끄러워하는 그녀를 여준이 극구 매달려 함께 샤워를 하기도 했고, 대여점에서 빌려 온 만화책 스무 권을 나란히 침대 위에서 독파하기도 했다. 중간중간 시도 때도 없이 사랑을 나눈 건, 부끄럽지만 비밀이 아니었다.

시간이 어떻게 가는지도 몰랐다.

오직 그와 함께라서.

그가 베고 있던 베개를 품에 안은 채 행복함에 빠져 있던 푸름은 결국 소리를 내며 웃었다.

동시에 욕실 문이 열렸다. 관리 잘한 몸이라고 자랑이라도 하려는 건지, 트레이닝 바지만 걸친 채 나오는 그를 빤히 바라보던 푸름의 뺨이 새삼스레 붉어졌다.

거울 앞에 선 여준은 젖은 머리를 수건으로 털어 내며 스킨과 로션을 얼굴에 부드럽게 펴 발랐다. 여전히 그에게 시선을 고정하고 있던 푸름은 무릎을 세워 턱을 괸 채 여준을 마음껏 눈에 담았다.

저 남자가 내 남자라니.

얼떨결에 동거 비슷한 생활을 하고 보니, 새삼 느껴지는 사실에 푸름은 야구장 한복판에서 비명이라도 지를 수 있는 기분이었다.

사귄 지 얼마 안 돼 일이 연달아 터지고 보니, 모든 것이 해결된 지금에서야 실감이 됐다. 절대로, 그의 벗은 등이 멋있어서 느낀 사실이 아니라.

한껏 개운한 얼굴로 그가 티셔츠를 찾아 입으려는 찰나였다. 부끄럽게도, 시트 때문에 흐트러진 침대 위에 앉은 푸름이 자신을 빤히 보는 모습이 거울 속에 비춰 알은체하지 않을 수 없었다.

"왜 그렇게 봐?"

절대로. 벗은 등이 멋있어서 봤다고는 말 못 하고.

"그냥 남자 샤워는 엄청 빠르구나, 감탄했어요."

"그게 다가 아닌 것 같은데."

헐벗은 등이 페티시인 것 같다는 말은 할 수 없으니, 푸름은 무릎 사이에 끼운 베개에 얼굴을 숨기는 것으로 대신했다. 가까이 다가온 여준의 스킨 향이 확 퍼진다 생각하는데, 얼굴을 가려 주던 베개가 순식간에 들렸다. 바로 앞에 여준이 있었다.

"나 깨워 놓고 다시 자게?"

"저 엄청 일찍 일어났어요. 혼자 두 시간은 빈둥거렸는데."

"그래서 다시 잔다고?"

이 남자, 왜 가까이 다가올까. 침대 위에 앉은 자세로 엉덩이를 뒤로 물리며 푸름은 속삭이듯이 입술을 열었다.

"아니, 늦잠자서 사람 심심하게 할 때는 언제고……."

"언제고?"

"왜, 왜 가까이 와요. 무섭게."

"무서워?"

"아씨, 옷 좀 입어요."

"이제야 부끄러워? 타이밍이 너무 늦었다고 생각 안 해?"

대놓고 등을 쳐다볼 때는 언제고, 차마 헐벗은 가슴은 볼 수 없어 푸름은 두 손으로 얼굴을 가렸다. 쿡쿡거리는 웃음소리가 들리더니, 곧이어 이마에 촉 소리와 함께 입술이 머물렀다가 금방 떨어졌다.

"나가서 점심 먹을까?"

"좋아요."

언제까지 부끄러워할 작정인지, 쑥스러워 얼굴도 못 드는 푸름을 보며 여준은 기분 좋게 웃었다.

그녀를 위해 빨리 티셔츠든 뭐든 입어야 할 듯싶었다.

"너무 막 웃는 거 아니에요?"

먹고 싶다던 소프트아이스크림까지 손에 쥐여 줬는데, 들리는 말은 어째서 가시가 가득했다. 혜옥의 선물을 고르고, 점심을 먹고, 영화 시간까지 시간이 남아 기다리는 사이 벌어진 일이었다.

"내가 그랬어? 쉽게, 막 웃었어?"

"여자 선물은 왜 또 그렇게 잘 골라."

"할머님이 나한테 여자는 아니지."

태연하게 대답하며, 푸름의 입술 옆에 묻은 아이스크림을 손으로 닦아 준 여준은 아무렇지도 않게 손을 입으로 가져가 핥았다.

"방금도."

"뭐?"

"너무 막, 아무렇지 않게, 막 내 입술에 묻은 걸 가져가서, 막!"

마주 앉은 푸름을 더 편하게 바라보기 위해 턱을 괸 여준은 더 말해 보라는 듯이 말을 아꼈다.

뭘 사 드려야 좋아하실까, 고민들을 늘어놓는 푸름과는 다르게 여준은 백화점을 한 바퀴 돌기도 전에 이것저것 선물을 골라냈다.

마을 회관에서 어르신들과 함께 드실 양갱 세트와 한우 세트, 면세점에서 불티나게 팔린다는 기초 화장품, 소녀 같은 면이 있으시다면서 고른 꽃무늬 양산. 일찍 추워지는 시골이니 늦가을을 대비한 스카프와 소박해 보이는 작은 손가방.

무슨 선물을 그렇게 많이 사냐는 푸름에게 여준은 예쁨받으려고 작정했다, 대답하며 계산하는데 거리낌이 없었다. 그것도 실실 웃으면서.

몇 번이나 계산하는 점원이 얼굴을 붉히는 걸 가만히 뒤에서 지켜보는데, 어이가 없고 기가 차서 푸름은 일부러 지갑을 꺼내 제 할머니 선물이니 나도 사겠다는 핑계로 계산을 치르기도 했다. 순전히 그가 점원에게 웃어 주는 게 보기 싫어서.

여준은 대답 없이 혼자 샐쭉해진 표정으로 입술을 다무는 그녀를 보며 피식 웃었다.

"이제야 이해가 좀 되나 봐?"

"뭘요?"

"네가 신나게 명함 받고 다닐 때 내가 어땠는지."

고작 두 번. 자기 멋대로 두고 간 명함과 거래처 사람에게 받은 명함.

이 남자, 뒤끝도 참 길다 싶어 푸름은 아이스크림 위를 크게 베어 물었다.

"명함 안 받고 다닌다고 약속했잖아요."

"그건 그거지."

고개 끄덕이면서 알았다고 할 때는 언제고. 푸름이 설핏 미간을 좁혔다.

"그 명함 가져 보지도 못했네요, 뭘."

"가지고는 싶었다?"

"말꼬리는 누구나 잡을 수 있어요."

"카페 사장은 명함이 아니라 쿠키를 줬고?"

"와, 진짜 뒤끝. 대체 언제적 얘기를."

손에 묻혀 핥아 주는 대신 휴지로 입가를 닦아 주는 손길을 잠자코 받아 내며 푸름은 말을 멈추고 소리 내어 웃음을 터트렸다.

왜? 하고 물어 오는 여준에게 푸름은 방금 전까지의 투덜거림을 잊은 듯이 입을 열었다.

"이런 일로 다투니까 좋아서요. 앞으로도 매일 이런 일로만 싸워요."

새침하게 고개를 끄덕인 푸름은 영화 시간을 핑계로 먼저 몸을 일으켰다. 손을 쫙 펼쳐서 내밀자 여준은 나지막이 웃으며 그녀의 손을 잡고 일어났다.

깍지 낀 두 손이 떨어질 줄 모르고 달라붙었다.

사내에는 당연히 소문이 무성했다. 그날, 탕비실에서 대놓고 언쟁을 벌였으니 팀원들은 당연히 눈치챘을 거라고 생각했던 둘이지만, 설마 사내 전체로 소문이 날 줄은 몰랐다.

둘이 사귄다더라, 사귄 지 한참 됐다더라, H기업에 있는 이푸름을 김여준 팀장이 데려오려고 사정사정을 했다더라, 월급까지 낮춰 회사에 왜 왔나 했더니 김여준 팀장 때문이라더라, 실은 이미 결혼 약속을 했다더라.

근원이 어디일까, 찾아가 보니.

"나는 사내 연애 적극 찬성합니다. 그러니까 눈치들 보지 마세요. 안에서 일도 많이 시키는 회사, 연애라도 회사에서 해야지. 안 그래요?"

여준과 푸름이 속한 기획조사팀과 공공조사팀, 마케팅조사팀까지 커다란 회의실에 도착하자 범수는 한 주를 시작하는 말로 터무니없는 소리를 내뱉었다.

여준이 한숨을 내쉬고, 푸름은 웃음을 터트렸다. 열다섯 명 가까이 되는 사람들의 시선이 나란히 앉은 둘에게 닿았다. 어쩔 줄 몰라 어색한 미소를 짓는 푸름과 달리, 옆에서 여준이 회의 자료를 펼쳤다.

"회의 시작하시죠, 대표님."

"아, 그럴까요? 그럼?"

능글맞게 웃던 범수가 눈짓하자, 마케팅조사팀 대리급 사원이 프로젝트 일정에 대해 설명하기 시작했다.

세 팀의 의견을 조율해야 하기 때문에 회의는 쉽게 끝날 기미가 보이지 않았다. 두 시간이 지나고, 넘겨받을 자료들을 각자 확인한 뒤에야 끝이 났다.

회의 시간 내내, 푸름의 의견에 동조하며 그녀의 의견을 적극 수용하던 여준이다. 회의실을 나가는 다른 팀 직원들이 둘을 힐끗거리며 바쁜 걸음을 옮겼다.

"저희 먼저 올라가겠습니다."

"어, 왜 같이."

급한 일이라도 있는 사람들처럼 우르르 움직이는 팀원들을 멍하니 바라보던 푸름이 왜 저러지. 낮게 중얼거렸다.

"왜 저러긴요. 두 사람, 오붓하게 시간 보내라는 거지."

"너 진짜 죽는다."

여준이 험악한 소리를 내며 범수는 쏘아봤다. 처음 보는 그의 모습에 푸름이 신기한 듯 눈을 반짝거렸고, 범수는 콧등을 만지작거리며 어색하게 웃었다.

"야, 나도 소문이 날 줄은 몰랐지. 그냥 복도에서 유혜정 대리랑 몇 마디 나눴는데."

"무슨 몇 마디?"

"유 대리가 둘 사이 별로라고 걱정하길래, 걱정 마라. 잘

될 거다, 걔네 8년 전부터 쌓아 온 인연이다, 쉽게 못 헤어진다 등.”

“소설을 쓰셨네.”

“에이, 각색했을 뿐, 소설은 아니지.”

범수가 얄미운 표정으로 어깨를 으쓱이다가, 그의 옆에 앉은 푸름을 보고는 뒤늦게 민망한 듯 웃으며 말했다.

“이 대리, 기분 나빴다면 미안해요.”

“아니에요. 전 괜찮아요.”

“역시. 우리 이 대리, 대인배야. 할머님은 건강하시죠? 전에 보니 건강해 보이시긴 했는데.”

“그걸 왜 네가 챙겨?”

“우리 회사 에이스니까 챙기지. 푸름 씨 먼저 보내고, 얘기 좀 하자?”

회사 일이 아닌, 사적인 대화라는 것을 눈치챈 푸름은 눈치 빠르게 책상 위로 손을 뻗었다.

하지만 그의 손이 더 빨랐다. 태블릿과 회의 자료를 한데 모은 여준이 그녀의 손을 붙잡아 일으켰다. 오너 앞에서 손을 잡힐 줄은 몰라 당황한 푸름의 등을 여준이 부드럽게 밀었다.

“이건 내가 챙길게. 먼저 올라가 있어.”

“커피 사 놓을까요?”

“응, 너 좋아하는 쿠키도 같이.”

여준이 살며시 웃자 푸름은 아무것도 묻지 않고 회의실을 나섰다. 그럴 줄 알았다는 듯 범수가 몸을 일으켜 회의실 책상에 걸터앉았다.

"화해해서 다행이다. 좀 눈꼴시긴 하지만."

"민세연, 연락 왔어?"

범수의 할 말이 세연과 관련됐다는 걸 눈치챈 여준이 빠르게 물었다.

"아니, 도망갔어."

"뭐……?"

"달랑 문자 하나 왔어. 다시 미국 들어간다고."

끝까지 뻔뻔하고, 이기적이고, 비겁한 행보였다.

이제 모든 게 끝나 후련하다고, 다시는 떠올리고 싶지 않다는 푸름과는 다르게 여준은 바른 사과를 받아 내고 싶었다. 잘못한 것을 물은 다음, 제대로 된 사과가 있어야 한다고 생각했다.

화를 참듯 여준이 이를 악무는 것이 뻔히 보이자 범수는 한숨을 내뱉으며 그에게 찬물을 내밀었다.

"걔 그릇이 그거밖에 안 되는 거라고 치자. 사과할 용기가 없었던 거겠지."

"푸름이 말이 맞았어. 기대도 안 하더라."

"이제 좋은 것만 보고, 꽃길만 걷고 싶다는 뜻일 거야."

점 찍고 복수는 할 수 없으니, 잊어 주겠다던 푸름이 옳았던 걸까. 쓸데없는 자신을 했던 게 괜히 못나 보여 여준은 힘이 빠졌다.

미안해서가 아닌 창피해서 그녀는 이제 연락도 하지 않을 것이다. 부모님을 거쳤던 연락 역시 없을 것이고, 이제 민세연이라는 이름은 자신들의 인생에서 완전히 사라지게 됐다.

좋아해야 하는 건지, 말아야 하는 건지.

여전히 찝찝함이 사라지지 않아 여준은 벌써부터 푸름이 보고 싶어 안달 난 몸을 바로 세웠다.

"비싸고 반짝거리는 거 하나 사서 안겨. 그렇게 티를 내고 싶으면."

"티를 내가 냈냐, 네가 냈지."

"네가 냈어, 인마. 눈 초롱초롱한 게 이 대리만 보고 있으면서 무슨. 할머님이랑 독대 때는 어땠는데. 어디 한 대 안 맞았냐?"

맞는 줄 알았지, 다행히 안 맞았고. 여준이 씨익 웃으며 뿌듯한 듯이 입을 열었다.

"주말에 내려가 뵙기로 했어."

"벌써?"

"가서 예쁨 왕창 받고 와야지."

"박힌 미운털도 좀 빼고?"

"빼 봐야지, 열심히. 애교도 좀 부리고."

"서른다섯에 애교 부리는 손주 사윗감이라. 얼른 장가부터 가라. 네 친구는 딸이 셋이다, 인마."

누군 안 가고 싶을까, 항변하려는데 휴대폰이 울렸다. 커피 사 놓고 기다리고 있다는 푸름의 셀카였다.

어디서 이런 귀여운 짓을 또 할까.

사진을 저장한 여준은 범수가 보지 못하게 휴대폰을 주머니에 넣고 회의실을 나섰다.

얼른 장가가라는 범수의 외침이 들렸지만 무시했다.

17화

나에게만 푸름인 남자

상다리가 부러진다는 말을 실감할 정도로 엄청난 상차림이었다. 고봉밥은 기본, 열 개가 넘는 반찬 가짓수에, 요리에 해당하는 것들도 많았다.

그제야 여기가 전라도라는 것을 깨달은 여준은 어색하게 웃으며 '고봉밥을 비우지 않으면 내 손녀딸은 어림도 없다'라는 엄한 시선으로 자신을 보고 있는 혜옥을 마주 봤다.

"와, 할머니. 뭘 이렇게 차렸어? 김치도 새로 담갔어? 낙지는 어디서 사 온 거야? 게장은 직접 담근 거고?"

놀란 건 그뿐만이 아니었다. 평생 자신도 받아 본 적 없는 상차림에 푸름 역시 혀를 내둘렀다. 수능 전날에도, 생일에도 이런 밥상은 구경도 못 했는데.

"그럼 어디서 사 왔을까 봐? 얼른 먹자, 자네도 어여 들고."

자네라니, 그런 호칭은 대체 어디서 들으신 걸까.

젓가락을 입에 문 푸름이 내장이 가득 든 게장 껍데기를 혜옥의 앞 접시에 올려놨다. 혜옥의 샐쭉한 시선이 푸름에게 닿았다.

"할머니도 많이 드시라고요."

"아이고, 내숭은."

혜옥은 기특하다는 듯이 손녀딸을 바라보다가 게 내장에 제 밥을 쓱쓱 비볐다. 색깔 좋은 내장 비빔밥이 완성됐다. 주인은 푸름이 아니었다.

혜옥은 여준의 앞으로 게 등딱지를 내밀었다. 당황한 여준이 더듬거리며 두 손으로 받아 드는데 숟가락을 쥐고 있던 푸름이 풋 웃음을 터트렸다.

"잘 먹겠습니다, 할머님."

고봉밥은 그대로 있는데, 혜옥의 밥까지 덜어 온 느낌이지만 여준은 천천히 골고루 상 위의 음식들을 하나씩 먹어치워 갔다.

충분히 혜옥에게 예쁨받을 수 있도록 먹성 좋은 녀석이라는 인식을 심어 드리고 싶었다. 이토록 열심히 음식을 준비한 혜옥에게 그런 모습으로 보답하고 싶어서.

휴게소에서 호두과자는 먹지 말걸. 커피도 마시지 말걸.

후회를 할 때쯤엔 고봉밥 반을 비워 갔을 때였다. 이미 평소 여준의 식사량을 넘은 상태였다.

"골고루 잘 먹네. 특별히 좋아하는 거라도 있나 몰라."

혼잣말을 하는 건지, 질문을 하는 건지 혜옥은 두루뭉술하게 말을 꺼냈다. 막 강된장에 비빈 밥 한 숟가락을 비운 여준이 급하게 음식을 씹었다.

체하면 어쩌려고. 놀란 푸름이 물을 챙겨 주자, 여준은 어색하게 웃으며 물컵을 비웠다.

"가리는 것 없이 잘 먹습니다. 해 주신 음식 다 맛있습니다."

"잘 먹긴 하는데, 기가 아주 팍 들어가 있네. 내가 잡아먹는 것도 아니고."

"잘 보이고 싶어서, 그렇게 보실 수도 있습니다."

"인정도 빠르고. 그래, 올해 서른다섯이라고?"

나이. 그가 가장 예민하게 반응하고, 그녀에 비해 가장 취약점이라고 생각하는 것.

여준은 숟가락을 아예 밥상 위에 내려놓고 허리를 반듯하게 세웠다. 질문이 질문이니만큼, 긴장이 되는 건 당연했다.

"예."

"결혼이 급하겠구먼, 그래."

"생각을 안 해 본 건 아닙니다만."

지금? 바로 지금인가?

그녀와는 상의 한번 한 적이 없지만, 오히려 지금이 기회일 수도 있다는 생각에 여준은 머릿속이 환해지는 느낌이었다.

하지만.

"푸름이 서른 전에는 안 보낼 생각이네."

"예?"

그가 뭐라 말을 꺼내기도 전이었다. 높고 높은 장성 앞에 서 있는 기분이 바로 이런 걸까. 여준은 자신이 얼마나 멍청한 표정으로 되물었는지도 모르고 당연하다는 듯이 말을 이어 가는 혜옥을 멍하니 바라봤다.

얼마 전에는 서로 보듬어 주라고, 아니 그건 허락이 아니었던 건가?

"아직 부족한 게 많아. 다 큰 것 같아도 할미밖에 모르는 철부지네, 철부지."

혜옥의 목소리가 한없이 근엄해졌다. 확실히 평소와는 다른 모습이었다. 덩달아 푸름도 말을 잇지 못하고 눈을 크게 깜빡거렸다.

"서울 다시 올라가면 내 품에서 좀 더 챙겨 주다가 보내야지."

"그럼 서울은 언제 오실 건지……."

"푸름이가 하도 성화라, 집이랑 땅 정리되는 대로 올라갈 생각이네만."

"저는 할머님이랑 같이 살아도 좋습니다."

아차, 이건 실수.

급한 마음에 어떻게 말을 꺼내긴 했는데 너무 노골적으로 당장이라도 결혼하고 싶다는 속내를 드러냈다.

앞에서는 혜옥이, 옆에서는 푸름이 빤히 보는 시선들이 느껴졌다. 그러나 그녀가 서른을 남기면 자신은 곧 마흔을 넘긴다. 아무리 혜옥이 무섭다고 해도, 짚고 넘어가야 할 문제는 짚어야 한다.

이참에 확실히.

"저 푸름이 사랑합니다, 할머님."

혜옥이 뭐 그런 당연한 말을 밥상 앞에서 하냐는 얼굴로 시선을 들었다. 어쩐지 웃으면 안 될 것 같은 분위기에 푸름은 괜히 허리를 쭉 세워 자세를 바로 잡았다.

"푸름이 서른 넘으면, 저는 곧 마흔입니다."

"자네. 내 앞에서 나이 운운하나?"

"아니, 저 그런 의미가 아니라."

순간 여준은 당황했고 푸름은 웃음을 참느라 이를 악물었다.

"참나. 올해 팔순 잔치 하게 생긴 내 앞에서 씨부릴 말은 아닌 것 같은데."

"아, 저는 그게……."

혼잣말처럼 중얼거리는 말에 가시가 가득했다. 하애지는

여준의 얼굴과 즐겁다는 듯 삐죽거리는 혜옥의 입술을 번갈아 보던 푸름이 중재에 나서려고 할 때, 주방에서 삐이익 요란한 소리가 울렸다.

"누룽지 됐나 보다. 할미가 들고 올게."

거실 한가운데에 상을 차린 덕분에 혜옥은 주방까지 부지런히 걸음을 옮겼다. 뭘 실수한 걸까, 심각한 얼굴의 여준을 옆에서 지켜보던 푸름이 빙그레 웃었다.

"우리 할머니 장난치는 거예요. 너무 마음에 담아 두지 마요."

"알아. 아는데."

"놀랐어요?"

"아니, 난 그냥 팔순 잔치 거하게 해 드려서 예쁨 좀 받아볼까, 그 궁리만 했어."

"마을에서 어르신들 모아 놓고 돼지 잡는 건데요, 무슨."

그 짧은 순간에도 그런 생각을 했다는 그가 귀여웠다. 그때 여준이 손을 뻗어 와 그녀의 손을 붙잡았다. 흥건할 정도는 아니지만, 묻어 나오는 땀에 푸름이 눈을 크게 떴다.

"긴장했나 봐. 땀 좀 봐요."

"그러게. 할머님 처음 뵙는 것도 아닌데."

"대답은 잘만 하더니. 막 사랑 고백도 하고."

앞을 향해 있던 여준의 시선이 뿌듯함으로 웃음이 번지는 푸름을 돌아봤다. 겹쳐졌던 손이 벌어지고, 그가 깍지를 끼워 손을 맞잡자 푸름은 주방 쪽을 힐긋거렸다. 나 좀 봐 달라는 듯이 여준이 손을 잡아당기자 푸름은 한껏 고개를 기울이며 그의 얼굴을 마주 봤다.

그리고 하고 싶었던 물음.

"그런데 나랑 결혼할 거예요?"

그의 얼굴이 눈에 띄게 붉어졌다. 서른다섯의 남자가 귀여워지는 것도 어려운 일인데, 요즘의 여준은 그랬다. 자꾸자꾸 귀여워졌다가, 자꾸자꾸 수줍어했다가. 물론, 여덟 살이나 많은 남자에게 이런 단어를 써 붙여도 되는 거라면.

"그럼 안 해?"

당연하게도 물어 오는 듯한 목소리에 푸름 역시 빠르게 되물었다.

"언제요?"

"언제 할까?"

"뭐야. 생각도 안 해 보고 말부터 꺼낸 거야?"

그의 입고리가 흐뭇하게 올라갔다. 언제는 말을 높였다가, 말을 놨다가. 마치 그녀에게 가장 가까워지는 사람이 된 기분이 들게 했다.

"넌 언제 하고 싶은데."

"생각해 본 적 없는데."

"그럼 지금부터 해 봐, 생각."

"음, 할머니가 하라고 할 때?"

"생각보다 산이 크네."

각오했었던 일이라는 듯, 여준이 작은 숨을 길게 내쉬었다. 혜옥이 주방에서 작은 누룽지 솥을 들고 오자 당황한 여준이 몸을 일으켜 급하게 다가갔다.

급한 마음에 맨손으로 솥을 건네받으려던 여준에게 혜옥은 퍼뜩 가서 앉으라는 말로 그를 나무랐다. 푸름은 웃음을 꼭 참았고, 고봉밥 반 공기에 이어 누룽지까지, 여준은 부른 배를 더 배불리 채워야 했다.

결혼 허락은 고사하고, 그들은 혜옥과 함께 서울로 오지 못했다. 큰집 사람들이 찾아올 수 없도록 조치를 해 놓지 않았냐며, 혜옥은 천천히 집을 정리하겠다고만 대답했다. 마을 어르신들에게 부탁을 드리고, 매일 하루 한 번씩 전화 달라는 확답을 받고 나서야 푸름은 마음을 놓았다.

그들이 신경 쓰지 않는 사이, 재판은 진행되고 있었고, 돈 때문에 한 번 찔러본 셈이었던 그들은 금방 꼬리를 내렸다. 짧은 분란이었고, 우스웠다.

삼한사온, 네 계절이 뚜렷했던 대한민국의 가을은 점점 짧아져 가는지 이제 완연한 초겨울 날씨였다. 얇은 목도리 속에 얼굴을 묻은 채 조용한 학교 운동장을 바라보던 푸름은 녹슨 철봉 옆 벤치에 자리를 잡았다.

한산한 평일 오후의 낮. 이번 달 반차 안 쓴 사람은 이 대리밖에 없다며, 나가서 콧바람이나 쐬라는 혜정의 강압 아닌 강압 덕분에 푸름은 지금 땡땡이 중이었다.

눈부신 남자인 그를 처음 만나고.

바라만 봐도 멋진 남자인 그를 처음 좋아하고.

인기가 많아 불안한 남자인 그에게 처음 마음을 고백하고.

그와 함께했던 학창 시절의 추억이 곳곳에서 묻어 나온 곳.

"좋다."

조금 찬 겨울바람도, 그를 떠올리게 하는 장소도.

학교를 배경으로 셀카를 찍은 푸름은 할머니에게, 지윤에게, 그리고 사랑하는 남자인 그에게 사진을 보내고 다시 기분 좋은 공기를 깊게 들이마셨다.

문득 느껴지는 휴대폰 진동에 푸름이 휴대폰 액정을 확인했다. 이내 입가에 커다란 미소가 그려졌다.

"네, 이푸름입니다."

—땡땡이는 재미있습니까, 이 대리?

"그럼요. 너무 즐겁네요."

—혼자 있는데도?

"아직요. 누가 같이 있으면 더 즐거워질 수도 있겠죠?"

칼퇴근을 종용하는 목소리를 알아들었을까. 여준이 작게

웃는 소리가 들려오자, 푸름은 쑥스러운 듯 어깨를 움츠렸다.

"어디예요?"

—이 대표랑 외근. 데리러 갈게, 30분쯤 걸려.

옆에서 범수의 투덜거리는 소리가 들려왔다. 그냥 택시 타고 가라는 여준의 냉정한 목소리에, 구시렁거리는 말투는 역시 오래된 친구 사이다웠다. 30분쯤이야 눈감고도 기다릴 수 있다고 대답하며 푸름은 전화를 끊었다.

정확히 30분이 지나가기 전, 그는 나타났다. 콜라 하나를 손에 든 채.

"이거 마시고 싶어 할 것 같아서."

"와, 딱 필요했는데."

한 손으로는 콜라를 받고, 다른 손으로는 그의 손을 잡으며 그녀가 몸을 일으켰다. 조금 걸을까, 낮게 물어 오는 목소리에 연신 고개를 끄덕인 푸름의 입가에 싱그러운 미소가 한껏 그려졌다.

며칠 전 푸름은 그에게 물었었다. 교사 일에 대한 미련은 없는지, 학교를 그만둔 것에 대해 후회는 없는지.

예전에 그는 시들시들해졌다고만 했지만, 왠지 그게 다가 아닐 것 같은 기분이 내내 그녀의 발목을 잡고 있었다. 그때 여준은 답하지 않고, 가만히 푸름을 안아 주기만 했다.

그래서 갑자기 학교에 오고 싶었는지도 모른다고, 푸름이 말하자 여준은 붙잡은 손에 힘을 더했다.

한산한 운동장 한 바퀴를 돌고, 산책로를 따라 걸음을 옮기자 몇몇 선생님들이 눈에 띄었다.

"저 학교 다닐 때만 해도 여기 공사 중이었는데."

"나도 한 번도 못 걸어 봤어."

"그랬어요? 공사가 오래 걸렸나 보네."

톡 쏘는 콜라 한 캔을 비운 푸름에게서 빈 캔을 가져간 여준이 쓰레기통에 대신 버려 주었다. 좁은 산책로에 나란히 선 둘의 눈이 자연스럽게 부딪치자, 여준은 기다렸다는 듯이 말을 꺼냈다.

"실은 나 미련 없어."

푸름은 눈치챘다. 며칠 전, 그녀가 물었던 것에 대한 대답이라고. 희미한 풀 냄새가 나는 산책로 가운데에 서서 그녀는 그를 올려다봤다.

"그렇게 너를 놓치고 보니까, 학교 다니기 싫더라."

"……."

"학교 그만뒀으니까 너도 만난 거고."

달콤한 속삭임과도 같은 말. 언뜻 들으면 아무런 의미가 없어 보이는 말임에도 그녀에게는 다르게 다가왔다. 웃음을 참지 못하고, 입가가 기울어지는 그녀를 보며 여준이 푸름의 볼을 살짝 꼬집었다가 놔주었다.

"그게 신경 쓰였어?"

"그냥요, 선생님 그때 좋아 보였으니까."

"네가 반할 만큼?"

"뭐라고 부정은 못 하겠네요."

그녀가 부끄러운 듯 시선을 피하자, 여준이 짓궂은 얼굴로 가까이 다가갔다.

"그런데 진짜 나한테 왜 반했어? 정말 잘생겨서?"

"네."

그녀가 단호하게 대답했다. 조금의 흔들림도 없어, 오히려 그가 당황할 정도였다.

"좋아해야 하는 건지, 말아야 하는 건지."

"우선 부모님께 감사해야죠."

그녀의 말이 끝나기 무섭게 수업이 끝날 때 나오는 노래가 흘러나왔다.

"노래는 그대로네."

"그러게요."

학생들이 뛰쳐나오기 전에 가는 게 어떻겠냐는 여준의 물음에 두 사람은 다시 왔던 길을 되돌아갔다.

푸름은 가만히 입술 끝을 깨물다가 잠시 뒤를 돌아, 학교 건물을 나오는 학생들을 바라봤다. 교복 치마에 체육복을 입은 무리와 매점 쪽으로 향하는 무리가 나뉘었다.

"선생님. 숙제 걷어 왔어요."

"어, 그래. 고생했어, 거기 두고 가."

"네."

신임 교사로 부임한 그를 알게 된 얼마 후, 그녀는 종종 수학 1등이라는 이유로 숙제 걷어 오는 심부름을 할 때가 있었다. 무거운 노트를 그의 책상 옆에 내려놓은 다음, 푸름은 노트 위에 올려놓은 캔 콜라를 잽싸게 손에 들었다. 오는 길에 자판기에서 뽑은 것이었다.

오후 시간이 되면 매진될 때가 많으니 일부러 미리 뽑은 거였는데, 그 모습이 여준의 눈에 띄었는지 그가 잠시 그녀를 돌아봤다.

그때의 그는 푸름을 전교 1등, 공부 잘하는 학생이라고만 알고 있었고, 그녀도 그를 갓 부임한 젊은 수학 교사로만 대하던 때였다.

그러니까 둘이, 서로가 서로를 잘 모를 때.

그럴 수밖에 없을 새 학기 때.

"콜라 좋아해?"

"아, 네. 전 졸릴 때 콜라 마시면 좋더라고요."

"졸리면 잠을 자면 되지. 애가 벌써부터. 그런 거 많이 마시면 뼈 삭아."

"아……."

별 의미도 없는 듣기 싫은 잔소리가 시작되려는 건가. 푸름이 미간을 설핏 좁히는데, 책상 한쪽에 쌓아 놓은 간식들 틈에서 여준은 딸기 우유와 초콜릿을 그녀에게 건넸다. 그녀의 손에 들린 콜라는 뺏고.

멀어지는 콜라를 보며 푸름이 미간을 찌푸렸다.

"넌 콜라보다는 딸기 우유가 어울린다, 가져가서 먹어."

"저 괜찮은데요."

그녀가 작게 항변하자, 여준은 빤한 시선을 들었다. 노골적이고, 민망할 정도로 올곧은 시선이었다고 푸름은 기억했다.

"딸기 우유 싫어해?"

"어, 아니요."

"그럼 못 받을 이유는 없겠네?"

없다. 당연히. 푸름은 느리게 고개를 끄덕였다.

손에 쥔 딸기 우유와 초콜릿이 민망할 정도로 바스락거리는 소리를 냈다.

"그리고 졸리면 10분씩이라도 자. 그래야 머리 회전에 좋아."

"……."

"수업 안 늦었어?"

그냥, 선생님이라면 학생에게 할 수 있는 말들뿐이었다. 그런데 푸름은 반해 버렸다. 그야말로, 정말 순식간에 심장이 쿵.

그는 기억하지 못하고, 그녀 혼자 기억하는 순간 속에서 여준을 마음에 담았다.

상대는 학교 선생님. 단언컨대 그녀의 인생사, 가장 파란만장한 순간이라고 얘기할 수 있었다.

"무슨 생각을 그렇게 해?"

그 후로 들려오는 이야기들에 의하면, 여준은 곤란할 정도로 책상 위에 쌓여 있는 간식들을 심부름 온 학생들에게 나눠 주고는 했다.

그러니까 특별히 푸름을 기억해서, 푸름에게 잘해 주고 싶어서, 푸름을 알고 있어서 챙겨 준 건 아니었다.

많은 학생들 중에 그저 한 명으로 대한 게 전부였다. 그에게 딸기 우유를 받고 좋아하던 친구가 기억났다. 그때의 그 감정은 질투가 분명했다. 쥐고 있던 샤프심이 부러질 정도로 손에 힘을 주었다. 나만이 아니라는 사실이 정말 싫었다.

아무튼 푸름은 그때의 여준에게 반했었고, 지금 그 곁에 있었다. 마치 마법처럼.

"그냥, 옛날 생각."

"내 생각?"

그가 기대했다는 듯이 웃자 푸름은 부정하지 않았다.

"우리 생각이요."

이제는, 나에게만 푸름인 남자니까.

—*Fin*

에필로그

결혼이 급한 이유

"너 내가 서른여섯 노총각인 건 알아?"

푸름은 시선을 회피하고, 생딸기가 가득 올라간 라테를 손에 들었다. 딸기 케이크 두 조각을 해치운 그녀는 케이크에 이어 딸기가 들어간 음료도 달게 마셨다.

"친구 녀석들 중에 나만 결혼 안 한 것도 알아?"

그건 오빠 친구들이 유난히 결혼을 빨리한 거라고 말했지만, 언제나 그랬듯이 씨도 안 먹히겠지.

"매주 주말마다 부모님이 결혼 독촉을 하는 건?"

오늘따라 쉽게 놓아주지 않을 것 같은 느낌. 푸름은 인테리어가 꽤 예쁜 카페를 애써 둘러보다가 어색하게 웃었다.

"그랬어요?"

"어, 하필 내가 외아들이라."

"그건 또 몰랐네."

"조금만 더 어렸어도 뭣 모를 때 확 데려가는 건데."

"방금 말투, 되게 아저씨 같았어요."

"나 아저씬 거 너만 몰라."

그가 작게 투덜거렸다.

연애한 지 1년. 어느새 서른여섯을 넘긴 그는 농염하고 성숙한 맛이 물씬 오르는 와중에 자꾸만 결혼 얘기를 꺼내기 시작했다. 집에서는 혜옥이 언제 결혼하냐고 잔소리를 하면, 밖에서는 여준이 결혼하자고 조르는 형국이었다.

"우리 할머니랑 짰어요? 매번 두 사람이 똑같은 얘기하는 것 같아."

"너 귀찮다고 제발 데려가래."

"그래서 뭐라고 했어요?"

"어차피 할머님 모시고 살 거니까, 집으로 그냥 들어오시라고. 안방 드리겠다고."

아주 둘이 착착. 찰떡궁합이 따로 없더라니.

"우리 할머니는 뭐랬는데요?"

"홀아비 만나 시집갈 거라고 하시던데."

"우리 할머니 농담도 잘하네."

"넌 나한테 시집 언제 올 건데?"

그가 손을 뻗어 커피를 들었다. 왼손 네 번째 손가락에 반짝거리는 반지는, 그녀가 끼고 있는 반지와 같은 것이었다. 커플링은 100일 기념으로 그녀가 준비했다. 그때 그는 '곧 결혼할 건데, 내가 더 좋은 거로 해 줘야지' 라고 했지만, 푸름은 완강하게 거부했다. 뭔가 커플링은 자신이 준비하고 싶었다.

"할머님이 가라고 하면 시집온다며?"

맺힌 게 많은 듯, 그는 그녀가 대답하기도 전에 되물었다. 결혼 얘기가 나온 지는 꽤 됐다. 정식으로 완주에 인사를 다녀오고 난 다음은 괜찮았다. 커플링을 나눠 낄 때만 해도 '언젠가 결혼' 이라는 타이틀을 갖고 있었지, 빨리하자는 서두름은 없었다.

그런데 요 근래 두 달, 그는 결혼에 목맨 사람처럼 틈만 보였다 하면 결혼을 언급했다.

"날짜 잡자."

또 이런다.

"이렇게 갑자기요?"

"갑자기라고 생각해?"

"요즘 누가 20대에 결혼을 해요."

그저 이 상황부터 모면하고 보자는 생각에 푸름은 의미 없이 말을 흘렸다. 아차, 하는 생각에 푸름이 그를 빤히 보며 어색하게 웃는데 여준의 미간이 사정없이 찌푸려졌다.

"너 20대 지나면, 나 40대에 결혼해?"

"에이, 그렇게까지 차이 안 나잖아요."

"서른 되면 또 미룰 거잖아. 여차저차 핑계 대면서."

"내가 언제 안 한다고 했어요?"

그런 적은 없다. 가끔 결혼하면, 이라는 전제를 붙여 이야기를 하다 보면 어느새 푸름도 그에게 동화되어 맞장구를 치고는 했고, 자신이 꿈꾸는 결혼에 대해 이야기해 준 적도 있다.

분명 결혼에 회의적인 건 아닌데. 왜 요즘 들어 자꾸만 피하는 느낌이 드는 건지.

넉넉잡아 일주일 정도 됐을까. 말수가 줄고, 자꾸만 몸이 피곤하다는 이유로 데이트를 미루고, 졸린다는 이유로 밤마다 했던 통화가 짧아졌다.

아침에 차로 데리러 갈 때마다, 그녀는 일찍 잔 사람치고는 유난히 피곤해하며 출근길 내내 잠을 자기도 했다. 자겠다며 전화는 매번, 사정없이 끊어 놓고 대체 밤마다 뭘 하길래 졸려 하는 건지.

푸름은 회사에서 사내 연애 티 내는 건 싫다고 팀원들과 점심을 먹고는 했다. 그러다가도 종종 그와 함께 점심을 먹을 때도 있는데, 심지어 이번 주는 그런 적도 없었다. 자신이 먼저 점심을 먹자고 한 날에는 생각이 없다면서 우유로 때우겠다고 했지, 아마.

변했다고 생각하기는 싫어, 이유를 떠올려 보는데 막상 생각나는 것도 없었다. 그래서 그런가, 자꾸만 결혼에 조급해지고 서두르고 싶어졌다.

그녀는 한창일 나이고, 누구에게나 사랑받을 수 있을 만큼 예쁘고, 세상 남자들은 그런 여자를 가만두지 않으니까. 성급하게 굴고 있다는 건 알지만 어쩐지 모르게 변한 그녀를 옆에 둘 방법은 결혼밖에 없었다.

"알았어요, 이제부터 생각해 볼게요."

대답 없는 그를 향해 푸름이 먼저 말을 꺼냈다.

"진지하게."

그가 덧붙였다. 이번에는 기필코 그냥 넘어가지 않겠다는 듯. 이야기를 마무리 짓겠다는 의지가 보여 푸름은 고개를 끄덕일 수밖에 없었다.

"진지하게."

안 그래도 진지하지 않으면 안 되는 일이, 곧 생길지도 모르니까.

만약 그녀가 생각하는 '일'이 정말 일어난다면, 그의 반응은 어떨까. 좋아할까? 싫어하지는 않겠지?

푸름이 라테 안에 있는 생딸기를 입안에 넣었다. 새콤한 향기가 가득했다. 집에 갈 때 딸기 좀 사 갈까. 과일 가게가 열었으려나. 딸기 생각에 빠진 그녀의 상념을 깨우려는 듯, 그가 포크로 직접 딸기를 찍어 그녀의 입에 넣어 주었다.

"오늘 우리 집에서 자."

푸름이 눈썹 사이를 찌푸렸다. 요즘 그는 결혼 얘기와 함께 투정도 늘었다. 보통 이런 식으로.

"안 돼요."

"내일 주말인데?"

그럴까, 잠시 생각했지만 푸름은 일단 튕겨 보았다. 상황이 상황이니만큼. 아직 확실하지는 않지만 초기에는 조심하라는 말도 있었고.

"그래도 안 돼요."

"할머님도 꽃놀이 가셨잖아."

"그걸 어떻게 알아요?"

그녀의 눈이 동그랗게 커졌다.

"내가 보내 드렸으니까 알지."

"어쩐지, 공짜 여행이라고 하시더니."

시골과 다르게 일거리가 없어 하루가 느리게 흘러가는 도시 생활을 지루해하던 혜옥은 얼마 전부터 동네 어르신들과 꽃놀이 여행을 계획하셨다. 그 뒤에 여준이 있을 줄은 몰랐는데.

입안에 가득 퍼지는 새콤한 딸기 맛을 음미하며 푸름은 잠시 고민했다. 오늘 이대로 보내면 삐질 것 같기도 하고, 그럼 좀 피곤해지기도 하고.

"갈 때 딸기 사 갈까?"

그의 집 앞에 늦게까지 하는 과일 가게가 있다. 마치 머릿속을 전부 들여다본 사람처럼 여준이 물어 오자, 푸름은 느리게 고개를 끄덕였다.

"많이요."

근데, 오늘 속옷을 뭘 입었더라.

스무 개가 넘는 딸기 한 팩을 다 비우는 푸름을 보며 여준은 놀라지 않을 수 없었다. 설탕에 찍어 먹고, 녹인 초콜릿에 찍어 먹더니 우유에 딸기를 담가 숟가락으로 꾹꾹 눌러 즙을 짜 생딸기 우유를 만들어 마셨다.

거실 소파에 앉아 딸기 하나를 다채롭게 먹는 푸름을, 여준은 신기하다는 듯이 바라봤다.

"아, 내가 너무 많이 먹었어요?"

옆에서 빤히 닿는 시선을 느낀 푸름이 민망하다는 듯이 웃었다. 초토화된 테이블을 보고 있자니, 뭔가 쑥스러웠다고 할까. 심지어 여기 오기 전 저녁도 배부르게 먹고, 카페에서 케이크에 라테까지 해치우지 않았는가. 그가 놀라는 것도 이해가 됐다.

"원래 딸기 좋아했어?"

그가 턱을 괸 채로 물어 왔다.

"딱히 가리지는 않았어요."

"한 팩 더 사 올까?"

다정한 물음에 푸름이 고개를 가로저었다. 여기서 더 먹는

다면, 그는 놀라는 것으로 끝나지 않을 것 같았다.

"그럴래, 그럼?"

마치 푸름이 딸기를 다 먹을 때까지 기다렸다는 듯이 여준은 음흉한 의도를 품고 푸름에게 다가갔다. 가까웠던 거리가 좁혀지고, 접시와 포크를 들고 있던 푸름이 어깨를 움츠렸다. 입술이 닿고, 여준은 푸름의 손에서 접시를 테이블 위로 내려 주며 더 진하게 입술을 삼켰다.

그녀의 얼굴이 한껏 뒤로 꺾이자, 여준은 푸름의 뒷목을 조심스레 잡아 주며 달콤한 입술 안으로 혀를 밀어 넣었다. 은근하게 비벼지는 혀에 반응하며 푸름 역시 그의 뒷목을 감싸 안았다. 어느새 푸름이 소파 위에 눕고, 그가 그녀의 위에 올라타는 형국이 됐다.

잠깐잠깐, 숨이 부족하다 싶으면 입술을 떼 그녀의 목 언저리에 진하게 입술을 맞추며 여준은 끊임없이 푸름의 몸을 만졌다.

매끈한 등과 늘씬한 배, 얇은 목 곳곳에 그의 손길이 닿았다. 순식간에 공기가 뜨거워졌지만, 둘 중 어느 누구도 열기를 식히려고 하지는 않았다.

목 아랫부분에 만족할 만한 자국을 남긴 여준이 씨익 웃으며 그녀와 눈을 마주했다. 헐떡이는 푸름의 입술이 타액으로 반짝거렸다.

"……왜 그렇게 봐요."

푸름이 부끄럽다는 듯이 얼굴을 붉히자, 그녀의 눈과 콧등 위에 입을 맞춘 여준은 자연스레 벌어진 입술을 자신의 향으로 가득 채웠다.

푸름은 배 위를 어루만지는 여준을 따라 입술을 움직이며 그의 손 위에 자신의 손을 얹었다. 그는 분명 모를 텐데, 전해지는 따뜻함이 좋았다.

사실을 알면 이렇게 만져 주겠지, 이 사람은 분명 좋아할 테니까. 진하게 얽혔던 입술이 떨어지고, 푸름은 촉촉해진 그의 입술에 촉, 다시 입을 맞췄다.

"딸기 맛난다."

"많이 먹었으니까."

"초콜릿 맛도 나고."

그가 다시 입술을 부딪쳐 왔다. 이번에는 부드럽지 않았다. 진하고, 깊고, 숨을 앗아 갈 만큼 빨랐다.

"달아."

어깨를 살짝 밀어내는 손길이 느껴지기 무섭게 입술을 든 여준이 나지막이 말했다. 키스 바로 직전, 자신이 먹은 것들을 떠올리며 푸름은 괜히 입술을 말아 모았다.

"……양치하고 올까요?"

"아니, 달아서 좋아."

그가 푸름을 일으켜 안았다. 순식간에 여준에게 안긴 채로 공중에 들린 푸름은 그와 얼굴을 마주 보기 부끄러워 어깨에 얼굴을 묻었다. 귓가에 나지막한 웃음과 입술이 동시에 닿았다.

"오늘 내가 밤새워 먹을 거거든."

부끄러운 말을 잘도 내뱉는 그처럼, 밤은 내내 부끄러웠다.

"미친놈."

"조용히 해 봐."

"몸 안 좋은 것도 몰랐단 말이야?"

"입 닥치랬지."

"어떻게 이걸 모를 수가 있냐?"

응급실 한쪽. 빈혈로 쓰러진 푸름은 세상 모르게 잠들어 있었다.

범수와 여준이 동시에 참여하는 회사 기획 회의가 끝난 직후였다. 회의실을 나서던 푸름은 입구에서 쓰러졌고, 전 직원들이 그 상황을 지켜보는 사이 놀란 여준은 푸름을 업고 일단 뛰었다. 범수의 차로 가까운 병원에 오고, 그들은 쓰러진 푸름을 앞에 두고 축하를 받았다.

정말 난데없이.

사람이 쓰러졌는데, 뭘 축하하냐고 따져 물으려는 찰나에 부연 설명을 들었다. 임신을, 그러니까 임신을, 축하한다고.

범수와 여준을 번갈아 보며 누가 애 아빠냐는 듯이 축하한다는 의사의 멱살을 잡을 수도 없어 여준은 당황한 얼굴로 푸름을 내려다봤다. 그 순간 여준을 아빠라고 확신한 의사가 다시 한번 축하 인사를 전했다. 감사하다는 말은, 넋이 나간 여준을 대신해 범수가 했다.

"콘돔을 썼어야지. 미친놈아."

"너 진짜 입 안 닥치냐."

"여덟 살이나 어린, 앞길 창창한 여자를 임신시키다니."

"죽는 수가 있다, 진짜."

범수 멱살이라도 잡고 흔들어야 속이 풀리겠다는 듯이 여준의 표정이 험악하게 굳어졌다. 웃음을 꾹 참은 범수는 그의 어깨를 손으로 턱턱 토닥였다.

"좋으면서 내숭은."

"생각 좀 하자, 생각."

"무슨 생각. 애는 언제 생겼을까, 그런 생각? 야, 100% 확실한 피임이 어디 있어. 생길 애니까 생긴 거야. 그러니까 내가 딸이 무려 셋이나 있지."

경험에서 우러난 진지한 충고를 내뱉은 범수는 먼저 회사에 가 보겠다며, 축하한다는 말은 뒤늦게야 전했다. 회사에 절대 소문내지 않겠다는, 여준이 미처 걱정하지 못하는 곳까지 구석구석 긁어 준 다음 범수는 회사로 돌아갔고, 혼자 남은 여준은 멍하니 잠든 그녀를 바라보며 침대 옆에 주저앉았다.

아이, 아이라니.

그렇다면 대체 언제?

두 손으로 생각에 잠겨 있던 여준은 불현듯 떠오르는 기억들에 벌떡 몸을 일으켰다. 아이가 언제 생겼는지는 몰라도, 알 수 있는 것들이 있었다.

요즘 들어 유난히 피곤해하고, 잠을 자도 끝이 없고, 주말 내내 딸기를 입에 달고 살고.

"아이고, 또 딸기 사러 왔어? 새댁이 임신이라도 했어? 자꾸 딸기만 찾고 그래? 덕분에 우리 집 딸기 새신랑이 거덜 내겠네."

일요일 저녁, 다시 딸기를 사러 온 여준을 알아본 과일 가게 아주머니는 심지어 그런 말을 했다. 기억할 만도 했다. 금요일부터 주야장천 딸기만 사러 오고 있으니. 얼굴도 모르는 과일 가게 아주머니도 아는 걸 김여준, 너는 그걸 몰랐단 말이지.

여준은 한숨과 동시에 웃음을 터트렸다. 황당하고, 놀랍고, 당황스럽고, 무엇보다 걱정이 앞섰지만 지금 드는 가장 큰 감정은 역시.

기쁘다는 것.

세상에서 가장 아름다운 선물을 받은 여준의 입꼬리가 흐뭇하게 올라갔다. 아이 아빠라는 어색한 말들이, 자꾸만 가슴을 간질였다.

"알고 있었다고?"

"네. 주중에 병원 다녀오려고 했어요."

정신을 잃고 쓰러졌던 그녀는 아팠던 사람치고는 멀쩡한, 아니 행복해 보이는 얼굴로 보쌈으로 커다란 쌈을 쌌다.

"야, 너 그걸 한 번에……."

어떻게 넣으려고, 라는 걱정이 무색할 정도로 커다란 쌈을 한입에 넣은 푸름은 열심히 쌈을 씹었다. 지금 죽어도 여한이 없다는 얼굴로 웃어 보인 푸름은 쌈 때문에 볼록 나온 볼 한쪽을 내밀며 고개를 기울였다.

여준의 입꼬리가 저절로 올라갔다. 지금 그녀를 보고 반하지 않을 수가 없어 또 한 번 반해 버렸는데 푸름은 그가 아닌, 보쌈 맛에 반한 게 분명해 뭔가 허탈하기도 했다.

"진짜 맛있어요."

"하나 더 시켜 줄까?"

"반반 족발 먹을까요?"

푸름이 기다렸다는 듯이 대답하자, 여준은 그녀가 원하는 반반 족발 하나를 더 주문했다. 이제는 뭔가 진지하게 얘기를 할 수 있지 않을까, 기다리는데 푸름은 일단 먹는데 열중했다.

보쌈 하나를 전부 비우고, 반반 족발을 반쯤 비웠을 때, 그녀는 기다리느라 애가 닳은 그에게 툭 하니 말했다.

"지난달 생리를 안 해서 의심은 하고 있었어요."

푸름은 족발 하나로 새로운 쌈을 싸기 시작했다. 마치 어제저녁 메뉴를 얘기하듯 편히 얘기하는 얼굴에는 어떤 동조도 없었다. 갑작스레 찾아온 아기가 놀랍고, 얼떨떨한 건 마치 그뿐인 듯싶었다.

"그걸 왜 이제야 얘기해?"

"안 지 얼마 안 됐어요. 전에 회사 다닐 때도 생리 불순은 심했거든요."

"그럼 알자마자 얘기했어야지."

"이번 주 병원 다녀오고 얘기해 주려고 했죠."

그녀는 쉽게 말했다. 별로 큰일이 아니라는 듯. 자기가 오늘 쓰러졌다는 자각은 있는 걸까.

"집에서는 할머니 때문에 테스트기도 못 하겠고, 시간도 없었고, 어차피 바로 병원 가 볼 생각이어서."

푸름이 족발을 곱게 싼 쌈을 앞으로 내밀었다. 자기 먹는 것만 보느라 여준은 보쌈과 족발에 손도 하나 대지 않고 있었다. 그의 입술이 힘없이 벌어지자 푸름은 기분 좋게 웃으며 그의 입에 쌈을 넣어 주고, 다시 새로운 쌈을 쌌다.

"……그래도 너무 잘 먹는데."

"응? 나요?"

"분명, 아까는."

"이제 7주 되셨네요. 한 8주 차부터 입덧 심해지는 분들 있으세요. 16주 차까지는 입덧 많이들 하시는데, 지금이 태아한테 영양이 가장 필요할 때예요. 입덧 심하셔도 음식 잘 챙겨 드셔야 해요, 골고루."

"원래 사람마다 다르대요. 우리 엄마도 저 가졌을 때는 입덧 전혀 안 했거든요."

푸름이 이해를 돕고자 설명을 덧붙였다. 방금 전 푸름이 먹는 양을 보고 놀랐던 여준의 표정이 조금은 부드러워졌다.

"아, 그런 거야?"

"큰일 났다. 이제 우리 오빠 식비 많이 들겠다."

매운 족발 위에 쌈무를 얹어 입으로 가져가며 푸름이 싱긋 웃었다. 지금 이 순간이 당황스럽고, 마음이 급해지는 건 유독 그 혼자 같았다. 처녀가 임신을 한 게 아니라, 마치 오래전 결혼을 한 유부녀가 계획적으로 아기를 가진 느낌이랄까.

"식비야 얼마든지 들어도 되는데."

"어, 정말이죠?"

"우리 결혼부터 해야 하지 않아?"

내심 참고 억누르고 있던 물음. 결혼도 안 한 처녀가 임신한 것치고는 너무나 멀쩡한 그녀를 보며 내내 확인하고 싶었던 물음.

"당연히 해야죠. 언제 할까요?"

며칠 전만 해도 진지하게 생각해 보겠다던 푸름은 태연하게 되물었다. 여준이 말을 잇지 못하자 푸름은 바쁘게 젓가락을 움직이며 말을 이었다. 여준은 정신이 없었다. 그녀의 젓가락질을 지켜보며, 그녀의 말을 따라가느라.

"그때는 의심만 했던 거라 얘기를 못 했죠. 너무 놀랄까 봐 걱정도 했고."

"결혼이 싫었던 건 아니라는 거지?"

"왜 싫어요? 선생님이랑 하는 결혼인데."

그녀는 툭 하니 내뱉었다. 제 심장은 고백을 받은 것처럼 날뛰는데, 푸름은 그래 보이지 않아 여준은 대놓고 좋아할 수도 없었다. 그 순간, 푸름이 예쁘게 웃으며 그의 앞으로 얼굴을 가까이 가져갔다.

"그것도 혼전 임신을 이렇게 기뻐해 주는 남자가 어디 흔한가."

때마침 아주머니가 서비스로 막국수를 갖다 주셨다. 보쌈과 반반 족발 반 접시를 해치우고도 감사하다며 푸름은 활짝 웃어 보였다.

할 말을 잃은 여준이 머릿속으로 날짜를 헤아렸다. 언제 해야 가장 좋을까, 라는 생각보다는 언제 해야 푸름에게 가장 좋을까, 라는 생각이 먼저 들었다.

"배부르기 전에 드레스 입고 싶긴 한데."

푸름이 국수를 돌돌 말아 입에 넣으며 말했다. 여준은 바로 동의했다. 그렇다면 시간이 없다. 신혼집은 일단 그가 사는 아파트에 새 가구를 채워 넣는 것으로 대신한다고 쳐도 결혼식이 문제였다.

그의 두뇌가 빠른 회전을 시작했다. 결혼에 필요한 것들이 뭐가 있을지 떠올리느라 정신이 없었다. 아이를 가진 푸름이 신경 쓰지 않게 자신이 일사천리로 진행할 생각이었다.

갑자기 기분이 들뜨기 시작했다. 바라고 바라던 결혼. 그녀와 결혼을 한다. 마음이 급한 만큼, 내일부터 몸도 바쁘게 먼저 움직여야겠다. 어머니한테 알려야 하나? 아니, 그전에 상견례부터 해야 하지 않나? 내일 당장이라도 할머님을 뵙고…….

"응? 왜 그래요?"

입가에 묻은 막국수 소스를 닦고, 여전히 먹지 못하는 그를 위해 다시 쌈을 싸던 푸름이 의아하다는 듯이 고개를 기울였다. 그의 표정이 갑자기 굳어져서 깜짝 놀랐다.

"할머님은 모르시지?"

"뭐, 아마요?"

푸름이 당연하다는 얼굴로 고개를 끄덕거렸다. 그가 무엇을 걱정하고 있는지 이제야 알아채고는 배시시 웃으며 다시 입에 쌈을 넣어 주었다. 기계적으로 쌈을 받아먹으며 여준은 생각에 잠겼다.

연로한 혜옥의 손에 드디어 멱살을 잡힐지도 모른다는, 그런 불운한 생각.

"괜찮아요. 설마 죽이기야 하시겠어요."

그녀의 위로는, 아쉽게도 전혀 위로가 되지 않았다.

외전1

네가 보고 싶은,
수많은 날 중의 오늘

"지금 뭐 하시는 거예요?"

여자가 앙칼진 소리로 따져 물었다. 맞선의 명소라 불리는, 서울 모 호텔의 커피숍.

옹기종기 모여 앉아 재미없는 대화들을 이어 가는 사람들 사이로 전혀 예상치 못한 질문을 받았다는 듯 여자가 헛웃음을 내뱉었다.

테이블 위에 있는 물 한 컵 정도는 기꺼이 맞을 용의가 있었던 여준은 다시 입을 열었다.

"이푸름이라고, 한국대 의대를 다녔을지도 몰라서요. 동기거나, 아래로 두 학번 정도는 차이가 날 수도 있는데. 이름을 바꿨을 수도 있습니다."

"하, 이봐요."

여자가 핑크빛으로 칠한 입술을 들썩거렸다. 화가 났다는 표시였다.

그럼에도 여준은 물었다. 낮고, 단조롭고, 무심한 목소리로 툭.

"처음 듣는 이름입니까?"

"제가 그걸 알아야 하나요?"

"혹시 아실까 해서요."

"이 자리에 그것 때문에 나오셨어요? 이푸름인지, 이노름인지 하는 여자 찾으러?"

여자가 목소리를 높였다. 이해가 가는 반응이라, 여준은 더 말을 할 수도 없었다. 이 자리를 만들어 준 범수한테 못할 짓이기도 했고. 급한 마음에 실수를 저지른 건 사실이었으니까.

"미안합니다."

"이 대표님 주선이라 기분 좋게 나왔는데. 이런 무례함, 이 대표님께 전달해 드려도 괜찮겠죠?"

그는 긍정의 의미로 아무 말도 하지 않았다. 반신반의하는 마음에 던진 물음이지만, 간절히 바라는 진심을 담기도 했다. 그걸 눈앞의 여자가 모를 리 없다.

"어디서 흥신소 취급이야, 기분 나쁘게."

여자는 다행히 물세례까지는 쏟지 않고 자리를 떴다.

자신이 마신 찻값 계산을 마치고 나가는 여자의 뒷모습을 바라보던 여준이 답답하게 목을 조이던 넥타이를 풀어 테이블 위에 던지듯이 내려놨다.

잊고 지냈던 이름.

아니, 잊은 척했지만 도저히 잊을 수 없는 이름.

"한국대 의대 졸업하고, 한국대학 병원 레지던트야. 어때? 커리어만 들어도 당기지? 막 연애 세포가 깨어나지? 생긴 것도 예뻐. 장난 아니라니까? 이제 봄도 오는데 너도 연애 좀 하라고 이 형님이 물어 왔다. 고마우면 절이나 하고, 이번 주말에 만나 봐."

황금 같은 주말, 이곳에 있는 이유는 뻔했다.

연애를 하고 싶어서도 아니고, 의사에 미인이라는 말에 혹해서도 아니다.

한국대 의대. 누군가를 추억하기에 충분한 몇 마디가 그를 이곳까지 데려왔다.

혹시 너를 알까 해서. 너를 그렇게 잃은 지 벌써 오래전이지만, 혹시나 너를 아는 누군가를 만날 수 있지 않을까 희망에 부풀어서.

그가 두 손으로 얼굴을 쓸어내리며 옅은 한숨을 내쉬었다.

찾아볼 시도를 하지 않은 건 아니었다.

전국 의대란 의대에는 전화를 걸어 그녀의 이름을 수소문

했던 적도 있고, 혹시라도 가게 되는 병원이면 괜히 의료진 명단을 확인하기도 했고, 넌 똑똑했으니까 의사 국가고시 최연소 합격, 이런 걸 하지는 않았을까, 가끔 이름을 검색해 보고.

푸름과 연락이 돼도 절대 제게 알려 주지 않겠다던 지윤에게 아주 예전 일이었다는 듯이 뻔뻔하게 전화라도 해 볼까 수십 번 고민하고. 살던 오피스텔 역시 푸름이 찾아올지도 모른다는 전제하에 버티고 버티다가, 건물주가 새 상가 건물을 짓겠다고 엄포를 놓은 다음에야 이사를 했다.

그녀 때문이 아니라고 했지만, 은연중에 그는 푸름을 기다리기 위한 수십 가지의 장치를 걸어 놨다.

그러다 지치고, 포기하고, 또 체념하기를 여러 번.

나는 너를 조금씩, 아주 조금씩 지워 갔다. 아니 분명, 그러고 있다고 생각했는데 아니었다. 어쩌면 첫사랑보다 더 진한 추억으로, 상흔으로 남아 버린 너를 지울 수나 있을까. 다 잊었다고, 다 옛날 일이라고 생각했는데.

이별이란 건 그랬다. 이별 뒤에 진정한 이별을 홀로 시작한다. 함께했던 추억을 지우고, 기억을 없애고, 혼자였던 나로 돌아오는 시간을 가진 뒤에야 완전한 혼자가 된다.

그런데 이푸름과의 이별은 아니었다. 시작도 못 했던 관계에 대한 애증일 수도 있고, 미련일 수도 있고, 원망일 수도 있다.

적어도, 우리 둘이 뭔가를 함께한 기억은 있어야 하는데 그런 작은 추억조차 없어서. 그게 너무 분해서. 내가 너를 아직도 떠올리나.

반응은 곧장 나타났다. 테이블 위에 올린 휴대폰 액정 위에 범수의 이름이 뜨더니, 끊겼다가 전화가 오기를 반복했다. 여준은 말없이 몸을 일으켜 커피값을 계산하고 호텔을 나섰다.

차를 이끌고 큰길로 나서는데 대로변 옆으로 교복을 입은 인파가 지나갔다. 주말에 웬 교복일까, 생각하는데 서울에서 제일 크다는 놀이공원 근처라는 걸 뒤늦게 깨달았다.

요즘은 교복 입고들 많이 가는 모양이지. 생각하며 낮게 웃다가 다시 푸름을 떠올렸다.

유난히도 잘 어울리는 교복을 입고, 싱그럽게 웃던 늦봄의 이푸름을.

내일 아침까지 안 받으려던 범수의 전화는, 결국 그가 집까지 찾아오는 것으로 실패했다.

"너 까였다며?"

"그러게, 안 나간다고 했잖아."

"연애하라고 보냈더니, 어린 여자한테 까이고 와서는 말도 많아요. 이거나 받아."

맥주와 안줏거리를 잔뜩 사 들고 온 범수에게 문을 열어 준 것을 후회하며 여준은 한숨을 삼켰다.

이후에도 범수는 지겹게도 되물어 왔다. 언젠가부터 연애와는 담을 쌓고 사는 네가 안타까워 자리를 만들었더니, 이제 어쩔 거냐는 물음에도 답하지 않고 여준은 답답한 마음에 그가 사 온 맥주를 땄다.

"근데 왜 까였는데? 말해 달라니까 너한테 들으라던데?"

거실 소파에 자리를 잡은 범수가 안주들을 죄다 테이블 위에 늘어놓았다.

"그냥 실수 좀 했어."

"네가? 무슨 실수를?"

"아무나 못 할 실수."

그가 대답하며 맥주를 입으로 가져갔다. 맞선 자리에 나가서, 찾고 있는 여자가 있는데 혹시 아느냐 묻는 미친놈도 나밖에는 없지.

"설마 까칠하게 굴었어? 처음 보는 여자한테?"

"그랬나."

"너 결혼할 생각이 있긴 하냐? 독신주의야? 너희 부모님 걱정하시는 소리가 여기까지 들리는데?"

오랜 연애 끝에 가정을 꾸린 탓인지, 나이를 먹을수록 급도로 자신의 결혼에 신경을 쓰는 범수를 힐긋 바라보던 여준이 쓰게 웃었다.

"선 자리 물어 오지 마. 이젠 진짜 안 나가."

"딱 한 번 나간 주제에 말은 많아요. 그러다 나중에 고독사하는 수가 있다?"

"악담은."

의식적으로 여자를 안 만나는 건 아니었다. 공부에 치여 살았고, 바빴고, 시간이 없었다. 범수는 핑계라 하지만, 핑계가 아니라 정말 그는 바쁜 삶을 살았었다.

그러면 얼굴 정도는 기억에서 사라져도 될 텐데, 같이 있었던 기억 몇 개쯤은 흩날려도 상관없을 텐데. 오늘따라 얼마 되지 않는 기억들은 더욱 또렷해졌다.

"설마, 못 잊는 여자라도 있는 건 아니지?"

여준은 대답 없이 맥주만 축였다. 시끄럽다고, 나는 지금 첫사랑보다 더했던 추억을 떠올리느라 바쁘니까 조용히 술만 마시고 가라는 말조차 안 나왔다.

범수는 그의 옆에서 쉬지 않고 종알거렸다. 여준에게 여자가 없는 이유, 그 좋은 연애를 하지 않는 이유가 뭘지 혼자 곱씹으면서.

그의 시선이 창밖으로 향했다.

똑같은 하늘 아래, 어디선가 열심히 살아가고 있을 푸름을 또다시 떠올린다.

언젠가는 잊겠지, 이름도 기억 못 하는 때가 있겠지.

그럴 때를 기다린다.

정말 영화처럼, 우연히 길가에서 너를 다시 만날 상상에

수천 번은 빠지면서도 너를 잊게 되는 날을 기다린다.

오늘은 네가 보고 싶다.

사진 한 장 없는 너의 얼굴이 유독 선명하게 떠오르는.

오늘만큼은, 정말 네가 보고 싶다.

외전2

푸름에게 고백받기 불과 며칠 전

"자네는 사업을 해야 해. 사업. 지금 다니는 직장 별로 안 내키지?"

"네, 별로예요. 그것도 아주 별로요."

"그럼 사업이나 해. 집이 좀 사는구먼. 자네는 사업하면 번창할 사주야. 윗사람한테 알랑방귀 뀌면서 아부할 주제가 못 돼."

저런 말은 누가 못 하나, 나도 하겠는데. 온통 부정적인 생각뿐인 여준은 지루한 듯 발끝으로 땅을 끄적거렸다.

하지만 친구들은 다른 모양인지 범수네 집이 제법 산다는 여자의 말이 끝나기 무섭게 방청객과 같은 반응을 쏟아 냈다. 그것도 인당 3만 원이나 갖다 바치면서.

설마, 정말 믿는 건가.

"거기, 자네."

여준은 시간을 확인하고 있었다. 대체 왜 이런 쓸데없는 짓에 아까운 시간과 돈을 낭비해야 하나. 녀석들을 따라오는 게 아니었는데. 뒤늦은 후회도 함께.

"재요, 선생님?"

딱 봐도 사기꾼이 분명한데, 선생님은 무슨. 가운데에 앉아 재미없는 자신의 미래 좀 봐 달라며 턱 하니 지폐를 내밀었던 범수가 여준을 가리켰다. 그의 눈썹이 보기 좋게 일그러졌다. 딱 봐도 이런 데 관심이 없다는 얼굴로.

"전 됐습니다."

"왜. 재미로 한 번 봐."

범수 말고 다른 친구가 여준의 등을 떠밀었다. 즐거운 장난 거리라도 발견한 사람들처럼 친구들의 눈동자가 반짝거렸다. 내일 수업 때문에 일찍 들어갈 생각을 하고 있던 여준은 억지로 자리에 앉을 수밖에 없었다.

"생년월일, 태어난 시간."

신실한 종교인은 아니지만 딱히 사주나 점술에 관해 믿는 편이 아닌 여준은 사방에서 보채는 소리에 결국 술술 대답을 내놓았다. 일부러 화장을 세게 한 건지, 아이라이너가 사방으로 찢어진 화장에 개량 한복을 입은 여자를 바라보며 그는 한숨을 삼켰다. 그냥 3만 원은 버린 셈 쳐야 한다는 생각이

강하게 들었다.

앞에 놓인 책장을 몇 장 넘겨 보고, 뭔가를 적어 내려가던 여자가 갑자기 고개를 번쩍 들었다. 여준은 그녀의 입가에 번지는 미소가 불안할 정도로 기분 나쁘다고 잠시 생각했다.

"만나는 여자 없지?"

여자가 확신에 찬 물음을 던지는데, 그게 그렇게 불쾌할 수 없었다. 어른들한테 예의 바르기로 소문난 자신이 어째서 난생처음 보는 어른 앞에서 이토록 불손해지는지.

여준은 기분 나쁘다는 듯이 인상을 팍 쓴 채로 고개를 기울였다.

"그런데요?"

"보면 딱 알지. 없을 것 같았어."

"악담하십니까?"

그리고 '같았어' 라니. 당신 점술가 맞아요? 보통 이런 사람들이 '같았다' 라는 말투를 쓰던가? 그가 뭐라 하는데도 여자는 굴하지 않고 몇 번이나 고개를 끄덕거리며 입을 열었다.

"올해 아주 위험한 운이 꼈어. 그런데 후에 대운될 상이야. 지금은 위험해도 훗날 너한테 아주 큰 사람이 될 사람이라는 소리야."

지금은 위험한 운이긴 한데, 나중에 대운이 될 상이라. 이거 완전 사기꾼들이 자주 하는 멘트 아니야? 여준이 미심쩍다는 표정으로 되물었다.

"그게 누군데요?"

"여자. 그것도 어려, 아주 어려."

지금 현직 교사한테 무슨 말을. 발끈한 여준이 한마디 하려던 찰나, 옆에서 재미있어 죽으려 하던 범수가 먼저 말을 가로챘다.

"지금 그 여자, 어디 있는데요?"

"가만 보자."

어디 있기는 어디 있어, 또 보긴 뭘 보는데? 본다고 나와, 그게?

"오호, 여기 있었구먼."

사주 카페라는 말을 붙여 놓고, 사주가 아닌 점술이라도 보는 건지 여자가 의미심장한 미소를 지었다. 이런 사기꾼 말에 대체 왜 놀아나는 건지 알 수가 없는데, 분명한 건 여준을 제외하고 함께 있는 친구들의 반응이 대단하다는 것이었다.

"가까운데 있고만. 여자애들도 많고, 시끌벅적하고, 활기 넘치고."

"야, 설마 학교?"

웃겨 죽으려고 하는 목소리가 뒤에서 튀어나왔다.

맞네, 학교. 설마 선생? 아, 학생이면 큰일 나지! 그중에서 제일 신난 범수가 '학생이면 뭐! 완전 장땡이지!' 라고 얘기하는데, 여준은 하마터면 범수의 목을 칠 뻔했다.

"예뻐요?"

스물일곱이나 먹은 주제에 저런 질문을 하는 놈들을 친구라고 둔 자신을 탓해야겠지만.

"피할 거지?"

여자가 물어 왔다. 뜬금없이.

"예?"

"피할 생각이네. 내 눈은 못 속이지."

만날 생각도 없는데, 피할 거냐니.

"그런데 소용없어. 못 피해."

"……이보세요."

"피하면 피할수록 죽자 살자 따라다닐 운이야. 그러니까 정도껏 피해. 어차피 자네도 굽히고 들어가게 돼 있어. 딱 각이 나오는구먼."

"뭐, 뭐가 나와요?"

"자네 인생에 대운 가져다줄 상이라니까! 큰 사람이라고, 큰 사람!"

"참나, 어떻게 큰 사람이 되는데요."

여준이 따지듯 물었다. 여자는 그가 자신의 말을 믿고 있지 않다는 걸 알면서도 얄궂게 웃어 보였다.

대놓고 사기꾼 취급을 하던 처음과는 다르게, 조금씩 흥미를 보였기 때문일까.

"여자가 자네 인생을 갖고 움직일 거야. 그 어린 것한테 꼼짝도 못 하겠구먼. 그리고 내 말을 떠올리겠지."

이제는 기가 차서 말도 나오지 않았다. 어린 여자라는 것도 억울해 죽겠는데, 뭐? 꼼짝도 못 해?

"다른 여자 앞에서는 찬기가 술술 흐르는데, 그 어린 여자 앞에서만 봄바람이네, 봄바람이야. 푸른 봄 냄새가 물씬 나."

"자꾸 뭐라는……."

"만나면 한번 데리고 나와, 궁합이나 봐 줄 테니까."

"저기요."

"자, 난 볼일 끝났고. 다음!"

여준은 다음을 가리키는 여자를 한껏 노려보다가 자리에서 일어섰다. 기다리던 친구 녀석이 자리에 앉아 자연스럽게 생년월일을 술술 내뱉었다.

사람 기분 뒤숭숭해질 말은 대체 왜 꺼내서. 기분 나쁜 얼굴로 서 있는 여준의 옆에 선 범수가 그의 옆구리를 팔꿈치로 쿡 찔러 댔다.

"야, 설마 진짜 학생은 아니겠지?"

"좋냐? 좋아?"

"왜, 나쁘지 않잖아. 고등학교 1학년이라고 치면 열한 살 차인데."

"헛소리 좀 작작해. 쇠고랑 차기 전에."

그리고 그는 며칠 후, 푸름에게 불려 나갔다.

"좋아해요."

너무 놀라서, 여자가 했던 말 따위 잊어버렸다.

여자의 말과 눈앞의 푸름을 연결시키지도 못했다. 좋아한다는 고백이 앞길에 재 뿌리는 소리처럼 들려왔다. 나름 고결하고 순수한 교사 인생을 시작했다고 자부했는데.

뭐? 뭘 해?

"당황하실 줄 알았어요. 이해해요. 뭐, 일반적인 일은 아니니까요."

그녀가 싱긋 웃는다. 들꽃처럼, 아주 예쁘게.

이때만 해도 몰랐다. 훗날, 자신에게 큰 사람이 되리라는 여자를 만난 순간이 바로 지금이라는 것을.

파릇함을 지난 늦봄, 어디선가 때늦은 봄 냄새가 말랑거리며 다가왔다.

푸르고, 또 푸르렀다.

작가 후기

안녕하세요. 문수진입니다.

1년에 한 편씩은 꼭 써 보자, 라는 다짐이 실현됐네요.

하루에 조금씩 틈틈이 취미로 글을 쓰고 있는 삶인 만큼 글은 편하게 쓰고 싶다는 신조를 갖고 사는데, 〈너에겐 푸름〉은 유독 힘이 들 때가 많았습니다.

그때마다 도와주신 모든 분들께 감사 인사드립니다.

기다리셨던 분들에게는 선물 같은 글이 되기를 바랍니다.

모두 우리에게만 푸름인 사람과 행복하세요.

—2018년 6월,

푸르른 어느 날 중에서

문수진 올림.